山海变

陆 水云乡

八月槎 著

人民文学出版社

图书在版编目(CIP)数据

山海变.6,水云乡/八月槎著.—北京:人民文学出版社,2022
ISBN 978-7-02-016672-5

Ⅰ.①山… Ⅱ.①八… Ⅲ.①长篇小说-中国-当代 Ⅳ.①I247.5

中国版本图书馆 CIP 数据核字(2021)第 255272 号

责任编辑　朱卫净　张玉贞　李　翔
封面设计　钱　珺

出版发行　人民文学出版社
社　　址　北京市朝内大街 166 号
邮政编码　100705

印　　刷　上海盛通时代印刷有限公司
经　　销　全国新华书店等

开　　本　890 毫米×1240 毫米　1/32
印　　张　9.375
字　　数　140 千字
版　　次　2022 年 1 月北京第 1 版
印　　次　2022 年 1 月第 1 次印刷

书　　号　978-7-02-016672-5
定　　价　58.00 元

如有印装质量问题,请与本社图书销售中心调换。电话:010-65233595

目录

第一章　浮玉　/ 1

第二章　白鹿公子　/ 55

第三章　羽客　/ 105

第四章　南津　/ 147

第五章　定盟　/ 183

第六章　南北　/ 231

第七章　日光城（乌柏）　/ 271

第一章 浮玉

　　此刻的扬归梦十分困惑，她保持着虚悬的姿态，却可以随意移动。她仍可以看到那深不见底的石缝、四处流散的沙砾，看到四周无处不在、浅绿色微微荡漾着的湖水。当她抬起头来，太阳正在极深极远处散发着明亮的光芒，穹顶之下、深渊之上，她似乎得到了完全的自由，已经和这山川融为了一体。

一

"谁要你跟来的?"身子稍稍挪动,就是一股钻心的疼痛,扬归梦勉强支撑着坐了起来。

"谁?"卜宁熙忽地语塞。

"所以你也是来押送我的吗?"

"怎么会,这一次我跟上来,其实,其实……"

"其实是为了这个孩子对不对?"封长卿忽然睁开了眼睛。

扬归梦也是一愣,她本来以为卜宁熙是冲自己来的。

卜宁熙面露尴尬,点了点头。

"只有催动星阵的人才知道是谁毁了星阵,"封长卿看了看乌柏,道,"你那个厨房里的好朋友把你出卖了。"

乌柏低下头,无奈地叹了一口气。

"你能凝羽吗?"封长卿又一次举起了他的酒壶,放在嘴边倒倒,等了好半天,一滴都没有。

"不能,"卜宁熙看看自己的双手,尴尬地笑笑,"这一点点灵术还是现学现卖的。"

"也不怪道婉婷要你跟过来,"封长卿甩甩头,打了个哈欠,"南渚的盛衰兴亡,全在这一颗南山珠上,而这颗仅有的珠子,却被他毁了。"

"我若不停下那星阵,萨苏就没命了。"乌柏眨眨眼。

"南山珠没了,找到新的白冠也好呀。"封长卿好像根本没有听到乌柏的话,他的手抖个不停,一个酒壶,塞了半天也没塞到怀里去。"一颗南山珠,已经把八荒掀得天翻地覆,这又出来一颗。"

"不要再理他了,"扬归梦摸了摸乌柏的脑袋,"喝酒喝到这个样子,还能凝羽,已经是我们命大了。再过上一阵子,你不问他,他自己都会开始胡言乱语了。"

"说得有道理,走吧,走吧。"封长卿看了扬归梦一眼,勉强站起身来,一头虚汗。

"还不急,这一路跟得这样紧,也是辛苦了,可现在还是要辛苦你去那边的村子走一趟。"

"不是说,不能抛头露面吗?"卜宁熙看看扬归梦,又看看山下那小小村落。

"不能去。"封长卿咽了一口唾沫。

"一定要去,"扬归梦道,"我看到赤叶城里有那种抬人的滑竿,你看看能不能搞那么一两顶,眼下我疼得走不动路,我看这个老酒鬼也快趴窝了。"

"好吧。"卜宁熙看看站都站不稳的封长卿,转身要走。

"不能去!"封长卿突然放大了声音,把所有人都吓了一跳,"人越多,目标越大!"

"你有没有想过,那村庄里,也许有酒呢?"扬归梦歪着头。

封长卿的呼吸突然沉重了起来,慢慢向着下方走了一步,忽地又停了下来,好像这一条腿上有着千钧的重量。

"你也去跟着看看,"扬归梦轻轻推了乌柏一把,用极小的声音道,"到了村子里,就让卜宁熙带你走吧。"

"我不能把你们丢在这里。"乌柏也悄悄回应着扬归梦。

"我如今动弹不得，而这个老酒鬼，管他平日里是怎样的英雄豪杰，停了酒，便成了废人，"扬归梦叹了一口气，道，"要你们走，是去赶紧找到那个姜潘，再回来接我们，懂了吗？"

乌桕转回头去看看，那一边，封长卿昏头昏脑地挣扎了好一会儿，终于颓然坐倒，道："快去快回，快去快回吧。"

乌桕终于点了点头，走到封长卿身边，道："封先生，不要担心，你不会有事的，我们去去就回。"

"小心羽隼。"不过断了几个时辰的酒，封长卿已经变得有气无力。

"嗯，"乌桕郑重地点了点头，道，"我会小心的。"

扬归梦的嘴角浮现出一丝笑容，封长卿终于没有再唠唠叨叨，她不信刚才乌桕和自己的对话封长卿完全没有听到。

那一大一小的身影很快消失在了林间。日光斜斜映照在这一小片林间空地上，此刻这里只剩下封长卿和扬归梦二人，一左一右，双双跌坐在树荫之下。

"庾山子对你没有兴趣，你完全可以回到吴宁边去，怎么不走，非要蹚这一趟浑水？"封长卿一脸颓唐。

"我担心乌桕。"扬归梦忍痛挪动了一下身子，一只松鼠在树枝上探出半个脑袋，和她对视了一眼，倏地一下消失在了林木中。

她没有说谎，她欠这个小男孩的。在金叶池若不是乌桕，她多半已经被那个赤研弘气死了。她在重伤不起的情况下还能活到今天，也多亏了这师徒俩。她打小做事便随心所欲，说不能就这样离开，那便是一定不能离开，可是自己这样半死不活，除了拉住这个顽固的老酒鬼不要添乱，实在也做不了什么了。

"难得呦!"封长卿一只眼睛勉强睁开了一线,再次打了一个哈欠。

"有什么难得的。"扬归梦的心思完全不在封长卿身上。

是啊,当然是。可是,也不完全是。如今的她就算可以离开,也是不能返回大安的,因为自己的任性,扬一依陷在了灞桥,嫁给了那个看起来就恶心的赤研弘。她真的回到了吴宁边,父亲且不说,要怎样面对豪麻呢?

当然,现在的扬归梦已经长大了,大概有资格跟着他上战场了。为了让自己能在扬一依面前说上几句好话,豪麻催着甲卓航跑遍了宁州,给她专门锻造了新甲。可自己还一次没穿,就已物是人非了。和豪麻策马奔驰的场景早在她的心里重复了无数回,可是,他若问起了扬一依,自己又该怎样回答呢?她左思右想,都找不到一个妥帖的答案。扬一依嫁了豪麻之后,她便再不敢去开豪麻的玩笑,这下可好,即便是在梦中遇到他,也只能默默走开了。

若是扬一依不能重回大安,豪麻大概永远不会原谅自己,她又如何回得去呢?她这些零零碎碎的细密心思,眼前这个老酒鬼又怎么会明白呢?

日光透过层层叶片,洒下一片耀眼的光斑,封长卿喘息声粗重,慢慢又闭上了眼睛。他到底怎么样,不会是要死了吧?扬归梦忽地担心起来。

"老酒鬼,"扬归梦费力起身,推了推封长卿,"乌柏到底是什么人?一个副将的儿子也能进入青云坊,还能跟着你学习,我不信。再这样被追下去,你不死也要丢了半条命,你依然要对他的来历守口如瓶吗？"

封长卿的眼皮跳了一跳，没有任何反应。

"这孩子和我说过，他要拿日光城里的星盘去推算自己的身世，这件事你知道吗？"

封长卿含含糊糊道："我自然知道，火曜之阵也在等他。"

"你既然知道他的身世，为什么不干脆告诉他呢？道逸舟说过，灵师是不能凭借星辰应力来推算个人的命运的。你不怕他疯掉吗？何必要他去冒这个险？还有，这一次，要是一个不小心，你死了呢？他是不是就永远不知道自己到底来自何方了？"

封长卿睁开了眼，道："就算我死了，庾山子还在，只要你在这世间停留过，哪有什么秘密是永恒的？"

"没有秘密？"扬归梦困惑于封长卿的说法，抬头从那些层层叠叠的林木缝隙看出去，湛青的天空七零八落。

她幽幽地道："就冲着你们都围着他转，我也知道，他绝不是一个一般的小孩。那时候我在灞桥初见陈振戈，他说，整个八荒神州对权力有野心的人，没有人不想得到我。我才第一次觉得自己奇货可居。可吴宁边大公的女儿，终究比不上一个小男孩。"

"赤研家要送你去流景宫做人质，正是因为你是扬觉动的女儿，要用你去巩固和朝家的关系，这不奇怪。"

"可我并不想做他的女儿，打小我就觉得，二姐并不快乐。可我只有扬觉动女儿这个身份，我不像扬一依，最起码，她有自己的母亲。"

封长卿微微眯起了双眼，道："怪不得你刚才追问他的身世。"

"是啊，因为我也是个不知道来自何方的孩子，我也很想知道自己的身世。但是扬一依不知道，而所有知道的人，都不肯告诉我。从小，扬一依去暮云台看望白夫人的时候，我一定会把祥安堂闹得鸡飞狗跳，他们只是觉得我顽皮，却不知道，我有多么羡慕扬一依有自己的母亲。"扬归梦盘腿坐着，一动不动。"是了，自小父亲对我有求必应的，唯独在这件事上，却从不松口。他还不如告诉我白苏玟就是我的母亲，可我那一次偷着去暮云台看她，她却不想见我。我从来不知道她长什么样子，我知道她生了很重的病，但是扬一依可以去探望她，照料她，我也可以呀，我也想做一个好女儿的，可是我没有妈妈。"

扬归梦的这一声叹息是从心底冒出来的，封长卿的眼皮也随着跳了一跳。

"而今，你千方百计地将他带离瀣桥，又是为了什么呢？眼下，我们在这一片蛮荒中，若是你那朋友姜潘未能找到我们，这么多年来你为这个孩子所做的一切，不都白费了吗？"

"我还没有那么容易死。"封长卿说着，又去伸手摸他的酒壶。

"老酒鬼，我的话，你不要不爱听。我不知道当年是谁把乌桕托付给了你，我只知道若是在我父亲的军中，有你这样的醉鬼，一百个脑袋也早都砍了。你这样的人，我在大安城见过，喝不到酒，很快就会发狂发癫，到时候，恐怕你自己都控制不住你自己，何必去照料这个孩子。"扬归梦顿了顿，又道，"不管他是谁，想必都不会料到，日光城里的疾白鸣，居然会变成今日的醉鬼封长卿吧。"

"我若告诉了你他的身世,你会帮我把他送去晴州吗?"过了好一会儿,封长卿忽地开了口。

"什么?晴州?"扬归梦睁开了眼睛,"如若是送到晴州,你把他交给庾山子不就得了?那个人不是口口声声说,是晴州派出来寻找他的下落的吗?"

"他现在还小,如果现在回到晴州,就完蛋了,但是有一天他长大了,终究是要回去的。"封长卿又开始摩挲起他那油光锃亮的酒壶来。

"你说得对,我也许不能一直陪着他了,"他深深叹了一口气,道,"这八年来,没有酒,我根本睡不着,于是越喝越多,越多越醉,到最后,我早就把自己是谁忘掉了。当然,也忘掉了他的来历。我一直以为,这就是对他最好的保护,但是我还是又回到了浮玉,他也终究被发现了。"

"你们来自木莲?我听他说过,他的梦中有一座青色的大城和无数火红的乌桕树。那一定是日光城东面的枫岭了,我姐姐嫁给李慎为那个老头子的时候,我见过的。"扬归梦望向两个人离去的方向。

"是的,没错。"封长卿缓缓点了点头。

二

"你们为什么要离开日光城?"

封长卿道:"因为疾渡陌的火曜预言。"

"火曜预言是什么?"

不知道什么小动物匆匆跑过,踏落了一片叶子,封长卿伸手把那叶子抄在掌心，等他再松开手，那翠绿的叶子已变得枯黄酥脆，化作尘屑缓缓地从他的掌心滑落。

"那是天下最好的灵师从木莲火曜星阵中得出的预言。"封长卿的嗓音沙哑。

"就是那位帮助日光木莲夺得天下的龙狮吗？"

"不错，晴州传说，南山珠现世，八荒必有山海变。"封长卿吹散了掌心的尘土。"南山珠降世，第一次，是一万八千年前，此后，迎来五神兽共治四极八荒的时代。第二次，是四千五百年前，出身晴州的灵师疾荒庐，根据降世的天火，在八荒设立了七座陨星阁。而第三次，有人说是两千年前，南山珠降世后，爻王夏第一次统一了中州；也有人说是八百年前，南山珠降世，出现了不世出的灵术天才疾声子，为天青王朝立史，自此，八荒才有了切实的文字记录。但是，在灵师们的千年传承中，对这第三次山海变的时间，一直未有定论。因为前两次南山珠降世之后，都有弥尘坠落、山崩地裂、海啸石穿的大灾难发生。可是自四千五百年以来，后面的两次南山珠降世，不过都是人世更迭而已。所以，晴空崖认为，这两次南山珠现世，都是不确的。而在八十年前，南山珠再次出现在了阳处。"

"所以才有了天青末年的朝家叛乱，才有了今日的日光木莲？"

"对，"封长卿缓缓点了点头，"那时候晴州牧灵天神的位置已经空缺了百余年，统御晴州的是龙狮疾渡陌，于是他便以南山珠降世、山海变重临为由头，带领晴空崖的灵师们下山入世，这才有了后来的日光木莲。"

"是了,"扬归梦点了点头,"疾渡陌和晴空崖十二羽客的故事,歌诗里面都唱过,而这颗南山珠我也听父亲提起过,他年轻的时候,还在流景宫内,八荒并没有天崩地裂、海枯石烂。"

"你说得对,这也是晴州灵师分裂的根源。当年疾渡陌以山海变为号召,带领最为强大的灵师下山西进,南下阳处,辅佐主政阳处的朝崇智争霸天下。他之所以能一呼百应,除了天青末年民不聊生之外,也因为在晴州灵师代代相传的故事里,南山珠降世意味着海神重晶和火神墨羽将重现大地,而唯一能够拯救万物苍生的,就是在上古时期杀死三神兽,镇压了海神火神的牧灵天神赤炎。赤炎转世人间后,便是统领天下灵师的白冠灵师。因此在得知南山珠现世的消息后,找到转世的白冠,就成了所有晴州灵师最为急迫的任务,疾渡陌才有机会酿起一场席卷八荒的风暴。"

"让我猜猜,大家大张旗鼓地厮杀一场,生灵涂炭,但山没崩、地没裂,大海没有淹没灞桥城,要么,晴州灵师们相信的传说只是传说,要么,就是有人撒了谎。"

封长卿叹了一口气,道:"你现在的论调,和那时候晴空崖上反对灵师入世的那些人一模一样,不过,他们没有生在今日,那时候,谁也不知道白驹之盟后会有这和平的八十年时光,因此,他们的反对毫无力量。"

"后来呢?后来怎样?"

"后来嘛,就是大家都知道的故事了,此后的十余年中,疾渡陌和晴州灵师们和朝崇智一起南征北战,帮助他统一了中北十州,建立了赫赫功业,但是他遭到的质疑声也越来越大。"

"因为山海变和他所说的那个白冠一直都没有出现？"

"不错。"

"都说那时候朝崇智非常信任他，他也大权在握，他自己为何不坐上白冠的位子呢？"

封长卿笑了笑，道："龙狮的凝羽术不过能凝巨兽而惧鬼神，而白冠是可以以浮生术来操纵天下灵师和海兽之血的灵识的，这岂是可以自封的？但凡有一个灵师可以质疑他的白冠身份，他便不是真正的白冠。疾渡陌自幼天赋异禀，骄傲自负、灵术超群，也曾经以为自己才是牧灵天神，又以为雄才大略的朝崇智是统一八荒的人间君王，才不远万里，远赴阳处，助朝崇智崛起中州。可惜，终其一生，他都没能证明自己。当朝崇智死在了熊耳城下，他也很快走到了生命的尽头。"

"所以他真的错了。"

"他大概是错了，但是他并不承认。朝崇智死后，他的儿子朝承露继承大统，已经意识到了晴空崖势力的威胁，密谋想要清除疾声闻和他的知鹤营，而灵师们也不满于疾渡陌将晴空崖带入人间战乱二十余年造成的空前混乱。晴州灵师们在这个关键的节点上彻底分裂成了两派。一派是拥护疾渡陌、积极入世的知鹤派，另外一派，是要恪守灵师不预世事、反对疾渡陌狼子野心的幽虚派。因为无论在晴空崖还是八荒各势力中，知鹤派都掌握了巨大的权力。因此，在疾渡陌还在世的时候，就对幽虚派展开了空前血腥的大清洗。而疾渡陌也在自己生命的最后时刻，利用南山珠催动木莲火曜之阵，对八荒的命运做出了最后的预言。"

"那么，这最后做出的火曜预言到底说了些什么呢？"封长卿的一席话听得扬归梦发愣,不知道在日光木莲初创时期,居然还有这样一段故事。

"据说那一日,木莲火曜之阵运转了三天三夜,从火曜之阵走出的疾渡陌变得形容枯槁。在留下了预言之后,他便去世了。这预言中说,八荒山海变即将来临,而新的白冠,也就是神之后裔,将在朝氏王族的血脉之中诞生。"

扬归梦嘴角露出一丝不可思议的笑容。"这个人好顽固啊,死到临头,也不肯承认自己的错误。这预言岂不是在说,他当年率领十二羽客投身人间战场,帮助日光木莲扫平中北十州,是完全正确的?"

"没错,就是这样。所以反推他的幽虚派灵师拒绝承认他的预言,哪怕他已经是当世最好的灵师。而知鹤派的灵师们则在经历了朝家的大清洗之后,也依然选择相信火曜预言,甚至帮助朝家再一次清洗了已经遍布八荒枢要的灵师队伍。"

"你的意思是,帮助朝家夺取天下的灵师们,反而被朝家清洗了?"扬归梦睁大了眼睛。

"不是被朝家,是被整个八荒的王公们联合清洗了,"封长卿的语调渐渐沉重起来,"当年,疾渡陌助朝崇智一统中北十州,造成了八荒王侯非灵师不延相的盛况。虽然这些灵师随着朝家王族叱咤风云、横扫八荒,享尽了人间福贵,也一度位极人臣、比肩公侯,但是也导致了日后晴州灵师的灭顶之灾。"

"这样我便有些理解了。"扬归梦想到了那些关于吴宁边草创时期的名将们的流言,在大安的大街小巷,说书人或者歌师的故事里,金满城、邹远山、白景迁、浮成田,那一个个叱咤风云、横扫千军的名字,已全部消失不见了。他们说,在吴宁边成功取代白氏统治旧吴之后，他们都被父亲杀死或者放逐了。

封长卿的嘴角露出了一丝微笑，道："你能想象那种盛况吗？因为朝崇智重用晴州灵师取得了空前的成功，八荒那些真真假假、会一些方术奇技的人士，便都要给自己封上一个灵师的头衔，特别是疾渡陌，他在朝崇智身边组织了以灵师为最高统领的武装知鹤营。当时的八荒神州战乱不已，而晴州灵师却身兼鬼神、手握刀兵、一呼百应，八荒从南到北的王公们哪能不紧张呢？"

"我知道了，那年你带着乌柏从日光城逃出来，你和疾白文、道逸舟一样，都是反对晴空崖的幽虚派。"

"错了，"封长卿缓缓道，"我是一个坚定的知鹤派。"

"啊？"扬归梦大感意外，"那这个庾山子不是说要捉你回晴空崖吗，他不就是知鹤派的人？"

"是，当年在晴空崖上，我被称为赤鹿，而庾山子被称为白鹿。他和我一样，也是坚定的知鹤派。但现在主政晴空崖的，既不是知鹤派，也不是幽虚派，而是追逐世间权势荣华的野心派！有了人间的权势和富贵，疾渡陌当年的火曜预言，已经再也没人提起了，晴州也有了自己新的白冠。"

"他们的白冠？"

封长卿笑了，道："自封的。"

"所以乌柏他？"

"没错，他是有朝家血统的孩子，也极有可能是未来的白冠。当年木莲太子朝守义发动朝堂之乱，日光城内的灵师们再次分裂，这才有这孩子的母亲带着他逃出日光城。我不过是这孩子母亲的护卫罢了。"封长卿完全陷入了回忆之中。"七十年过去了，火曜预言早就被人们遗忘了，可铲除异己这件事情，人们永远都不会忘记。之前几年，有人专门跑到灞桥告诉那孩子的母亲，这南山珠南渚也出现了一颗，因此她那时候想的，便是要赶到南渚，去复活一个极为重要的人，当时木莲太子朝守义兵败如山倒，地位岌岌可危，只有这个人，或许还能力挽狂澜。可惜……"

"可惜什么？"

"她一路西行到了浮玉，却没能活着离开，而人们总是试过了才知道，南山珠，也的确不是万能的。"封长卿的口中泛起了一丝苍凉，他看着扬归梦道："我已经说过了，现在晴空崖早已没有了理想，更不在乎什么山海变。他们在乎的，只是世间的权势和荣华罢了。有任何挡在他们面前的障碍，都是一定要扫除的。"

"话都说到这个份上了，我也直说无妨，"扬归梦看看封长卿，"我虽然不知道这些有的没的，但是我也明白乌柏不能落在庾山子的手里，因此刚才我已经和那孩子说，要他和卜宁熙下了山就不要回来了。"

"你，怎么回事！"封长卿忽地坐了起来，瞪着扬归梦。

"怎么了？我们两个人，一个躺，一个抖，难不成还要拖着他们不能逃跑吗？"

封长卿伸出手去疯狂挠头，好像那一头斑白的短发是些亟待铲除的杂草。"你懂什么，那卜宁熙怎么会是庾山子的对手！我！我抖抖而已，喝两口不就好多了！"

三

九月的浮玉泽,林间潮湿温暖。扬归梦又乏又痛,不知道什么时候,竟昏昏睡去,做了一个飘飘摇摇的梦,梦里自己白衣胜雪,正在平滑如镜的浮玉湖上御风而行。

等到再睁开眼,日光已经西斜,而那飘飘摇摇的感觉并未离开。她揉揉眼睛,整个林子都在身旁摇摇晃晃,她心里一惊,左右看看,原来不知什么时候,自己已被抬上了滑竿!

正逢下山小路,抬着滑竿的乡民稍有晃动,她的整个身子便倾向了一边。不睁眼倒还好,这一睁眼,倒好像自己要被丢到路旁的山涧中一般,她情急之下一把抓住滑竿的扶手,这一下用力过猛,一股疼痛从身上的各处伤口飞快延伸开去,她不由得"啊"地叫出声来。

"莫动,小心掉下来,"抬着滑竿的乡民黝黑瘦削,抱怨道,"一醒了就摆来摆去,做什么呦。"

这是怎么回事!?扬归梦向四周看去,四野群山苍翠,树木随风起起伏伏,只有这一抬滑竿在林间轻快穿行,前面是闷着头赶路的卜宁熙。

"卜宁熙!"扬归梦喊了起来,"你这是要往哪里去?不是要你带着小鬼头先走吗?老酒鬼呢?他们俩哪儿去了?"

"你醒了?"卜宁熙气喘吁吁地走过来,道,"我们只找到了一乘滑竿,封先生说你伤势严重,再耽搁下去,恐怕要不好,于是我们便分开走了。"

"我问你为什么又回来了!"扬归梦一下子黑了脸。

"不是我要回来,是封先生带着你追过来,把乌桕劫走了，"卜宁熙苦着脸，"而且乌桕他本来也要回去接你们的。"

"他们呢？往哪边去了？赶紧给我追过去！"扬归梦暴躁起来，她不管乌桕是什么身份，只是想着不能丢下这个小孩，跟着一个路都走不稳的老酒鬼，难道还有什么好事吗？她知道定是封长卿寻了一个由头支开了自己和卜宁熙，毕竟这个老酒鬼是谁也信不过的。

"你坐稳嘛，再过了前面一个坡，就能看到官道了。"滑竿不稳，乡民连忙停了下来。

"我说话你们都没听到吗？"扬归梦恼起来，抓住滑竿的把手，就想要往下跳，可惜刚一用力，那些刀割般的疼痛又再次袭来，这一次她痛得连话都说不出来了。

"公主，我们先去了官道找人帮忙，有了马匹，就可以尽快赶到长葛，不然姜潘问起来，到哪里去找人都不知道。"

"说得倒好！"扬归梦的眉毛都立了起来，"道婉婷让你一路跟来，是为了什么？"

"是要我跟着乌桕。"卜宁熙倒是老实。

"那你现在把他丢下，却跟在我这里晃，到底是要怎样？！"扬归梦手动不得，腿也动不得，倒是还能对卜宁熙怒目而视。

"你现在这个样子，就算在他们身旁，恐怕也没有什么帮助啊。"卜宁熙忧心忡忡地看了扬归梦一眼。

"你！你知不知道，那个小男孩有可能就是拯救八荒的晴州白冠！"心下着急，扬归梦一股脑地什么都说了出来。

"我知道，就是白冠说的，要我先把你送出来，"卜宁熙一脸无奈，道，"我一个海兽之血，白冠的话，总要听吧？"

"你！"乌桕什么时候就成了白冠了？这卜宁熙找借口的能

水云乡 17

力是一等一的,这时候,那个鸿蒙海上油嘴滑舌的宁州商人又回来了,把扬归梦气得发昏。

"你不要激动,我们两个加起来,也比不过封长卿,更不要说那个庾山子,就算我们四个在一起,还不是一起死了吗?"卜宁熙停了停,又道,"这又不是在鸿蒙海上,怕也没有犬颉可以召唤了。想想道先生,他那时候把我血饲,多少还征求了我的意见,今天你要去白白送死了,却是问也不问我呀?"

"什么时候轮到你管我!"扬归梦气得在滑竿上猛地一拍,但她没有气力,抬滑竿的乡民惯于穿山越岭,脚下站得却稳,这滑竿连歪都没歪上一下。

"两位莫吵,这浮玉泽周边,一年四季,常有瘴疠大雾,一会儿雾起来了,大家都要死在这里。"

"哦?"卜宁熙停了和扬归梦的拌嘴,道,"那刚才那老汉和小孩子要去的白华湖,又如何?"

"那还用说吗?我们刚才不是劝过了?这百多年来,白华湖是一等一去不得的所在,已经吞没了不知道多少人!"

"是啊是啊,那一年那些平武兵,连长葛城都攻下来了,偏偏要异想天开,去疏通水道,结果连着民夫和士兵,足足有好几千人啊,走了进去,就再也没出来。"

"几千人?就那么凭空消失了吗?"不但扬归梦不信,连卜宁熙也一脸怀疑。

"看你们呦,也和那些南渚蛮子没啥两样。"这两个乡民倒先摇起头来。

这边山势较高,向两个乡民指去的方向看去,果然一片迷雾升腾,在夕阳的余晖射在那翻卷的雾气中,一切都朦朦胧胧的。

"那雾气下面？"

"就是浮玉泽了。"那乡民咂了咂嘴。

这一天来，天上始终没有庚山子羽隼的踪迹，到底是庚山子累了，还是封长卿被他们找到了呢？

"拐去那边，我们也去白华湖。"扬一依气急败坏。

"他们不肯去的。"卜宁熙苦笑着看着两个抬着滑竿的乡民。

"对头。"两个乡民好像根本没有听到扬一依在说些什么，一前一后地喊起了号子，步子愈发地快起来了。

没出大安之前，自己连劳什子浮玉泽在什么地方都不知道，更不要提什么白华湖了，那又是什么鬼地方？封长卿甩开自己，带着乌桕去那么凶险的地方做什么？这一刻，扬归梦满心失望，她没有想到，这是她这一生第一次真心实意地想要去帮助什么人，却被人家无情地拒绝了。

"有酒吗？"她拍拍挂杆，前面那个乡民在腰间摸了摸，道："有嘞。"

扬归梦接过那竹筒，拔掉木塞，咕咚灌了一大口，浮玉有好稻子，到了南渚，便酿出了辛辣的鸿蒙酒，可这竹筒酒喝起来，又涩又黏，苦不堪言，这里到底是一片怎样的神奇所在，怎么会有这么难喝的酒呢？

扬归梦心中烦闷，看着卜宁熙，越看越讨厌，就把那酒一口一口地喝下去，酒喝多了，便会睡着，她就这样在这滑竿上半梦半醒地穿山越岭。直到满天的星辰都升起来了，那两个乡民说的那一座山岭还是横亘在眼前。

"这是怎么回事？"扬归梦终于难得有了片刻清醒，在大安城西面,有一座长戟山,虽然说不上险峻,但可称连绵,每年扬家秋狩,一定少不了扬归梦和她的小马,豪麻早早就对她说过,那些近在眼前的山峦,真正打马飞驰起来,却会越来越远,总是跑不到尽头,这是因为面对的天地大了,山脉的走向未必和人的判断一致,赶路的人更容易对距离产生错觉。想不到今天自己在这蛮荒之地却体验了一把可望不可及。

长夜未尽,滑竿终于越过了这道似乎永远也不能接近的山岭,在下方出现了一座形制和赤叶相似,但却小得多的城寨,里面人马奔忙,一片喧嚷。

"喂!什么人!"有人向着这个方向挥舞着火把,远远喊起来了。

"到了到了!"两个乡民放下滑竿,拼命挥起手来。

"你们真的是命大,起了雾,也可以走出来!"城寨里面的兵士先来一通寒暄,又把目光转向了他们二人,道,"咦,这两个是什么人?"

"你没事吧?"卜宁熙靠了过来伸手放在扬归梦的额头上。

"滚开!"扬归梦想伸手去打开卜宁熙,却再也没有气力抬起手来。

他听到了吗,还是没听到?怎么一张大脸还是凑过来了?

卜宁熙竟然把双手伸过来了,他的胳膊穿过了自己的手臂和腿窝,把自己凌空架了起来。这个混账王八蛋,居然敢如此无礼。

紧接着她的整个人都晃动起来,好像一株随风乱摆的苇草,身上原来那些痛得要命的伤口,这一会儿忽然都不痛了,而是有一些酥麻,痊愈了吗?就这样莫名其妙地好了?

扬归梦正在胡思乱想，卜宁熙忽然扯着嗓子高喊了起来："来人啊！来人！"

啊，好吵，好烦！好像有一千面锣鼓在耳畔敲响，扬归梦的血一股股往头上涌，天旋地转。

"李子烨！李子烨！扬归梦要死了！"卜宁熙好不惜力地狂吼。

双眼的眼皮越来越沉，世界只剩下了一线窄窄的光亮，在这一线光亮里，无数的火把正在旋转，跟着是一片又一片亮白的反光，是刀光吗？扬归梦再也支撑不住，终于合上了眼睛，自己不会要死了吧，听说，在临死前，人都是会产生幻觉的。

然而自己的幻觉呢？怎么还不出现？

那个银枪玄甲、不苟言笑的男人呢？

"扬归梦，扬归梦！"

好烦，又是那讨厌的毛民方言，土里土气，不伦不类，她恢复了一点点气力，却并不想睁开眼睛。可纵然闭着眼睛，她也感到眼前出现了一个暗影，这人身上有一股好闻的甘草气息。

"你刚才说，封长卿和那个孩子去哪里了？"这个声音厚实得很，听起来让人心里痒痒的。

"他们去了白华湖。"

这是卜宁熙的声音。

"嗯，"那影子又开始在她的身前身后徘徊，"和她的姐姐倒是不十分相像，她这次伤得太重，想要恢复，真的是很困难了。"

"不过，也许还有机会。"

"什么机会?"卜宁熙和李子烨一起脱口而出。

"找到庾山子,他可是日光城中的神医圣手。"那人停了片刻,道:"走吧,白华湖。"

这样的对话真的是好无聊啊。"你就是姜潘吧,神神怪怪的,搞些什么东西?"扬归梦睁开了眼睛,"我也要去。"

那留着一口髯须的男人回过头来,道:"你醒了?"

"我若没醒,那是谁在和你说话?"

在摇摆的灯烛光焰中,那人哈哈地开心笑了起来。

四

九月天高,秋水茫茫,眼前是一座又一座孤岛。穿出密林之前,扬归梦从未想过,这里会有如此浩瀚的一泓碧水。

那夜她和卜宁熙千辛万苦见到的,确实是浮玉的传奇人物姜潘。这还托了李子烨、东双河的福,他们二人带着越传箭向着长葛一路狂奔,在通向长葛的路上,正遇到了陪着浮玉大公季无民驻跸马丘的姜潘。原来每年九月,季无民都要离开长葛,到浮玉泽畔的行宫来小住,这里是浮玉公主季清音的出生之地,八荒素有万川归海的传说,那么浮玉泽这样的巨湖,更应该和鸿蒙海相连相通了。

姜潘说,季氏便是在这浮玉泽畔的莽林中崛起的,因此,坟冢也代代修在这里。季无民每年都要来小住几日,是想念他在南渚意外落海而死的女儿。那女孩曾经作为赤研星驰的未婚妻被送入灞桥,但十六岁那一年却失足落了海。

扬归梦未有儿女,她或许可以体味季清音被她的父亲决定命运的不甘，却无法体味一个父亲失去女儿的痛苦。此刻，这一片被打磨得光可鉴人石台上，她正和季无民、姜潘一同面对着烟波浩渺的浮玉泽。

这石台是天然的奇迹，在临水的山崖上，凸出一块长长的石条来，距离水面也只有数丈，但进入极深。在这石台之上，只要不向来路去看，倒好像人已经置身于这苍茫青翠的一汪碧水之中，有一种天水合一、物我两忘的气象。自然，这些都非扬归梦的形容，而是那个文绉绉的姜潘的句子。

原来不管是不是大海，只要水面够大，也会无风起浪，潮汐奔涌。

眼下秋风萧瑟，水波涌起，倒显得前几日的舍命奔逃、刀锋箭雨都是一般无足轻重了。

"清音落海时，大概就是你这般年纪吧。"季无民后背微驼，背负双手望着天水之间那一片苍茫。

扬归梦想说，不管怎样，总是你们这些大人，喜欢把自己的孩子当作物品，随意送来送去。可是看看季无民两鬓斑白的头发，正是和父亲一般的年纪，忽地又想到，自己离开大安这么久，还不是一样生死不知？父亲平时是最宠着自己的，不知道现在是不是也偶尔会想起她呢？

这样一想，那些已经滑到嘴边的刻薄话，便再也说不出来了。

"大公，事情已经这么久了，想来清音公主知道大公八年来这样忧心惦念，也会不忍心的。"

这是什么混账话，这样的口吻，分明是在说如今季无民这一点思念、一声叹息，都是女儿的过错了？

水云乡

扬归梦脑子一热，怒道："她是已经死了，不能站起来反驳你，既然这样爱自己的孩子，何必还要把她送到那样陌生而可怕的地方去呢？"

一句话说完，她自我回味了一下，没错，灞桥那个青云坊，绝对当得起"可怕"二字。这种可怕，也不会是自己去了才突然出现的。

季无民回转身来，深深地看了扬归梦一眼，道："你说得没错，天下父母都是一般，没有失去自己的孩子，是不会认为自己错了的。"

他这一句话说得慢悠悠的，却无限沉痛。

扬归梦的眼圈立即就红了，道："可有很多孩子也是一样的，没有失去自己的父母之前，也不晓得去多和他们聊聊天，说上几句话的。"

"羡慕，我真的很羡慕扬觉动，还有你这样一个女儿。"

"我可是全吴宁边最不听话的那一个。"扬归梦摇摇头。

"不听话，不听话可是你们扬家的传统，"季无民笑眯眯地，"扬起雄反出东川，扬叶雨攻入大安。若不是你父亲当年兴兵挞伐，打了澜青一个措手不及，我浮玉就危险了。"

"我们的传统？"扬归梦笑起来，这季无民贵为浮玉大公，说话还蛮有趣的。

"是啊，"季无民点了点头，"木莲立国时，天下王公曾在白驹城订立白驹之盟，除了天下共主的日光王朝承露之外，还有浮玉、南渚、澜青、吴、宁五大公，如今我们还在，但旧吴已经被你们扬家取而代之了。这取而代之，可不容易，因为这便打破了日光木莲定下的规矩，也是长了日光木莲这个盟主的脸。你说,你们一家以臣弑君、以下犯上,这是不是不听话呢?"

"是哦,怪不得日光城那么生气,总是找我们的麻烦。"

"日光城拿你们没办法,我们呢,就可以在一旁看笑话了。"季无民也笑了起来。

这些事,扬归梦是知道的,之前她担心的,是浮玉大公又要像那个赤研井田一样,抓住自己,便奇货可居,把自己留在这浮玉泽畔可怎么办。但现在听季无民的意思,倒是对和扬家一样逐鹿八荒没什么兴趣。

没有兴趣,便是好事情。

当年白驹之盟后,独立于日光木莲的五大政权中,季氏差不多是最神秘的一个。因为浮玉地处蛮荒,西接坦提草原,北邻澜青,东边是南渚,南边是更为蛮荒的长州,所以尤其少人留意。坦提草原和长州、浮玉一样,都是蛮族聚居之地,相对于他们,浮玉便更像中州的一员。然而比起拥有前青帝都平明的澜青和千年王朝的南渚来,浮玉又确实是一块蛮荒之地。这样的地位可谓尴尬,不过尴尬久了,可能他们也就习惯了吧。

封长卿说过,蛮荒之地有蛮荒之地的好处,千百年来浮玉泽生存环境恶劣又国力孱弱,让那些争霸中州的公侯都不把它当成一回事。这样一片瘴疠之地,物产也十分贫瘠,就算占领下来,不也是赔钱的货吗?加上这一州武力虽弱,但民风彪悍。历史上,浮玉的首都长葛屡次被澜青、南渚攻陷,但是谁也没能占住,浮玉人顽强的韧劲和变化无常的天气不是那么好对付的。就这样,千百年来,浮玉就这么无声无息地生存下来了。

但现在八荒战乱,处处烽烟,浮玉在这一场大乱中,还能够独善其身吗?

"大公,你知道四马原上已经打起来了吗?"扬归梦忍不住开口。

"自然,卫成功已经从永定拉走了他苦心经营的坦提骑兵,在花渡战场,李精诚率领的大军也已经和澜青、南渚联军攻防多日了。"

"我听说,澜青和南渚一直在欺负浮玉,那么,你们可不可以借着这个机会发兵,干脆把永定城拿下来呢?"扬归梦想都没想,这句话便脱口而出。

季无民笑了起来,道:"公主,这也是扬大公的意思吗?"

"自然不是,不过,如果你这样做了,我父亲一定会回报你的。他这个人,是言必行,行必果的。"

"你也知道,原来四马原上有一块土地,是澜青从我这里抢走的吗?"

"还有这样的事?"扬归梦理直气壮,"那更好,趁着永定没人,抢回来如何?我只是觉得,以徐昊原那个狠巴巴的样子,要说他徐家会对四邻好,是肯定不可能的。既然办了这样不地道的事,杀人偿命、欠债还钱,这些不都是天经地义的事情吗?"

"你说得对,但是浮玉太小了,太弱了,经不起折腾,我麾下虽有这数万兵马,但是若能安居乐业,浮玉何必要介入战争呢?"季无民一直是一副不疾不徐的样子,"大家打得一塌糊涂,我却岿然不动,那么,不是大家就更需要我了吗?"

"可是,若是面对威胁,还不行动,等到敌人取得了绝对优势，那就更危险了。"

"公主，怎么能这样和大公说话！"姜潘上前一步，看了看季无民，还好，他的神色并没有什么变化。

"你说得不错，但是现在已经有人告诉我，吴宁边一定会失败，徐昊原会长驱直入，拿下大安城，而花渡战场嘛，李精诚也会覆灭。"他回头看了看姜潘，道："更重要的是，就连我浮玉身后的南渚，也会换人主掌青华坊。如果这一切都是真的，那么，我就真的没有选择了，也只好任日光木莲吞并八荒了。"

扬归梦清了清嗓子，道："南渚怎样我不知道，但我知道的是，大安是绝对不会被攻下的，因为我的父亲已经回到大安城了。别看我年纪小，我也是上过战场的，战场上最确定的，就是没有什么是可以确定的，不到最后一兵一卒，没人知道谁会真正取得胜利！"

这当然是豪麻对她说过的话，扬归梦激切地说了这一大通，扯得浑身剧痛，但是她已经顾不得了！

"我日前已经收到了木莲的邀请，"季无民看了看立在一旁的姜潘，"流景宫广发风云诏，邀请八荒公侯共赴白驹城，去参加太子朝持明主持的白驹之盟。"

"新的白驹之盟？"扬归梦一愣。

"嗯，一同被邀请的，还有南渚的新大公赤研恭、澜青大公徐昊原、宁州大公陈仁川，还有熊耳、坦提的主政及霰雪的固伦柯，当然，长州、维州、栖图、白吴和李吴的公侯也都会到场。你发现什么了吗？"

"季大公，你说错了，现在的南渚大公是赤研井田，赤研恭只是世子而已。"

水云乡　27

"不会错的，赤研恭很快就是南渚大公了。"

"那么，新的白驹之盟中没有吴宁边，也是同样的意思吗？"

"起码，在流景宫的眼中是这样的。"季无民转回身来，挥了挥手，道："日暮风寒，回吧。"

侍卫们抬起了扬归梦的竹轿。

"天下之大，不是嘴巴说说就能拿下来的。"扬归梦的手紧紧抓住了身旁的竹竿，抿起了嘴唇。

季无民微微点了点头，道："的确。这一次我会委托姜潘代表浮玉与盟，如果愿意，你可以一起前往，这样等到再见面的时候，你就可以用事实来反驳我了。"

"好，我去！"扬归梦是真的不相信，就凭日光城里那混账的一句话，自己便再也见不到父亲和豪麻了。这大概就是生死关头吧，她咬紧了牙关，在心底默念道，扬一依，对不起了！

"启禀大公，在这之前，我要带她去一趟白华湖，她的伤太重，或许只有那个人或能救得回。"

季无民忽然停住了脚步，好半晌，才道："去吧。"

天空中响起了久违的鹰隼的唳叫，几只水鸟恰在此刻振翅飞起，落入莽林中，很快就不见了。

五

"他们说人在白华湖，你便信了？"

自从遇到了姜潘，扬归梦的简易滑竿便换成了精心编制的竹轿，身上的伤口也都被小心处理过，换上了干爽的衣裳，只是虽有美味佳肴，她却食之无味，的确如姜潘所说，她感到自己体内的灵识正在逐渐涣散，生命也正在一点一点消磨殆尽。

跟着姜潘的马队深入浮玉泽的腹地之后，她昏睡的时间已经大大超过了清醒的时间。

"我当然相信，当年还是我陪他们去的白华湖。封长卿没有别的地方可以去，只有到了白华，也许还可以和庾山子搏斗一番。"

马上的姜潘瘦削抖擞，这一路来，扬归梦已经听了太多关于姜潘的传说，一直以为他是个年近半百、老成持重的策士，没想到一见之下，居然是个三十多岁的俊朗男子。

"白华那个地方有什么特别吗？"

"你从吴宁边到南渚，可曾穿过鹧鸪谷吗？"

"啊，鹧鸪谷？"扬归梦的意识有些模糊了，自己到底有没有穿过鹧鸪谷呢？

"这白华湖是浮玉泽大小数百个湖泊中最为神秘幽深的那一个，如果你曾经经过鹧鸪谷底，便会明白，它和鹧鸪谷是一样的，是八荒陆上罕见的海神寄居之地。"

扬归梦摇摇头，道："我实在想不起来了，提到海神，我只记得我和道逸舟在鸿蒙海上见过重晶。"

"鸿蒙海啊，"姜潘若有所思，"大概你们从落月湾一路向东，是到了魅岛附近的落月礁了。"

"我也不知道那是什么地方，说是主动见到，也不是很合适，那重晶不过是一汪碧水罢了，那巨兽犬颌，却是道逸舟拼了性命召唤出来的，"扬归梦看了看一旁的卜宁熙，道，"他动用了血饲。"

"血饲？"姜潘皱起了眉头，"血饲是晴空崖明令禁止的邪

水云乡 29

术，用人的生命来和重晶做交易会导致极其严重的后果，因为谁也不清楚神的心思，你把它唤醒了，再怎么送回去，就是大麻烦了。"

"你也不是灵师，怎么好像什么都懂的样子？"

"我吗？我在日光城里有很多的好朋友啊！"好像想起了什么，姜潘咧嘴笑了。

"封长卿是你的朋友吗？"

"封长卿？"

"疾白鸣，对这个应该是他的真名字。"

姜潘摇摇头，道："不是，他那个时候便已经有四十上下了吧，他太老了。"

"好吧！"扬归梦看了看姜潘，虽然他的谈吐沉稳持重，但怎么看，也不过三十出头的样子，这样往回推去，封长卿说自己十几年前就认识他，难道他那个时候，只有十几岁吗？

"疾先生算不上我的朋友，但是他是我朋友的护法灵师，我也是那个时候认识了扬苇航，我们都是各州送入日光木莲的质子，她虽然年纪比我小，但却比我早一年进入日光城，我所有的朋友，几乎都是她带着我认识的。"

本来是至亲的人，这名字却带着一点点陌生，扬归梦感慨："你认得她？我恐怕都不认得了，我只在她婚礼的那一天远远见过她一面，感觉那一天她很不高兴啊。"

"是啊，不仅认得，而且我们很要好的。"他们出发前，浮玉泽畔风雨大作，如今这曲折的小路上，满是红色、粉色的落花，姜潘一袭白衣，身上也沾了不少花瓣。

"还记得初到日光城，一场闹剧般的仪礼结束之后，便没人再理我了，只有她蹦出来，带着我在日光城内四处走动。"姜潘回转头来，道："这么多年了，我不再是那个少年，她也不是当年那个小姑娘了，但那些日子我都记得。所以今天你这个人情，我是一定要还给她的。"

"她又不认得我。"透过这林中的枝枝桠桠，远处隐隐白雾茫茫。

"认不认得你，你总是她的妹妹。"

"是吗？连正式的一面都没见过，也可以成为另外一个人的亲人吗？"

对扬归梦的问题，姜潘显然准备不足。他看了看一旁的卜宁熙和李子烨，卜宁熙做了个无可奈何的表情，李子烨却一副了然于胸的样子，道："我们还是快走吧。"

一路睡睡醒醒，虫鸣鸟叫声中，一声唳叫格外刺耳，惊醒了昏睡的扬归梦，她睁眼的那一刻，那一只羽隼正展开双翅，旋转着向下俯冲而去。

"到了吗？"扬归梦揉揉双眼，终于知道了这里为什么被称为白华湖，在她的眼前，是一大片黄白相间的丛林，好像突然之间天地进入了寒冬，四处都挂满了霜花一般，然而走得近了，才会发现，原来这里无数的树木上，开满了白色和浅黄色的花朵，一株连着一株，和水边苍茫的雾气相接，便混淆了现实和想象的边界，好像这个天地从诞生起的那一刻，便是如此清冷的。

"庾山子找到他们了，"扬归梦努力招呼前面的李子烨，"喂，你听到了吗？那是他的羽隼。"

她感觉到自己确实在说话，但是李子烨一丝反应也没有，只是自顾自的和姜潘、卜宁熙说着些什么。她又尝试动动自己的身体,却发现连一根指头都动不了。

虽然这里早就没有了路,但姜潘指挥着侍卫们,在水边拖出一条早已准备好的木舟来。现在她相信封长卿要来此地,不是慌不择路,也不是心血来潮,原来他早已算好姜潘会到这里找他。显然,这个地方,姜潘也不是第一次来了。

那么这清冷而不像凡间的地方,到底隐藏着什么秘密呢?

她的竹轿被摇摇晃晃抬上了木舟,这木舟上平坦宽阔,容纳十余人绰绰有余,扬归梦转着眼珠,好奇地四处张望着。

此刻在木舟之下,镜子一样的湖水是浅绿色的,在众人的头上,则是湛蓝的天空,远处的湖中,点缀着大大小小珍珠一般的岛屿,而微风中,湖岸树上的白色花瓣正在片片摇落。

这景色美得令人心惊,她却挖空了心思也想不出如何形容,她心中唯有一个念头是,如果扬一依在这里就好了。

原来,就算无波的湖面,只要足够浩大,也会有轻烟薄雾慢慢升起的。小时候,扬一依督促她读书习字,读到"暖玉生烟"这四个字时,她便忍不住要和扬一依抬杠,玉,不就是石头吗?你不烧它不打它,怎么可能会冒烟呢?不对,就算人们用兵刃去凿击它,也应该冒出火星才是,不是吗?

这个时候博学的扬一依便对她解释起来,你看,这玉佩放在日光下,里面的筋骨脉络,不是在日光下浮动吗?玉是有气的,你看,你仔细看。通常扬一依话还没说完,扬归梦早就跑得不见踪影了。

为这件事,她还专门去找过豪麻,硬要他去看那日光下的美玉,看到没有,有什么变化吗?豪麻搞不清楚她要做什么,只得实话实说，没有变化。扬归梦便笑嘻嘻地跑走了。那时候，她可当真是得意了好几天的，看吧，不管别人如何，豪麻和我，是一头儿的！

如果扬一依在这里就好了。她好想告诉扬一依，真的，书上写的是真的，暖玉，真的是可以生烟的，这安安静静的水面，便是这缥缈浩荡的天地间一块无瑕的碧玉。此刻，在日光下，那轻柔曼妙的雾气，正在一点一点蒸腾凝聚。

好美啊，如果不是亲自来到，谁能想象人间还有这样的地方。

扬一依，你在吗？扬一依，你现在在哪里呀，你快看啊！

扬归梦的呐喊没有任何人能够听到，长腿的水鸟在伫立打盹，小虫儿在树上鸣叫，那花瓣还是一朵一朵地飘飘悠悠落下，这个世界太安静了。

扬归梦从来没有这样思念扬一依、思念豪麻、思念父亲，她感到自己就要和这缥缈的天地融为一体了。

直到她低下头来，才看到了躺在木舟上的自己，白衣胜雪，颜面如玉，胸口正慢慢停止了起伏。而李子烨已经慌了，扑到她的身边去掐那个扬归梦的人中，探她的鼻息。

"南安侯！梦公主没有呼吸了！"刚才自己喊了半天，这个世界没有半点动静，倒是李子烨对姜潘的这一嗓子中气十足，扑棱棱震起一片鸥鹭。

"扬归梦！"卜宁熙凑过来了，姜潘也凑过来了。

"扬归梦你醒醒！"混蛋李子烨居然拉起那个软绵绵的自己，猛烈晃动起来。

此刻的扬归梦无比地疑惑，如果那个躺在木舟上、面无血色的人是真正的扬归梦，那这个正在注视着这一切的自己，又是谁呢？

她感到自己慢慢从这湖上升起，又渐渐弥散开来，她看到了在白华湖的深处，有一片更深的墨绿，和整湖的秋水泾渭分明，她看到了在那一汪墨绿的巨石上，握着酒壶的封长卿正和庾山子两两相对，而乌桕则跌坐在巨石的边沿，仿佛随时都会落入水中。

"小鬼头，你还好吗？"扬归梦苦笑，"姐姐我再也帮不了你了，因为我已经死了，我的小丫头徒弟，之后只能拜托你了。"

没有人听到也没有人会看到这一个扬归梦的，她慢慢地叹了一口气，接下来，自己是不是就会四散在这天地间了呢？他们说这世上有些器物，可以封印逝者的灵魂，以前，自己是从来不信的，可现在，她宁愿有这样的法器。这样，是不是她还能在这汹涌的时间中留下一点点存在过的痕迹？

"享姐姐，这里很危险，你不要过来。"

乌桕忽地转过头来，向扬归梦虚虚推了一掌。

"啊？！你能看见我！能够听到我说话吗？"还没有等到乌桕的回答，她的灵识已经被这一掌风驰电掣地推过了这浩荡的缥缈烟水。

扬归梦倏地睁开了眼睛，脸上湿湿的，是李子烨滴滴答答的眼泪，还有一长串的鼻涕，马上就要落在自己的鼻尖上。

"你给我滚开！"她的声音还是极其微弱，但是这一次李子烨听到了。

"活了！活了！"

这断了一条眉毛的家伙，在木舟上兴奋地蹦了起来。

啪嗒一声，扬归梦感到那股恶心的黏腻物落在了自己的脖颈之间。

六

"稳住船！"

随着姜潘的一声断喝，十二只叶片形状的扇桨插入木舟早就备好的凹槽，并被机栝牢牢固定住，这一刻的木舟，就像一片毛茸茸的叶子轻巧地浮在水面之上。

"快快，过来搭把手。"侍卫们一个连一个，用绳索将自己和木舟扣在一起。

"这浪我见过。"卜宁熙的声音都变了。

是的，这浪扬归梦也见过。那日在鸿蒙海上，绞碎的飞鱼营红船的巨浪如今就在眼前。她知道这绝不是自然的风雨，是白华湖中央的封长卿和庚山子正在对决。

要赶快过去，她心中只有这一个想法，然而还没等她说出口，那巨浪已经到了面前，掀起了漫天风雨。这和道逸舟死后海兽犬颉卷起的巨浪何其相像，而那日鸿蒙海上的巨浪，推着她的小舟划过长空，竟从鸿蒙海上那一片不知名的礁石旁，一路把她送回落月湾的沙滩上。

今日这巨浪也不比当日逊色，而它旋转翻卷的样子，也像极了当日她们离开灞桥的那一刻，雷暴和烈火随着满天的风雨呼啸而来，把半条青水都吸上了天空。

这一次，又会发生什么呢？

"稳住!"姜潘双臂紧紧握住船上的绳缆,高声吼道。

刚刚还平静无波的白华湖上,隆起了一圈圈的波纹,好像有一股无形的巨力拉扯,任凭人们如何挣扎,这木舟还是飞快地穿过一座又一座小岛,被拉向了湖心。

这湖心扬归梦刚才已经见过,那是带着死亡气息的一片深深的墨绿,这也是重晶吗?怎么和鸿蒙海上那深蓝的水体不一样?

"投出钩枪。"在姜潘的命令下,船上这些健壮的士兵向着左近的小岛掷出了无数挂着绳索的长钩,紧紧拉住了水岸上的树木。

"上岛,木舟就要被拉到重晶里面了!"

一船的人拼命拉着绳索,木舟终于一点一点向着小岛靠过去了。

"忍着点!"李子烨跑过来,一把抄起扬归梦,就向这小岛上跃去。

"那个方向。"

"什么?"李子烨好不容易上了岛,大汗淋漓。

"到上面去!"扬归梦顽强地指着小岛上高高凸起的水的礁石。

看一看那令人生畏的高度,李子烨咽了一口唾沫。

"来吧,一起。"卜宁熙凑了过来,两个人一人架起了扬归梦的一只胳膊。

"走!"

扬归梦被他们两个架着,体验了一把白日飞升的感觉,在三个人的脚下,看不见边际的湖水还在震颤,就在十余丈开外，便是墨绿色的湖心了。

"这，这深的浅的都是水，怎么好像两不相容？"李子烨喘着粗气。

"这和我见过的重晶不一样，鸿蒙海上的重晶是深蓝的。"卜宁熙也喘得厉害。

"没错，这就是重晶，"姜潘也带着侍卫攀上了这礁石的顶端，"重晶本来便是没有颜色的，周围的水是什么颜色，它便是什么颜色。"

"还有这样的说法？"

"当然，若是你有机会西出安夷关，在哈卡什海北的那一处重晶之地，重晶便是赤红的。"

"安夷关？在哪里？"李子烨一屁股坐倒在礁石上。

"零州，"卜宁熙摇摇头，"那地方，要从日光城走京洛，过了雁回再走二百里才到。若要去哈卡什海北部，那更要再走上千里的沼泽、盐湖和荒漠。"

"说得好像你去过一样。"李子烨一脸的不以为然。

"我没去过，不过听旅人说起过罢了。"对李子烨的态度，卜宁熙倒是一笑置之。

"你刚才说了好大一串，零州又是哪里？我怎么从来没听过。"

"李将军，零州就是八荒之一啊。"

"八荒？还真的有八块荒地？"

这一下连扬归梦都止不住地要摇头了，在她见过的世家子弟中，李子烨可称机敏果敢，不过还是脱不开军镇少年的鄙陋见识。不过这也不能怪他，这个家伙和自己一样，也是个只爱打架不愿读书的。

"这世上有零、荒、晦、暗、鲸、寒、幽、墟八个杳无人烟的蛮荒之地,是为'八荒'。"卜宁熙还在耐心地解说着。

"哈?你懂得不少啊?这是谁规定的?"李子烨瞪大了眼睛。

"这……"卜宁熙一时语塞。

扬归梦暗暗好笑,这八荒也不知是哪本古书上先写了,就这么一代一代传下来,卜宁熙虽然见识广博,也未必知道出处。

果然,他只能咽了一口唾沫,道:"见笑了,我以前是跑商的,最远,也不过到过京洛而已。"

卜宁熙的气势弱了,李子烨还有心思回过头来看了自己一眼,带一点得意扬扬。

扬归梦摇摇头,这李子烨的少爷脾气不是没有,发作起来,也是藏都藏不住的。这一刻她倒想起来了,几个月前落月湾的牙船上,她便听过卜宁熙的这一番高论了,想不到历尽劫难,大家还有缘重逢。只是这一眨眼的工夫,八荒已经不是昔日的八荒了。

这礁石虽离那大片的重晶稍有距离,但胜在颇有高度。因此,大伙儿可以隐隐约约看到那边一片墨绿之中的一小块石台,在那石台之上,正有三个人影。

卜宁熙蹲了下来,道:"封先生和乌柏就在那里。我们要想个什么办法去救了他们才好。"

"没用的,我们晚了一步。"姜潘远远望着那小小的石台。

"喂,且不说你从何处拉出这木舟来,单说你这木舟上这么多特殊的用具，倒像是早就准备要去湖心一探究竟的。"扬归梦看向姜潘，被乌柏推回到木舟上之后，她的身体渐渐有了知觉，但那些恼人的疼痛、酸楚也一一回来了。

"没错，我来到浮玉这八年来，每年都会来这里，想去那重晶之地一探究竟，可惜虽然有季大公的支持，我也想尽了办法，但是最远，也不过到达我们眼下的这块礁石，便再也无法前进一步了。"

"这距离并不远，木舟略划一划，就可以过去了啊。"

"没用的，小舟无法靠近重晶，任何东西只要与重晶略一接触，便会迅速地老化，进而腐蚀殆尽。"

"那他们怎么过去的？"李子烨一指封长卿三人。

姜潘摇摇头，道："我不知道，若是我们这里也有一位灵师就好了。"

"你呢？你也过不去吗？"扬归梦看了看卜宁熙。

"我吗？"卜宁熙苦笑，"比起他们，我也不过多见了一眼鸿蒙海上的鱼儿罢了。"

"游过去呢？"扬归梦忽然道。

姜潘道："这重晶腐木蚀金，人怎么受得了？"

"水寒化冰，晶寒化玉，"卜宁熙喃喃道，"也许，这重晶真的不会对人有什么伤害。"

"你们说什么？"李子烨一头雾水。

"没听过吗？听说重晶在极寒冷的地方，是可以化作玉石的，那玉石，自然是不会对人有什么伤害的，不是吗？"

"我肯定不会冒这个险的，"李子烨不以为然地摇摇头，"你不怕，你去好了。"

水云乡 39

他们两个还在这里拌嘴,那边湖心却有了动静,庾山子不知道使出了什么招式,令封长卿步步退让,直到逼近悬崖边退无可退。看到封长卿的酒壶都掉了,扬归梦意识到事情严重了。

果然,不一会儿,从他那双手之间便迸发出一个歪歪斜斜、喝醉了一般的火焰光轮来。

"这老酒鬼!"不知道哪里来的一股气力,扬归梦居然站了起来,这是羽客们最后的鬼神技——燃灵。那一日道逸舟在鸿蒙海上为了救她脱险,就用了这一招,才阻止了犬颉对自己的攻击,而他付出的代价,也是极其惨痛的。这燃灵术一旦施出,不管敌人受伤几何,施术者是一定会形神俱灭,化作尘埃的。

道逸舟嘴硬脾气臭,在大安城中人见人厌,但他对扬归梦这个徒弟毫无保留,他那古怪的性格中,有着蔑视世俗的反骨,因此扬归梦所有离经叛道的胡闹,到了道逸舟的眼前,都变作了理所当然,用他的话来说,那些放纵,都是她的天然性灵。

也正因为这样,道逸舟的死,对扬归梦来说,是一个无法弥补的遗憾。可谁能想到,不过几个月后的今天,那个老酒鬼封长卿又要使出这相同的一招呢?这一刻,扬归梦的心都要炸开了。

但在这样远的距离,一切都来不及了,果然,眨眼的工夫,封长卿的舍命一击在庾山子的回击面前,化作满天飞羽,他不是已经不能凝羽了吗?

砰的一声巨响,白华湖中的重晶飞上高空,却并不飞散,而是像一块块鱼胶，抖动不休，又静悄悄落回那碧绿之中。封长卿消失了，而庾山子还在。

那个小小的身影站了起来去抢拉封长卿，终究还是慢了一步。

然后扬归梦眼睁睁看着乌桕脚下一滑，跌入了那重晶之中，紧跟着，庾山子居然纵身也跳了进去。

这一切都发生得太快了。

在鸿蒙海上，她亲眼见过，进入重晶中的银鱼顷刻便会衰老死去，而当日那礁石间浅水围绕的，只是小小的一块重晶而已。可是现在在她眼前的重晶，却是烟水苍茫的白华湖中连绵数十丈的一大片。

老酒鬼死掉了，小鬼头还有救吗？

"你要做什么！"李子烨伸出手去，一把抄了个空。

扬归梦并未多想，一个鱼跃，已经落入了白华湖。

与水面冲击的那一瞬间，她不由自主地闭上了眼睛。

砰，水流从身上漫过，就连落水的响动也变得温柔起来，倒是身旁各种平日里全然听不到的细碎的声响都浮了出来——咚咚的心跳声、咕噜作响的气泡升腾声、流水刷过身子的涌动声、五脏六腑在湖水压迫下的细微轰鸣。

等到身体渐渐平稳下来，她努力睁开眼睛，最先看到了的，是在眼前游过的鱼儿，它们离自己如此之近，几乎是贴着睫毛游过去的，它们神态慵懒地张嘴翕动着，身体近乎透明，以至于连内脏和血管都清晰可见。扬归梦再稍一转身，发现自己已经被这种无色透明的鱼儿围了起来，湖水在她的扰动下鼓荡旋转，而那些小鱼便顺着水流聚集，汇成了一条银色的袋

水云乡　41

子,她在这一片闪闪的光亮中继续下沉,手指不经意间触到了湖底的水草,那种柔滑,像极了儿时扬一依哄她睡觉时的轻轻抚摸。

最初的惊惶过后,扬归梦居然感受到了一丝放松。说也奇怪,这冰冷的湖水仿佛压住了她体内的燥热和痛处,她现在可以顺畅地活动四肢了。

因为她落水处甚高,因此潜得也深,加上湖水清澈,她隐隐约约地发现,前面的水底,横亘着一连串的岩石罅隙,正当她要试着再向前游去的时候,咚的一声闷响,身后又滚起一大片水泡来,水流再次乱了。

她回过头去,一个黑影迅速压了下来,看那笨手笨脚的姿势总觉得有些眼熟,原来是李子烨也跟着跳下来了。

一股无名火从她的心头升起,这个人怎么这么烦呀。

七

和自己不一样,李子烨下沉的速度比自己快得多,他还穿着身上的皮甲,他到底是怎么想的?这样跳下来,不会沉底吗?

借着这一跳的冲力,李子烨正笨拙地奋力向前、手脚并用地向她游来。

扬归梦做了几个手势要他滚开,他倒是真的慢了下来。然而这一番扰动耗费了扬归梦不少的气力,入水时间长了,她气息不够,便再懒得理李子烨,而是一路向上,浮出水面换气了。

钻出水面，湖面上已经升起了薄雾，目光所及，都是无边无际的碧绿，除了身边一座孤岛，再没有任何参照物。扬归梦大口大口地吸着气，抹去面上的湖水，抬头看看，原来这一跳也不过游出了五六丈的距离。她正转身，想要继续向重晶游去，却猛地感觉到有什么地方不对。是的，此刻的白华湖，实在是太安静了。

对了，李子烨呢？按理说，自己已经浮了上来，他应该跟着上来才对，既然要跟着自己，自然就要跟住啊？

"你们还好吗？"远远地，礁石上传来了卜宁熙的声音。

"有古怪！不要下来！"扬归梦喊完这一句，吐尽气息，又是一个猛子扎了下去。

水声又在耳边鼓荡起来，她再一次听到了自己密集而激烈的心跳声。

发生了什么！这世上怎么会有这么讨厌的家伙！此刻的她真是满腔怒火，那个家伙看起来是会水的，怎么自己居然就要去救他呢？那一身皮甲浸了水，怕是连一头牛也会被拖下去吧。

她刚才从高处跳落不觉得，现在手脚并用向下游去，才发现这水底是有乱流的，而且越往深处，越是一股股的水流把人左右撕扯。刚刚她借着冲力，触到湖底十分容易，现在，为何怎么游也不见尽头呢？到底是自己的原因还是湖水太深？扬归梦眼前的世界越来越暗了。

该不会是死了吧？她皱着眉头，向着记忆中李子烨的方向奋力划水，终于看到了仍在缓慢下坠的李子烨，他已经脱掉了身上的大部分甲胄，还保持着解甲姿势。

这是一道狭窄的石缝，不知道这湖底为什么忽然会出现如

水云乡

此深不见底的裂隙，如果还不能把他拽出来，恐怕就永远没有机会了。

怎么不动！被水草缠住了吗？死了吗？不会死了吧！扬归梦无暇再考虑，攀住两旁的石壁，用力蹬踏，以便自己可以更快地向下冲去。

一点点，只差一点点了，她终于拉住了李子烨的胳膊，用力一扯，居然是僵硬的，她心中大骇。直到又转到他的身前，把他猛烈摇晃了一通，这才发现他缓缓对着自己眨了一下眼睛。

如果在水里能够开口，此刻李子烨已经被骂得狗血喷头了。憋气时间太久，扬归梦自己也已经眼冒金星了。她只能咬着牙，一手拉着李子烨，一手抠住岩石，挣扎着一路向上，也不知道过了多久，两个人才一起冲出了水面。

"死了吗？死了没有！"扬归梦一边呼吸，一边猛力拍打着李子烨的下颌，要他张开嘴来。

好像过了一万年那么久，李子烨的唇齿之间终于传来了拉风箱一般的吸气声。没有呛水就好，扬归梦马上转到他的身后，拉着他脖颈后的衣服，向小岛游去。

李子烨的水性不差，紧急时刻卸甲闭气，判断也及时，怎么会这样就沉了底呢？

游着游着，一口气呼出去，竟然化作了阵阵白雾，扬归梦终于发现了问题所在，这白华湖的水温实在是太低了，李子烨发上、眉上那些白花花的不是什么汗渍、盐渍，而是凝结的冰霜，可既然这样，为什么湖水又不冻结呢？她把目光又投向了那一片重晶。

费尽了九牛二虎的气力，扬归梦终于把李子烨拖上岸来，他牙齿上下磕碰，寒颤打个不停，冒出一句话来："你不要过去！"

"要你多事！"扬归梦冷了脸，返身又扑入水中。她倒是完全没有感觉到现在的自己居然也可以救人、骂人了。

乌桕还是个小孩子，他掉到这样寒冷的水里，还有救吗？现在她只能寄希望于重晶和这湖水不同，或许乌桕还有一线生机。至于为什么李子烨落水，顷刻之间就会冻僵，而自己却可以悠游自如地游动，她已经顾不得去追问了。再次潜下水来，她已经没有了刚才的紧张，却被眼前的景象惊呆了。

在白华湖的水底，有着纵横交错深不见底的道道裂隙，在这些裂隙中，除了那些透明的鱼儿在闪着隐隐约约的白光，四处都是无尽的黑暗。然而在那裂隙之中湖水一直在荡漾震颤着，却无法再前进一步，好像有无形的巨力拦住了这重逾万斤的白华湖水，从而在湖中形成了一个巨大的、虚无的空洞。

不，那里一定有什么东西，只不过自己看不到罢了。

她又想起了姜潘的话，重晶是没有颜色的。

接着，她看到了乌桕落水的那座小岛。不，严格来说，那不是一座岛，因为它的下方并没有任何的支撑，那些岩石就那么奇特地、孤零零地悬浮在那一片虚空之上。那一定就是重晶了。湖面上的水雾越来越浓，一切都无法分辨。扬归梦只得吸上几口气，便接着再次潜入水里，这样才能继续向那浮岛游去。

眼前终于是湖水和重晶的漫接之处了。在如此的距离看去，那些水下的黑暗和湖水的浅绿又让重晶显出了它的形状来，重晶看起来像水，却又不是水，她伸出手去掬了一捧，一松手，那些流动的重晶又慢慢融了回去。她不知道怎么形容眼前的景象，好像这所有的重晶，都是从一个极深的孔洞中冒出来的一样。而那些层层叠叠的岩石，正沿着那深渊般的裂隙边缘一路生长。

一条小小的鱼儿游过眼前，轻柔地甩了甩尾，钻进了重晶之中。扬一依深深地吸了一口气，也跟着那鱼儿一头扎了进去。

很奇怪，和想象的不同，进入了重晶，就像进入了一大片虚空之中。这看起来致密的重晶并没有让人产生黏稠致密的阻滞之感，她能够明显感到有什么东西从四肢百骸的每一个空隙钻入了自己的身体。只要张开嘴，便有一个个气泡从自己的口中吐出，随着气泡越吐越多，也有越来越多清凉的液体穿过咽喉，进入胸腹之间。很快，她的身体就被重晶填满了。

此刻的扬归梦十分困惑，也极不习惯，她虽然不再喘气，却还可以呼吸。她的整个人都放松下来，身上的那些焦灼的疼痛不见了，胸口被飞鱼弩箭穿过的伤疤不知道什么时候也消弭于无形了。她保持着虚悬的姿态，但可以前后左右随意移动，她仍可以看到那深不见底的石缝、四处流散的沙砾，和四周无处不在、浅绿色微微荡漾着的湖水。当她抬起头来，太阳正在极深极远处散发着明亮的光芒，穹顶之下，深渊之上，她自己似乎得到了完全的自由，已经和这山川融为了一体。

她试探着迈出步子，想要脚下有些坚实的触感，于是在她的足间便产生了一道冰凌，这冰凌开始向四面八方延伸，迅速地凝结成为一个镜面一样的白色世界。她小心翼翼地保持着方向和平衡，迈出了第二步。

　　脚下透明的重晶再次凝结了，微风拂过，这一步落下时，便腾起了细密的尘埃，这平滑如镜的大地覆盖上了荒草和土壤。再走一步，她闻到了青草的香气。枯草拔节生长，青草的香气取代了泥土的腥气。远方隆起了起伏的山峦。她每向前一步，这世界都会发生些新的变化。天边的乌云遮住了日光，雨滴砸在大地上，原野上黄的、白的粉色的花朵零落地开着，不知道什么时候，天上升起了一颗红色的星星。

　　这里的景色，她既熟悉又陌生。她看到重山掩映中，一座青色的石台上有一头小鹿正睁着浑圆的眼睛，好奇地凝视着眼前的原野和锦缎一般的河流；她看到了一群玄甲的骑士冲进了正在行军的步卒队伍；她看到了天空中飞翔着一只的红顶白羽的鹰隼，这和她见过的所有羽隼都不相同。

　　在昏黄的落日中，她看到了一支疲惫的军队，中间一支写着"豪"字的长旗正在浪花翻涌的大河畔猎猎舞动，豪麻吗？这是他的望江营吗？她的手不自觉地有些发抖，接着她便看到了那个少女，那马上的少女一身戎装，满脸期待，正一心催马飞奔，穿过了那烽烟四起的广阔原野。

　　她并不知道那是谁，却认出了她的铠甲，那是豪麻为自己特别定制的。

　　扬一依呢？扬一依在哪里，她知道她的豪麻要被别人夺走了吗？

　　这是假的，这一切都是假的。

　　扬归梦缓缓停住了自己的脚步，她的胸口憋闷极了，只好蹲下，大口大口地喘起气来。

水云乡

八

夜色降临，远方那营地中，升起了火焰。浮玉泽中的寒冷似乎现在才真正袭来，扬归梦瑟缩着抱住了肩膀，不知何去何从。她迟疑了很久，终于向豪麻长旗所在的方向迈开了步子，只走了一步，却啪地响起一声脆响，她抬起脚来，发现那是一根折断的森然白骨。再走几步，无数的白骨从原野上那些粼粼的石缝中生长出来，有人的，有兽的，还有那些不知是什么生物的巨大骨殖，像小丘一般深深插在这野草离离的原野上。

她心生恐惧，想要再折转回去，可自己刚刚站立的所在，已经全然变了模样，那大河边营地里的火焰也已熄灭，变成了一摊青烟缭绕的废墟。

日升月落，春华冬雪，四季在她面前飞速地闪过。那些或大或小的骨殖渐渐腐朽碎裂，零落成泥；青草从骷髅的眼窝里面生长出来，转瞬间就变得枯黄；散在草原上的兵刃在雨水和风霜的锈蚀下，渐渐变成废铁。不知道过了多久，终于有牧羊的少年，赶着云朵一般的羊群从她的身边走过。

然而，少年的衰老也只在一瞬间，他并不知道自己终会因为一场罕见的风雪死在这原野上。

一切都在变化，只有大地和星空是永恒的，扬归梦被眼前的一切所震撼，丝毫动弹不得。

"有人吗？"不知道过了多久，她喊了一声，把时光凝结在一个春日的午后。

没有人回应她，只有自己的声音消弭在吹过原野的风中。

"乌桕！"她用力咬了咬嘴唇，还是没有人应和。

不对,这一切都不是真的,这一定是灵师们的流光幻术!想到庾山子,她心中一紧,闭上了眼睛。默默算一算,自己应该还在重晶之中,这里差不多是水面之下十余丈的距离吧?扬归梦抬起头来睁开眼睛,上面却是一片灿烂的天光。

"这是离火原的春天。"不知道从哪里传来了一声感慨。

她有些惊惶,放开步子跑了起来,然而原野上并没有路,面前的一切,都在随着她的步子在不断向着更远的方向延伸。

"你看到的,是未来的八荒,历尽劫波之后的离火原。"身后马蹄声声,有人骑马走上了缓坡,空荡荡的原野上起了风,在这个身影之后,有一队队伤痕累累的精甲骑士和那熟悉的飞鱼弩,还有许多一人高的坚盾,被步卒们两人一组扛在肩上,上面插满了横七竖八的箭矢。这是一支疲惫破碎的队伍,连那些刚刚还在原野上盛放的花儿,都在马蹄下渐渐凋零了。

那个人影渐渐清晰起来。

"赤研井田?"

等那人打马来到身前,扬归梦又马上否定了自己的猜测,这个人的眉目之间有着赤研家族的明显特征,也是一般的朗目薄唇,所不同的,是他留着拳曲的髭须,身材更加魁梧,也比赤研井田更加年轻。

仔仔细细地看起来,他又有些像赤研星驰。但是,这男子身上有一股凌厉肃杀的勇悍之气,举手投足间,都带着王者气派,这些,又是赤研星驰身上没有的。

"赤研井田已经死了。"他勒住了他的雪原马,高大的雪原马配上他高大的身躯,他投在地面上的影子,都可以将扬归梦整个吞没。

赤研井田死了？

她又想起了季无民的话，七十多年以后，日光王终于又向盘踞八荒的英雄们发出了重聚白驹城的邀请，只是这一次，朝氏要做天下真正的王。

而接受邀请的南渚大公，却是赤研恭。

"是啊，他死了，赤研瑞谦也死了。我的儿子赤研星驰，也死了。"那人的话里，有着无尽的遗憾和沉痛。他一双鹰隼一般的眼睛径直越过了她，投向了无尽的远方。

"山海变就要来了，而这世上的人们，还在争斗不休。"

"你，是赤研洪烈？"扬归梦小心翼翼地问出了这句话。

这就是传说中野心勃勃，要和木莲分庭抗礼，却死去了十几年的南渚世子吗？

"没错，我就是赤研洪烈。"他向身后挥了挥手，那些疲惫的兵卒纷纷坐倒在地，锋利的兵刃插入泥土，他们神态各异地沉默着，随着第一缕清风化作尘烟。

"十三年前，我被我的亲弟弟刺杀，侥幸逃入鹧鸪谷底，卫中宵为了救我，一刀斩下了蕉鹿的首级，我便再一次见到了南山珠。可是没有用的，就在那一晚，我在重晶之旁魂飞魄散了。"

"南山珠吗？那不是晴空崖的宝贝？"

"没错，若干年后，南山珠再次现世的消息传到了日光城，木莲太子朝守义兴兵叛乱，我有一位极好的朋友，想尽办法，将日光城中的那一颗南山珠偷了出来，想要赶到南渚，把我复活。这样，无论晴空崖或是八荒的历史，便会重新改写了。"

"可是后来呢？后来发生了什么？青华坊里主政南渚的，还是赤研井田啊。"

"后来，知鹤派的灵师们协助朝守谦打败了他的哥哥，推举出了一个没有南山珠的空头白冠。"他慢慢走近扬归梦。"后来，我那朋友带着南山珠和她的孩子，一路跑到浮玉，就在这白华湖边，再也走不动了。于是，她便将她的孩子托付给了她的护卫灵师。就在这重晶之上施术，要用南山珠将我早已四散的灵识重新凝聚。"

"你在南渚遇刺，可以在这里重生吗？"

"你不是见到我了吗？哪怕只是我的影子，"赤研洪烈蹲下来，看着远方的山峦，"重晶可以印刻一切。"

"再后来呢？"扬归梦禁不住继续发问。

"等到我再次睁开眼睛的时候，她却死去了，而我不是高明的灵师，纵使那颗南山珠只就在我这里光华流转。我所能做的，也不过眼睁睁地看她离去罢了。"赤研洪烈的语调极其平静，讲起这些惊心动魄的往事，却好像在说着别人的故事。

"啊？那你的这位朋友，可是真真正正的够朋友啊！"

"是啊，"赤研洪烈的脸上露出了一丝笑容，"可是天下的灵师，没有一个人不想得到南山珠来统御八荒，只有她，想要用它来复活一个死了很久的朋友。"

"难道不是每个人都有最最亲爱想要复活的人吗？"

"当然不是，手持南山珠的疾渡陌成为了木莲的国师，带领晴州羽客大杀四方，帮助朝崇智统一了中北十州，获得了梦寐以求的权力和荣耀，这，才是天下灵师为南山珠疯狂的最大理由。但总有那么一两个人，特别傻，以为有了南山珠，真的就可以把对他们最重要的人复生了。"

"这不能说他们傻啊，如今你又复生了，你随时可以回到南渚，把属于你的一切拿回来啊！为何你不这样做，倒数落起你的朋友来！"

赤研洪烈沉默了好一会儿，才道："我倒宁愿我没有复生，她用尽了生命，使用南山珠重新凝结我的灵识，却不知道，这逆天得来的重生和这世上本来的生命不一样，我不是没有试过，我这一生，都是无法离开重晶的。"

"那，这个朋友不是白死了吗？"微风拂起了扬归梦的发丝，在她的脸上荡来荡去，痒痒的。

"也不能这样说，起码在这深山大泽中，我还可以帮她拿着这颗南山珠，直到把它交还它的主人。"

"南山珠的主人？不是朝家吗？不要还给他们！"扬归梦拉住了赤研洪烈肩膀。

"不，南山珠的主人，是八荒的牧灵天神，这世上唯一有能力阻止山海变的人。只有白冠是不会在使用南山珠时遭到重晶的反噬的。"

"难道是他吗？"扬归梦想起了封长卿和乌柏这一对青云坊中的古怪师徒，想到了在泽畔莽林中封长卿对自己说过的知鹤派和他们的火曜预言。

"我知道了！你这位朋友的护卫灵师，就是疾白鸣，而你朋友的儿子就是乌柏，对不对？！"扬归梦不禁脱口而出，"他们此刻就在重晶之中，你可以亲自把南山珠交给他呀！"

赤研洪烈摇摇头，道："他们并没有落入重晶之中，庾山子此刻大概已经带着他北上晴州了。疾白鸣知道自己不是庾山子的敌手，跑到白华湖来找我做帮手，但很遗憾，我也帮不了他。"

"为什么？那个庾山子就那么厉害吗？"

"对，他远比我们所有人想象的厉害，哪怕有南山珠，我也不是他的对手。和他交了手之后我才知道，原来，他已经修成了木莲立国以来的第一位龙狮，疾白鸣这些年喝了太多酒，若是他愿意埋头苦修，未必没有一丝机会。"

他的言外之意，自是封长卿现在一丝机会也没有了。

"你怎么了？"扬归梦忽然发现，赤研洪烈的容貌正在发生变化，他眼角的皱纹深了，两鬓的头发白了，持缰的手背上也出现了细小的瘢痕。他张开手，那颗南山珠散发着淡淡的流光，正浮在他的掌心。

"你看到刚才那一支军队了吗？庾山子一个人，便在重晶的幻象中摧毁了这成千上万的海兽之血。你被重晶接纳后，也是我们的一分子了，以后遇到羽客和龙狮，一定要千万小心。"

"拿去吧，"他松开了手掌，这温润的珠子便落入了扬归梦的手中，"就冲你可以为了他跃入白华湖，你也是唯一能将这南山珠带给他的人，疾白鸣虽然醉醺醺，看人到底还是准的。"

"所以，老酒鬼，是真的死了吗？"扬归梦眼睛一热，声音越来越轻。原来他有意甩开自己，也是不想自己跟着他们二人九死一生，可是，这个老糊涂虫，真的是把人看扁了！

赤研洪烈叹了一口气，喃喃道："南山珠，可以织云唤雨、应人悲喜，生死人而肉白骨，甚至可以将已经死去五年的人的灵识重新凝聚，再世为人。但可惜施术人并不知道，重生的这个人，已经不是最初的那个人了。"

"我会把珠子送到的！"

扬归梦合上手掌，这珠子便停在掌心，她心中那些急躁、愤激、悲伤竟都渐渐平复。她看着正在迅速老去的赤研洪烈，道："我拿走了南山珠，你怎么办？"

赤研洪烈微笑道："南山珠虽然只有小小的一颗，却和这无边无际的重晶一样，是海神的精魄，是包容着整个八荒的。它本来就不应该属于我赤研洪烈。为了它，已经不知道闹出了多少悲剧，多少笑话。我怎么样，其实一点也不重要。"

"我那两个弟弟，找不到我的尸首，只是怕我有一天会重回灞桥，便杀了南渚的采珠人，屠灭了整个道家，这十几年来，没有睡过一个安稳觉。他们哪里知道，我早就得到了一颗南山珠，也根本不会回去找他们报复。一个人死了，便是死了。"

赤研洪烈缓缓调转马头，向着远方打马而去。

"你说得对！只是为了权势、天下，大家争来争去，却没有一个人真正在乎南山珠和山海变罢了。"

扬归梦从小不会安慰人，也不知道该说些什么，只能冲着那背影大喊起来。

"现在，我要去找他们了。"赤研洪烈最后回头，看了扬归梦一眼，步履蹒跚的雪原马带着已经有些佝偻的他，就这样消失在了这原野的尽头。

这一天，好像过了一世那般漫长，扬归梦颓然坐倒，日光暖暖地照在离火原上，前面不远处，一朵又一朵零落的小花散发着悠悠的香气，那是扬一依最爱的七里香。

第二章 白鹿公子

　　看着眼前的庄厚德，庾斯奋真的想告诉父亲，时代变了。

　　再高超的灵师，也抵不过实打实的刀兵。他对灵术的印象，还停留在小时候。此后哪怕他见过了更加惊人的灵术，但这兴奋越来越淡薄了。和在流景宫中接受万方来朝、在西风原上检阅千军万马相比，这些牵风凝羽的灵术，和那些喷火飞刀的把戏并无区别。

一

秋风卷起了草屑，乌云低垂，潮湿的空气中泛起了一股霉味。过了九月，天气便开始一点一点冷下来了。站在南津城头向西遥望，只能看到一大片青灰的原野。

一边的披膊没有缚紧，庾斯奋刚刚伸出手去，身后的庄厚德便走了上来，把那皮绳细细系好。按道理说，庄厚德是这一支磐石卫正牌校尉，本是不必来做这种逢迎的小动作的，但是若不是他攀上了太子朝持明，这一次是绝轮不到他跟到白驹城来统兵的。庾斯奋清楚，这动作，他是做给太子看的，自己若不接受这种示好，倒显得见外了。

"到了南津，才晓得西风原是什么意思。"庾斯奋转过身来，莫名感慨了一句。

"箕尾山是风口，每到秋后西风刮起来，便收不住了。"徐子鳜身后只跟着几位侍卫，说出了一句不知道是附和还是敷衍的话来。

怎么？离火原上的战局一塌糊涂，他不着急吗？庾斯奋饶有兴致地看着这位澜青名将，这人总有五十多岁的年纪了吧，在这一个月里，他与吴宁边的军队在平明河北岸缠斗不休，连战连败，已经被迫退回了南津镇。这样糟糕的战绩，看起来还蛮气定神闲的？

不管远在大安的徐吴原是怎么想的，箕尾山口的紧张局势，已经让白驹城内的李慎为坐不住了，虽然现在看来澜青在此战中还是有着压倒性的优势,但是未来呢?扬觉动一天不死,谁也保证不了他不会反扑,这次在白驹定盟的风云诏已经发往八荒四极,各地纷纷回应,唯有吴宁边身后的白吴和李吴迄今没有消息,所以,流景宫早就和白有光谈好的条件,又有了什么变数吗?作为太子的心腹,庾斯奋不得不亲自往南津走这一趟,来探探虚实了。

"千里沃野,好地方啊!"庾斯奋的感慨是真的,他从日光城一路东下,田间阡陌纵横、鸡犬相闻,都是一片和乐景象。直到肥州,这道风旅河就像一道天然的屏障,将木莲的百姓与混乱和血腥分割开来,他们大都还没有意识到,距离他们咫尺之遥的澜青到底发生了什么。

"可惜了,以前西风大作,吹起的是麦浪,现今,却是荒草了。"徐子鳜转过头来看定了庾斯奋。

看他的意思,是对木莲按兵不动多有不满了?既然徐子鳜都这样想,那徐吴原呢?那位澜青真正的主人,他又会怎么看待和木莲的同盟?

当年白驹之盟,为了先把东面的吴国、宁国打垮,手握重兵的日光王朝承露没有继续越过风旅河南下,而是把西风原的南部都让给了澜青徐家,今天看来,这样的决策是有先见之明的。在此后的数十年间,澜青和旧吴在这块中州东进的必经之路上连年征战,这片昔日的王畿之地今天已变成了一片废墟,特别是最近三十年来,开疆辟土的吴宁边几次越过箕尾山口进入西风原,更是只留下了无数荒丘和森森白骨。

来到南津,庾斯奋才知澜青这一仗打得实在艰困,都不必亲临战场,从徐子鳜的这一支偏师便可见一斑。战事初起时攻取箕尾山口的那一役便是徐子鳜指挥的，偏偏那个伍青平不易应付，南津在战事初起时也曾几易其手，连城墙都塌了半边，才终于拿下箕尾山口。这边徐子鳜还在征派民夫去伐木修缮南津镇，哪知道战局忽然就一日千里，徐昊原的离火精骑突破箕尾山、围困观平、直取大安，这一路下来，不仅吴宁边兵败失地，就是一路长胜的离火精骑也没有一丝一毫的喘息时间。

那些用来修补坍塌城墙的巨木还从未被使用过，至今还堆在这里，在连绵的秋雨下，已经发了霉，长出一丛丛的木耳来了。

"庾公子，现在离火原战局不佳，急需支援，不知道固原公何时能够出兵？"

"徐将军，下个月，各州公侯可就要在白驹会盟了，此时实在不宜大动兵戈。再说，我们这不是来了吗？"庾斯奋看了看庄厚德。

"五千人马，怎么够！"徐子鳜的声音是哑的，"我这三万人，开战至今，已经去了四成，剩下的这不到两万人里，还有近一半是后拉来补充的民夫，几乎没有经过什么训练，拿起刀枪就上阵了。"

"对方呢？对方就会好些吗？我听说他们最精锐的望江营，也不过两三千人，加上其他收容的杂兵，人数应该是远远少于我们的吧？"

"不能这样看，"徐子鳜略停了停，道，"对方的望江营，人数虽然不多，却是扬觉动的嫡系亲兵，大约和徐大公亲率的离火精骑相当，不是一般的杂兵可比的。而且，就算是他们的杂兵，也大都是在扬觉动失踪的那段时间，在士气低落时被我们

水云乡 59

打散的。说到底,也还是训练有素的军人,如今在豪麻的率领下逆风打了几个胜仗,现在人数越聚越多,气势已经起来了,不可小觑啊。"

"豪麻?那不是当日跟着在逆贼周望川军中的那一位吗?当年在无定河畔,他们八千人,居然被霰雪原的三千叛徒杀得大败,今日,吴宁边竟然放任这样一个人来统军?"这个扬觉动,似乎也不那么知人善用嘛。"

"庾公子,周半尺当年叱咤沙场的时候,你还小,这世上有些事,是不能以成败论定的。"庾斯奋这话说得不客气,徐子鳜的回答也带上了三分怒气。

"哦?不以成败论英雄?那以什么论比较好?"庾斯奋实在忍不住讥讽起来,就是因为朝中这些老而不死、居功自傲的妄人太多,现在的朝政才处处阻塞,举步维艰。所以王上也罢,太子也好,才会如此破格地提拔人才,不下定决心做一番变革,怎能一统八荒呢?

徐子鳜上前一步,道:"豪麻这个人,少年便以校尉身份被送入日光城,正是因为他率八百骑兵奇袭,击溃了我们的五千兵马。而跟在周半尺身边历练,也不是一般人能受得了的,周半尺下狱后,他是回了吴宁边,可这三年多,他一直都在风旅河前线和我们厮杀,已经从一个普通校尉屡次升迁,在扬觉动手下封侯,那不是闹着玩的。他这一年数换的盔缨,可以说都是我澜青将士的血染红的,我们对他,怎么会不了解呢?"

他的答复中,慢慢的有了怒意。

既然你对他已经如此了解,怎么还会一败再败呢?庾斯奋很想反驳,但是这究竟是在南津而不是白驹,他也只是客军,就算再瞧不起主家，基本的礼仪他还是有的。

既然大家话不投机，那么这个话题就最好不要再继续了。

但徐子鳜不高兴，他庾斯奋也不高兴啊，澜青虽然一直都站在日光城一边，兢兢业业地对抗扬觉动，但如果徐昊原的实力并没有想象中那么强大，木莲又有什么必要把精锐的磐石卫也投入战场呢？反正八荒是要统一的，那就意味着，不会有任何形式的独立王国存在。这自然也就包括澜青。

这个徐子鳜鬼得很，对徐昊原在前方的作战情况只字不提，只是不断催促李慎为出兵参战。这世上哪有那么容易的事情！

庾斯奋道："徐将军，你是知道的，当年白驹之盟立了约，王上是不会介入各州之间的攻伐的，除非出现灭国之乱，我们没有举兵的理由。而现在，越过箕尾山，攻入了吴宁边腹地的，可是徐大公。"

"话也可以这样说吗？"徐子鳜扭过头来，把庾斯奋上下打量了一番，道，"不要拿这一套来糊弄我，那旧吴呢？吴大公白赫被扬觉动勒死在青基台上，它的疆土分崩离析，连主政大公的姓氏都换了，也没有见朝家出来主持白驹盟约啊？"

果然，只要战局不利，败阵之将的身上难免会有散不尽的怨气。

澜青一向唯木莲马首是瞻，已经是和日光城极为亲善的政权了，可对方的一个都统，也对流景宫没有丝毫的尊敬，张口闭口朝家朝家。朝持明说得没错，这八荒神州如不尽早统一，兵灾战火，是一定少不了的！

庾斯奋耐住性子，笑道："那一年，老王病逝，先王刚刚继位，朝局不稳，先王自然不便出兵，还有，徐将军该不会是真的认为，那时候扬家在风旅河战场撤兵，倒戈攻入大安城，真的只是白赫自作自受吧？"

"你是说，是木莲在背后煽动扬家叛乱，灭了旧吴了？好一张利嘴！不愧是日光城内的世家公子！只是吴王白赫已经死了三十年了，不管你怎样编排他，他也是不能从地下跳出来反驳你了。"

这一句"世家公子"着实戳到了庾斯奋的痛处，他的两道眉毛马上立了起来。世家公子又如何？日光城内的世家公子何止千百，而他今天能够成为太子身边最倚重的人，难道是因为家世吗？

二

看徐子鱖这红头涨脸的样子，是要把刚刚在平明丘陵下的一场大败也算在木莲身上了，他这一把年纪了，倒也真好意思。不过，朝持明也特别叮嘱过，这一次最重要的，是确立新的白驹之盟。既然如此，既然手握十万雄兵的徐昊原还在离火原上，那就还不到翻脸的时候。

也不过片刻之后，庾斯奋便笑了，耐心道："徐将军，你跟随徐大公南征北战，这戎马沙场的时光比我的年纪还长，当年的事情，自然是比我清楚得多。你听我把话说完，无论这一战有没有结果，这一次白驹的会盟都是非办不可。就以这南津镇为例，现在处处萧索破败，一下子被吴宁边拿过去，过两年又被澜青拿过来，就像你适才说的，不但之前西风原上风吹麦浪的景象早已不见，就连风旅河的河道也多年没有疏通修缮了。我这次从白驹过来，又正好几场大雨，连附近的官道也变成了泥泞的沼泽，驿路、商路统统断绝。你有没有想过，再这样打下去，箕尾山两侧便要分裂成了两个世界了？"

徐子鳜眯起了眼睛，道："你们不要得了便宜还卖乖，白驹之盟，不过留下一座石碑、十数份拓片而已。这几十年来，若不是我澜青做了木莲的屏障，把白家、扬家挡在了箕尾山东，中北十州会有今天的坚固景象吗？如今朝守谦说战火燎原、生灵涂炭，大家就会止戈息战了？"

他气哼哼地转了一个圈子，道："如今我们倾尽全力，攻到柴水之滨，连朝承露当年望而却步的大安城都拿下来了！这种时候，你们却要定什么白驹之盟？我们澜青将士的血，就白流了吗？如今固原公十五万大军就在白驹城，而吴宁边和我们鏖战数月，已是强弩之末，这样大好的机会，你们居然按兵不动，还在等什么！"

"徐将军，你不要激动，月前徐大公举兵东进之前，可是特别知会过固原公，要固原公毋须援手，他一定可以拿下大安，一举踏平吴宁边的。这时候徐昊原大公尚在前方厮杀，我们忽然发兵离火原，怕是会有误会吧？"

"此一时，彼一时也！"徐子鳜一拳击在了雉堞上，道，"扬觉动回来了！你知道吗？都说这一战是澜青大胜，但是直到现在，我们都没有抓到扬觉动的真正主力，你知道这意味着什么吗？"

徐子鳜说得胡子都跳起来了，庚斯奋却只觉得好笑，无论这一次战果如何，澜青和吴宁边都受到了重创，再不会有力量

水云乡 63

来影响这一次的白驹之盟了。既是这样，日光城的目的就达到了，说实在的，前一段日子，流景宫还在担心，万一徐昊原进展过于顺利，直接把整个吴宁边吞下去，是不是会尾大不掉呢？

"谈到主力，有没有可能他们现在根本已无主力可言呢？先不论他们南方三镇是吉是凶，我听说，扬丰烈的军队在长戟山以西早就被徐大公打垮了，就算扬觉动回到大安，也几无可用之兵，他一头老虎没有了利爪，又有什么好害怕的呢？"

庾斯奋看定了徐子鳜，在那双愤怒的眼睛里，他只看到了两个字，"畏战"。

这几年来，澜青和吴宁边几番交手，败多胜少，即便是在背后暗暗支持澜青的日光木莲，对这一支军队也颇有微词，认为他们实在是名不副实。而这一次，趁着扬觉动失踪、吴宁边群龙无首的机会，徐昊原孤注一掷的大举进攻，终于冲破了箕尾山要塞，进入了离火原腹地，并顺利地拿下了蓝仓、西丘等军镇，甚至连大安的门户观平也被攻陷。的确让人喜出望外，他们自然也知道，这一次，自徐昊原以下的澜青将士，无不是抱着一雪前耻的决心的。

没错，庾斯奋实在也想对他们刮目相看，可是，这又是怎么了？怎么刚刚拿下大安，徐昊原甚为倚重的这一支南路偏师就又开始节节败退了呢？特别是斥候来报，对方不过是几千的游骑兵和一些重新编伍的步卒而已，这实在很难用常识来解释。

若不是对方神兵天降，那必然是自己面前这个人，太过草包了。

"你没有上过战场，这里面的事情，和你说不清。"那是一双野兽的眼睛，但是庾斯奋没有丝毫的惧意，这头昔日纵横西风原的狮子，已经老了。

"徐将军，固原公的兵马，是保证白驹之盟的，是否调动，我也说了不算，不过等到持明太子来到白驹之后，我会把将军的要求转给太子的。"

徐子鳜摇了摇头，道："等到那时候，一切都来不及了。"

这个人总是往西看啊看，在看什么呢？平明城在四百里外啊，难不成是想家了？

"一定来得及，"庾斯奋摆出一张笑脸，"在四马原上，南渚和永定的联军，已经在花渡掌控了局面，而白昊、李昊又是我们的盟友，也都会帮助我们从后侧牵制扬觉动。徐大公这一路高歌猛进，不是连他们的大安城都收入囊中了吗？"

庾斯奋昂起了脖子，可能唯一麻烦的，是扬觉动杀掉了迎城侯梁群。不过，这也不影响大局，在大安暗中倒向木莲的，又不是只有梁群一个人。在这样的时候，扬觉动自保尚且困难，还要谈什么翻盘，真是笑死人。

"如果局面真的这样乐观，李慎为还要你来南津镇做什么呢？"

"做什么？来为白驹之盟迎客啊？"庾斯奋哈哈大笑了起来。

这一次澜青和吴宁边的决战，木莲在背后是下了苦功的，要想吃下吴宁边这块肥肉，就必须打破扬觉动和宁州、南渚的同盟，这三州虽然平时各怀鬼胎，但是，每到关键时刻，却都能顾及唇亡齿寒、相互维系。三年前的那一次平明丘陵之战，如果没有赤研井田在关键时刻派军北上，为扬觉动稳住阵脚，今天也许八荒已经被朝家扫平了。

要想打破东南三州和极其附近的白吴、李吴、浮玉、长州、维州、栖图这些摇摆势力的抱团取暖，便只能开出猛药。既然扬觉动、陈仁川、赤研井田这样的老狐狸都老奸巨猾，那么，便从更年轻的一代下手好了。

这盘大棋当中，流景宫最得意的一笔，自然就是争取到了那个狂傲偏执、野心勃勃的赤研恭。而这件事，自己功不可没。从第一眼见到赤研恭开始，庾斯奋就觉得他远胜那个虽然为质木莲多年，却依旧优柔寡断的赤研星驰，只看他那一双野兽般的眼睛，便是为了权势什么都敢应承的人。

赤研恭对与日光城合作一口答应，但他提出的条件颇为惊人，要他配合，木莲便必须创造条件、支持他弑父杀兄。这让日光王朝守谦颇踌躇了几日。赤研井田也就罢了，但是赤研星驰的身上有着朝家的血脉，他的母亲朝婉仪正是朝守谦的小姑。说是小姑，但两人年纪相差无几，是从小一起玩大的，而嫁了赤研星驰之后，朝婉仪难产而死，只留下了这一个儿子。现在，朝守谦已经坐上了八荒唯一的王座，难道他还不能为朝婉仪留下一点骨血吗？

然而踌躇也不过一闪念的纠结，无论如何，这八荒容不下一丝犹豫不决。

应该说，这一次朝守谦做出了一个正确的决定。

果然，借由赤研恭的拨弄，一场出乎意料的和亲，让八荒陷入了连天的烽火，木莲的敌人们这一次实打实地互相残杀了起来。大半年的时间很快就过去了，已是秋凉时节，收获果子的时候已经到了。

"是，你们什么都做得，此刻离火原上战火未熄，李慎为大军在手却要白驹定盟，谁敢忤逆你们的想法？不过，你们就不怕，这战火顺着我澜青的土地，一路烧到日光城去吗？"

"怕，真的怕！"庾斯奋一脸郑重，但是他的语调还是透露了他的揶揄态度。

这个徐子鱖，真是太好笑了，这一战徐昊原筋疲力尽，扬觉动连大安都丢了，赤研井田更是后院起火。那么试问今日八荒，谁还有能力影响日光木莲来主持会盟？说是新盟，也不过延续一个好听的名字罢了，这一次的八荒会盟，实际上是打开日光木莲一统八荒大门的城下之盟罢了。

至于这十五万大军后续会不会出手，要向何方进军，这就要视与盟的各州态度而定了。比如，最近的平明城，也不错啊？到时候徐昊原大概也会后悔为何要一时冲动，把他澜青的主力都埋葬在离火原上了吧。

此刻再去想这些事情已经没有了意义，如今吴、宁、南三地各自为战，最多十年之内，八荒当可一统了吧，这可是前无古人的伟业，就连天青疆域最大时，也不过统制十州之地，无疑，这就是朝守谦想要获得的理想结局，而他庾斯奋也必将在历史上留下浓墨重彩的一笔。

而今，日光木莲离朝崇智天下一统的梦想，终于越来越近了。

三

徐子鱖忽然不说话了，自己的态度是不是有些过分呢？他

水云乡 67

并没有过多地思考这个问题，毕竟这是一个现实的世界，对于这样一个已经几无用处的武人，又该预留多少尊敬才合适呢？

东出箕尾山口，这是多少年来日光木莲孜孜以求的目标，庾斯奋毕竟年轻，一颗心已经开始蠢蠢欲动了。

但这时，徐子鳜却开口了。

"庾公子，我知道你是世家贵胄，又是太子的伴读好友，但是我还是要提醒你，真正的人心，是没法这样计算的。而木莲的朝堂上和这战场上一样，是什么情况都有可能发生的。"

这一次的徐子鳜反而平静了下来，再次放慢了语速。

"哦？谨遵将军教诲。"庾斯奋后退了一步，躬身拱手，他不是没有反省的能力，就连赤研恭这样凶蛮的南渚世子都可以有一张谦和温良的面孔，何况是在日光城内、天子脚下长大的自己呢？什么人心，什么战场。这样空洞无物的话语，他在日光王的朝堂上听得多了，一两句气话，既是泄愤，又是威胁，归根结底，还是对自己无能的喟叹而已。至少在此刻，他并不觉得这个徐子鳜比日光城中那些庸吏高到哪里去。

只是南津毕竟可算得上是白驹的屏障，既然自己已经来了这里，自然要听听徐子鳜怎么想。

"那么，吴宁边呢？要不要邀请扬觉动？"他还记得从日光城出发前，他特意问过朝持明。

"如果徐昊原已经打下了大安城，那自然就不用了。"太子身穿宝蓝滚绿的云锦长衫，眼睛望着浩渺的金鳞湖。

"明白。"庾斯奋慢慢退了开去。朝持明的意思是，如果扬觉动的势力还在，那也不必顾忌是否会影响到徐昊原的情绪，这白驹之盟，多一只猛兽，对那些死鱼烂虾，也没有什么不好的。

想到徐昊原,他心中的不悦又蔓延开来。这一次朝持明特别跟父亲请了疾白民出山,把他派到了徐昊原的军中,即是支持,也是监视,没想到徐昊原居然把他丢给了徐子鳜。这八荒上可以牵风凝羽的羽客又有几人?就算徐昊原兴致不高,又何必这么不给持明太子面子呢?

姿态做足,庾斯奋终于起身,然而让他意外的是,当他抬起头来的时候,徐子鳜并没有离开,还在那里看着自己,这让他有些不自在起来。

"我没记错的话,令尊便是婉仪公主的家臣、太子的老师庾山子吧?"

庾斯奋一愣,心想,他问这个做什么?

"是,没错。"

"你的曾祖父,便是当年跟随疾渡陌离开晴空崖的庾如松先生吧?"

"正是。"庾斯奋愈发奇怪了,难道这个徐子鳜,想要和自己拉家常、套关系吗?再怎么样,在现在的情况下,要驻扎在白驹的磐石卫去帮他收拾离火原上的烂摊子,都是不可能的了。

他正在琢磨究竟该怎样结束这一场对话,徐子鳜却又开了口:"我虽姓徐,但并非徐昊原大公的亲属,当年我的祖父,也在南下阳处的十二羽客之中,他的名字,叫作徐乘风。"

庾斯奋心里一阵腻歪,这个徐子鳜果然在拉关系。

"失敬了,原来将军也是晴州后人。"庾斯奋转动了一下僵硬的手腕。他的确知道,在百年前,龙狮疾渡陌获得南山珠现世的消息后，曾经带领晴空崖的精英一起帮助木莲太祖朝崇智扫平中北十州，奠定了今天日光木莲的根基，但是如今木莲城中的灵术一脉大多已经凋零，到自己，又已传了三代，他连自家曾祖的面都未见过，那十二羽客到底有谁，每个人又是怎样结局，他当然就更不甚了了。

徐子鱖看了看庾斯奋，也看了看在一旁不发一言的庄厚德，道："晴州十二羽客，也称开国十二将军。称他们将军，正是为了淡化他们的灵师身份。这十二人，除了三人战死沙场之外，在日光木莲建立后，还余下了九人，这九人中，在疾渡陌死后，依旧留在日光城辅佐朝氏王朝的，还有二人。"

"受教了，这个故事我倒从未听过。"

庾斯奋表面上谦和恭敬，但心底着实已经不耐烦了，不知道这个徐子鱖引经据典、扯东扯西到底要说些什么。

"所以，你真的知道白驹之盟意味着什么吗？"徐子鱖的嘴角抽动了几下。

"不是因为绵延二十年的战火、生灵涂炭，王上才定下了白驹之盟吗？否则，当年声震八荒的日光木莲为什么最终和旧吴、南渚握手言和，止兵息戈，共治八荒？"

这一刻，他实在是拿出了十二分的耐心来。

"白驹之盟，其实不是单纯的止战之约，"徐子鱖盯着庾斯奋的眼睛，缓缓道，"它是八荒上人间君王共同谋划，要除掉灵师组织的隐秘之盟！白驹之盟后，八荒的阡陌相通、安居乐业，是无数晴州灵师的骨血换来的。"

"除掉灵师？疾渡陌也不过带了十二个人下山，怎么会威胁到八荒的君王们？"庾斯奋觉得这番言论实在是不可思议。

"你的父亲没有告诉过你吗？随朝崇智离开阳处、转战八荒时，以疾渡陌为首的晴州灵师们，已经可以撼动天下了。"

庾斯奋不禁摇了摇头。

"在朝崇智的军中，曾有一支战力极强的特殊队伍，以晴州唯一的军镇知鹤命名，人称知鹤营。这一营士兵是由大量的精锐军士和晴州灵师混编而成。当时朝崇智在疾渡陌的辅佐下迅速崛起，八荒上的王公无不眼热心跳，以至于只要有人胆子够大，宣称有些奇技异术，便会马上得到王公们的重用，更不要说组织严密，行动一致的晴州灵师们了。除了日光木莲的军队，当时各王国的军中，灵师武装都广泛存在，霰雪、坦提的蛮族骑兵中，也有晴州灵师在出谋划策，甚至还有不少队伍的主将，本身就是羽客或者方士。"徐子鱖看着远方，微微叹了一口气，道："那是疾声闻确立灵师系统以来，晴州灵师们最为辉煌的时刻。"

"后来呢？"

"后来，在朝崇智意外身亡之后，疾渡陌的权力越来越大，甚至没有他的首肯，朝承露都无法决事，与之相应的，是在日光木莲的后期战争中，灵师们发挥的作用越来越重要。对于灵师们来说，达到了他们的权力顶峰，但对于朝承露和八荒的王公们，灵师们便成为了最大的心腹之患了。也正当此时，朝崇智突然死去，权倾天下的疾渡陌也很快去世，晴空崖顿时群龙无首，八荒野兵四起，得到喘息的朝承露便下了根除晴州灵师的决心。"

"所以，才有了白驹之盟？"

"不错。那时候各地王公间的争斗，是手足之疾，而晴州灵师，却是所有人的心腹之患。再说，经历了三十年的战乱，大家也都实在打不动了，而灵师们还在四分五裂地辅佐不同的王公，寻找着他们的白冠。白驹之盟后，各地的灵师武装突然间被八荒王公联合围剿并非偶然。这一场屠戮一直持续了将近十年之久，直到灵师们最后的武装知鹤营在晴空崖下全部覆灭。此后，八荒上，作为一股庙堂力量的晴州灵师，就此消失了。"

徐子鱲徐徐道来，庾斯奋却听得口干舌燥。这一次，他倒希望徐子鱲继续说下去了。

"十二羽客，大多在这场争斗中被族灭，而你们庾家是坚定站在朝家身边的知鹤派，渡劫之后，便一路飞黄腾达了。"

这人真是有意思，这么转弯抹角说了老半天，原来是要攻击自己？

"你的意思，是现在要指责我们庾家背叛了晴空崖吗？"庾斯奋皱起了眉头，"可是，据我所知，主掌晴空崖的，一直就是知鹤派。"

"我没有指责任何人的意思，我的意思是，白驹之盟，不过一场镇压异己、屠戮同侪的利益同盟，注定是不能持久的。木莲这几十年的战乱已经说明了一切。而你久在日光城，当然比我更明白这次新的白驹之盟意味着什么，变乱，固然可以削弱敌人，但它是会传染的，在一个混乱的八荒里，木莲未见得便可以独善其身。"

"将军既然已经把一切都看得这样透彻，为什么还要替徐昊原卖命呢？"庾斯奋想了想，道，"难道徐大公不知道，有木莲这样一个庞然大物在侧，他实在不应该和扬觉动起战端，以至于两败俱伤吗？"

"俗话说,各人有各命,既然当年徐家容留了我们,我们今天回报的一切,也都是应该的。相信你也能看出来,我对灵术一窍不通,晴空崖和我已经没有任何关系了。关于大公,他也有他必须做的事情。我该说的话都说完了,你还这么年轻,自然觉得这整个八荒都是你们的,"他停顿了片刻,道,"也没有错,这八荒确实是你们的。"

四

"他在看的,是平明来的粮秣。"

"什么?"徐子鳜已经走了,庾斯奋还沉浸在刚才的谈话中。

"最近风旅河大水,通往平明的官道中断,据说已经有好一阵子没有见到平明来的粮车了。"

"是吗?"庾斯奋并没有意识到庄厚德这句话的含义,也迅速遗忘了适才徐子鳜的望眼欲穿。

这次见面之前,他不知徐子鳜居然有这么多话要说。他随徐昊原挺进离火原却铩羽而归,想必心中一定愤愤不平,同为十二羽客后人,今天看到庾家在流景宫中占据了如此重要的位置,而他还要灰头土脸地在战场上拼杀挣扎,一定更加不平吧?

可这些云里雾里的牢骚话,又有谁会当真呢?

可是他还是感到了隐隐的不安,这个早就脱离了晴空崖的羽客后人,谈起过去时,倒和父亲有几分相似。

白冠、晴空崖、山海变之类的故事,不就是庾山子曾提过的晴州往事吗？如果灵师们曾经在八荒如此重要，那被称为青崖白鹿的父亲，为何却从不期望自己会继承他的衣钵，再上晴空崖呢？这个徐子鳜讲了这样大一番来历，究竟有几分是真，几分是假？

"庄将军，适才徐将军讲的那些故事，你以为怎样？"

"在下没有经过徐将军的历练，不敢言真假。"

庚斯奋瞥了他一眼，这个庄厚德，行军打仗是一把好手，什么时候变得如此油滑了？

"我们适才听他讲了那许多，你总要说说看，我总不能不加分辨，一股脑儿全都倒给太子。"

庄厚德沉吟了片刻，道："在下对于十二羽客的故事略有耳闻。"

庚斯奋也不说话，只是看着他。

庄厚德倒显得有些不自在，道："固原公确有一身铠甲，叫作明光金虎铠，据说是他平定霰雪原叛乱后，老王朝光孝亲赐的。这之前，也有传说，还有多具同样的甲胄藏在朱曦坊中，都是当年十二将军后人再传之后，被流景宫收回的。"

"这么说，刚才徐子鳜说的，有九具明光金虎铠曾被赐出，是真的了？"

"老王赐甲并没有一个仪式，因此不确定究竟有几具甲具曾被赐出，不过，公子你没有见过家传的金虎铠吗？"

"庚家？"庚斯奋愣住了，当年的十二羽客中，唯有庚家深得木莲倚重，长盛不衰，当然也应该是赐甲的对象了。

"这十二具铠甲中，大多已被收回，就连被道家带回南渚的那一具，也在八年前送回了日光城。我只知道还有一具在羽客金铁智的后人手中,被带到了宁州。"

"宁州?"庾斯奋忽地觉得哪里不对劲,转过身来,道,"这些晴州灵师的秘密,连我都不知道,你又是如何知道的?"

庄厚德一脸尴尬,道:"实不相瞒,在下先祖曾入过知鹤营。"

庾斯奋脸上露出了然的笑容,道:"怪不得,你在磐石卫中一直不得重用。"

庄厚德慌忙道:"庾将军,当日木莲禁绝灵师干政,庄家早就和知鹤营一刀两段,先祖也已经随叛军被杀死在晴空崖下了,今日庄家已经和晴州叛逆绝无半点关系,在下也不通半点灵术,连晴州在哪个方向,晴空崖大门在哪里都不知道。还请公子和太子明鉴。"

此时四下无人,庄厚德竟单膝跪下,对着庾斯奋行起军中大礼来。

"在下只是听到那徐子鳜对公子口出狂言,怕公子也听过明光金虎铠不利主家的传言,所以赶快把一点自己的粗浅听闻讲了出来,没想到公子却不知道,这可真是在下多事了。"

看他说得惶恐,也跪了有那么一会儿,庾斯奋才伸手托住了庄厚德手腕,道:"庄将军,你这就太见外了,太子任人唯贤,绝不会因为你的出身有所计较,你看,这一次原也是太子亲自为你打抱不平,你才能统军白驹呀。"

"可不敢,自光孝朝开始,木莲就有灵师不得入坊从军的严令,如今固原公肯一路提拔在下到守备校尉,已经是特别恩赏,在下绝无不平之意!"

"守备校尉?"庾斯奋拍了拍这位比自己年长得多的男人

的肩膀,"只磐石卫中,校尉怕就有百十个吧?如果你也是徐子鳜那样庸庸碌碌之徒,那我和太子就算是打着灯笼也找不到你呀!快起来吧,你我在军中,就是平级,你这大礼被别人看到,我又要被骂了。"

"是,"庄厚德接着庾斯奋这一托,顺势站起身来,道,"公子和太子对厚德有知遇之恩,以后风里雨里、水里火里,但凡用得着厚德的地方,只要公子说话,我一定将事情办得妥妥帖帖!"

这下子,庄厚德在军中奋勇建功,战绩卓著,却一直被压着不予升迁的关窍终于找到,大概是李慎为年长,对这些昔年旧事还心有余悸,因此下手绝不容情。但说实在的,木莲立国也快八十年了,连自己这个晴州后裔对当年的事情都不甚了了,搞成这样,又是何必呢?

明光金虎铠不利主家?庾斯奋笑笑,再怎么算,这诅咒也不会落在庾家头上。因为他自小就没见父亲着过甲。在日光城的世家大族里,谁不知他是最没有野心的一个,就算做了太子太傅,流景宫里,也从没有人会觉得他是一个有威胁的人。活人尚且如此,还有谁会在乎一套没有生命的铠甲呢?就算有,这铠甲也多半被流景宫收回去了。

"你听了那徐子鳜的胡言乱语,为我庾家忧心,这片心我自然是知道的。可是庾太傅这个人你也有所耳闻,你看,他像个要持甲自重的人么?"

"确实,庾大人潇洒旷达,是看不上这些世间俗物的。"

庾斯奋看看一脸逢迎的庄厚德,哈哈大笑起来。

是啊,这七八十年来,庾家从未离开过日光城,这四十余年来，也没有人见庾山子施展过灵术，这个大权在握的太子太傅热衷于冬日赏雪、夏日饮茶、养花种草、下棋读书，更有四处寻觅美食的怪癖，就连出门都不带车驾，一驴一马一书童就打发了，谁又会把这样的人视作威胁呢？

唯一让他不能理解的，是父亲对那一套天火灭世、山海沸腾的故事深信不疑。他的不满也正在于此，由于父亲对朝堂毫无兴趣，因此也就说不上为庾斯奋的拔擢铺路。如果他能够多做那么一点点，自己会不会也像他一样，二十出头便进了流景宫呢？而不是像现在这样，扒住太子不放，一点点地去争取机会，真的好辛苦。

这一次的八荒之乱，可以说是朝守谦主掌木莲以来的最大动作，作为王家最重要的策士，庾山子却几乎没有参与，然而等到真的箭在弦上的时候，他又主动提出来要去灞桥一行。庾斯奋知道，父亲这样做最主要的原因，是放不下旧主婉仪公主的独子赤研星驰。

还有，他日日夜夜、心心念念的晴州白冠。

看着眼前的庄厚德，他真的想告诉父亲，时代变了。

再高超的灵师，也抵不过实打实的刀兵。疾白文，八荒最强大的灵师之一，却被迎城杀手刺死。疾白民，在日光城里呼风唤雨，无所不能，不也是一样无法挽回徐子鱍的溃败？

庾斯奋对灵术的唯一印象，还停留在很小的时候。那一次他为了不能跟父亲同去金鳞湖秋游而哭闹不止，庾山子为了逗儿子开心，便露了一手，让那在天上飞着的小鸟儿落在了自己的掌心上。这样的神奇曾让年幼的庾斯奋兴奋不已，然而在此后的若干年里，哪怕他见过了更多的灵师，更加惊人的灵术，但这样的兴奋越来越淡薄了。对于在流景宫中接受万方来朝、在西风原上检阅千军万马来说，这些牵风凝羽的灵术，跟那些喷火飞刀的把戏又有什么区别呢？

对于没有成为一名灵师，他不后悔，更不在乎，他更在意的，是他在太子朝持明心中的分量。何况父亲也曾经说过，不管灵术师们有多强大，这八荒神州上，还没有一场战争是纯粹因为灵术师的存在而改变了结果。

"徐将军也蛮可怜的，他老了。"

"是，公子说得有道理。"庄厚德连声附和。

"奇技淫巧固然可以使人目盲，但终究不能左右天下大事。"

"对，厚德也有同感，这个徐子鱖连战连败，居然拿这些神神鬼鬼的传说出来说事，不过是想要推卸责任罢了。"

庾斯奋满意地点了点头。如今，以自己的资历年纪，能够让庄厚德这样资深的将领不断拍马逢迎，还不是自己在朝持明身边的地位决定的？随便哪个灵师，有再上佳的灵术，能够换来这样的卑躬屈膝吗？

"这八荒，还没有一场战争，是只靠着灵师、灵术而获得胜利的。"这是庾山子劝谏朝守谦时说过的一句话。庾斯奋把这句话牢牢地记住了。并且他也真的相信，父亲那样的灵师，就算有再多，也不会对一场战争有任何裨益的。

他身边亦步亦趋的应声虫太多了，这个庄厚德在调兵遣将的时候雷厉风行，但此刻一软下来，便毫无趣味了。

庾斯奋打了一个哈欠，看着天边的乌云，又想起了大安城中父亲临走时的那一幕。

"现在外面这样乱,你为什么要去那么远的地方?"父亲说要去南渚,母亲立即生气了,转身就用一张沾了水的草纸贴住了大门。

太子太傅庾山子没有办法,只好和庾安坐在行李上,在门口等着女人消气。等了小半个时辰,干透了的纸从门上滑落,父亲才站起身来,拾起了那张落在院中的白纸,送到了母亲的桌前。

"我走了,"出门前,庾山子拍了拍庾斯奋的肩膀,"照顾好你的母亲。"

"好,我会的。"庾斯奋答得随意。他虽然从小在朱曦坊长大,但从小到大,父亲从没对自己的处境说过一句话。庾山子对庾斯奋的敷衍,现在,庾斯奋也依样画葫芦,全部还给了他。

"真是令人困惑啊,为了权势、天下,这些人可以拼个你死我活,却没有人真正在乎山海变的到来。"

庾山子嘟嘟囔囔地出了门,庾斯奋紧跟着也消失了。他一方面担心父亲的南渚之行会不会坏了太子的大事,另一方面,也在牵挂着那个返回灞桥的赤研恭。他到底有没有种弑父登位呢?

从亲儿子所关心的事情来看,庾山子的这一番感慨倒是一点都没错的。

五

"庾将军。"徐子鳜的传令官匆匆跑了上来。

水云乡 79

"怎么了？"传令官还没跑到庾斯奋的身前，就被庄厚德当场喝住。

刚才两个人可以说是话不投机，再说又刚刚分开，没有重要的事情，徐子鳜没有必要派人上来找自己。

"疾先生，疾白民先生回来了！"

"带路！"庾斯奋和庄厚德对望了一眼，忙下了城墙，匆匆向徐子鳜的中军赶去。比起无可无不可的庾山子来，疾白民算得上日光城中积极参与政事的灵师。更重要的是，他还有另外一个身份，二王子朝邵德的老师。

相比老成持重的朝持明，二王子朝邵德年轻气盛，总想着能够在沙场上施展抱负。听说，前阵子听得四马原局势不稳，他便自请前往。朝守谦有五个儿子，朝持明和朝邵德的关系是极亲近的，因此这个疾白民，也是庾斯奋极力攀附的对象之一。

这一次，庾山子早早离开南渚，为了应对扬觉动军中的羽客疾白文，朝持明特地延请疾白民跟随李慎为的大军东进。到了白驹后，疾白民便进入了徐昊原的军中。然而庾斯奋对这一切照例是不以为然的，战争讲究的是不战而屈、决胜千里，硬碰硬的沙场对决，何必呢？

果然，庾斯奋的密令传到了大安之后，疾白民根本没有机会见到同为羽客的疾白文，因为疾白文已经被梁群直接杀掉了。澜青的这一群草包里，也就徐昊原还算一个豪杰，庾斯奋对他的认同，来自他也同样不信什么灵术通天。很快，疾白民就被他下放给了徐子鳜，又过了没多久，徐子鳜的队伍在离火原上大败，疾白民也不见了。

不管怎么说,疾白民是父亲之下,日光城灵师里的第二号人物,这一次突然出现,他自然是要去探个究竟的。

南津不过是小军镇,城内空间不大,挤满了从离火原溃退的败军,人群挤挤挨挨,庾斯奋和护卫们势单力薄,也只好下马步行。只是就想到衣着光鲜的磐石卫,那些流兵不但不肯让路,还有意作梗。的确,从徐昊原平明兴兵开始,小半年过去了,这些士兵在外时间既久,又面临大败和惨重的伤亡,此刻正满腹怨气。磐石卫这支目的不明的队伍此刻突然出现,又拒绝为澜青出兵,当然什么奇奇怪怪的流言都传起来了。庾斯奋急着赶路,只好约束属下,不要和这些普通兵士计较。

南津镇只有一条青石铺成的主路,集中了驿站、客栈和中军住所,余下的旧街坊小路更是萧索破败,一间间民居大半房倒屋塌,随处可以听到伤兵的哀号声。小小的南津经过双方的多次拉锯、轮番攻占,早已成了一座废墟。加上这一次徐子鳜在离火原的大败,已经把这支军队的士气和决心完全打没了。

路过辎兵营的驻地时,一群刚刚进城、蓬头垢面的野兵引起了庾斯奋的注意。他们正捧着粥碗大口大口地喝着。

"来来来,再来一碗。"一个野兵喝完了碗里的稀粥,把偌大一个空碗又递了过去。

辎兵营负责伙食的卫官没有作声,而是看了看已经空空如也的粥锅。

"怎么了,大伙儿是舍了性命走了七八百里才到了这里,还不值得多喝上一碗粥?是不是同袍!是不是兄弟!"那野兵看着没人理他,声音高了起来。

"兄弟?差不多得了,有你们一碗粥喝就不错了。这些日子天天下雨，风旅河发大水，路都断了，平明城的粮食过不来，过不几日，这粥都喝不上了。"

那士兵瞪着眼睛，还没说话，掌勺的大师傅用他那一把长柄的大勺敲了敲那巨大的铁锅，发出了当当的闷响。

"他妈的，"那野兵叹了一口气，端起那粥碗，把上面附着的几滴米汤也舔了个干干净净，道，"那就别盼着了，平明城的粮食，恐怕是来不了了！"

正在附近的庾斯奋停住了脚步，平明城的粮食来不了？这是什么意思？

那人话音未落，他身后的同伴一把把他扯到了一旁，道："你们别听他胡说啊，饿傻了，这是饿傻了。"

庾斯奋哼了一声，庄厚德带着侍卫三步并作两步，生生挤出一条通路来。庾斯奋走到了施粥的大锅前，问道："你们是从哪里过来的？"

"你又是谁？"刚才说话的野兵放下了粥碗，上下打量起庾斯奋来，他身后的野兵也都纷纷站起来，探头探脑。

"要你说什么，你便说什么。"庄厚德眯起眼睛，拿出了马鞭。

这一群野兵衣着破烂，甲胄不全，脚上几乎没有完整的鞋子，个个面黄肌瘦，看起来不像徐子鳜的人。

这一群野兵你看看我，我看看你，没有人说话。

"徐大公的军令森严，前方败退回来的溃军，不经整编，不能通过箕尾山口。"看这些野兵大多狼吞虎咽地把米粥都喝了个干净，庾斯奋拾起了那野兵刚刚放下的粥碗，在手中转了一转，道："我是驻扎在白驹的磐石卫的领军校尉。有些话，你和他们说是没有用的。"

那些野兵们看看庾斯奋,又看看自己手中的粥碗,不自觉地吞起口水来。

"见过校尉大人,"刚刚那稍有头脑的野兵走上一步,道,"我们若是都说了,能不能请这位官爷再给我们煮上一碗?大家已经好几天没有吃过一顿饱饭了,实在是饿得厉害!"

庾斯奋扫了一眼,眼前这些野兵大概有个百十人上下,大概也费不了几粒米,于是便点点头,道:"你说吧。"

"大人,我们是从花渡来的,原本是花渡的西门守备青骑,这是押了粮草北上平明,遇到了伏击,这才渡了河,一路逃过来的。"

"你说什么?"这人不过说了一句话,却包含了太多的信息,庾斯奋一时跟不上他的思路,"你们从花渡来?这几天风旅河大水,你们是怎么过来的?"

"啊?我们不是从平明方向来的。"

"不是从平明方向来?"庾斯奋彻底混乱了,"那你们刚才是谁来着?怎么说平明城的粮食来不了了?"

"哎呀,因为花渡到平明的粮食断了嘛,那平明又不产粮,怎么会有粮食往这边送呢?"刚才继续要粥的那野兵实在忍不住,大声说道。

"花渡到平明的粮食断了?花渡失守了?"庾斯奋不能理解,南渚和澜青的联军不是正在四马原和吴宁边鏖战吗?花渡失守了?不然这些人自称花渡的城门守备,怎么会突然弃城北上?"

"没有没有,因为吴宁边有一支骑兵,杀到米渡去了!"那士兵说话越发不着边际。

"看好他们！"这些士卒说话颠三倒四，庾斯奋却是不能陪着他们在这里夹缠不清了。

"哎，大人，大人！哎，这人怎么走了？"

"粥呢？拜托，再来一碗好不好。"

"你们不是说平明没有粮了吗？这里当然也没有粥！想要喝粥，给老子上战场！"庄厚德冷冷抛下一句话。

"喂，喂！他妈的说话不算话！你他娘的！"

庄厚德护着庾斯奋匆匆挤出人群，庾斯奋忽地想起庄厚德刚刚在城头上说的那句话，南津的军粮供应果然出了问题，身后的这些吵嚷，他实在是顾不上了。

徐子鳜的中军是一排红砖青琉璃的瓦舍，庾斯奋推开大门，径直走了进去，猛地发现，在屋子里的主位上，坐着的居然不是徐子鳜，而是一个狼狈的年轻人。

庾斯奋推门的吱呀声打断了房间内的谈话，等到那人放下手中热腾腾的毛巾，庾斯奋几乎忍不住叫了起来。虽然那张有些浮肿的脸孔已经完全走了样，但这不就是日光城中的二王子朝邵德吗？

"殿下，你怎么会在这里？你的腿怎么了？"朝邵德的一条大腿已经肿胀了起来，一股浓郁的草药味道飘了过来。

"听说你在这里，我总算安心不少，"朝邵德龇牙咧嘴地苦笑着，一头细细密密的汗珠，"多亏了疾先生把我们迎过来，来，这两位你也认识一下。"

庾斯奋这才注意到，朝邵德的左首坐着徐子鳜、右首除了疾白民之外，还站着两个和适才那些野兵穿着差不多的军士，其中一个四十岁上下,而另外一个不过是个少年,脚上一双草鞋已经穿得稀烂,身后还背着一张长弓。

疾白民站了起来,对着庾斯奋拱手见礼道:"白鹿公子。"

"疾先生好!"疾白民和父亲是同一辈分的灵师,庾斯奋不敢怠慢,至于白鹿公子,便纯属误会。庾家是灵师世家,他的父亲庾山子在幼年时曾经跟着祖父回过晴州,一方面是去参加晴空崖的白冠加冠大礼,另一方面,也要被留在晴州进修灵术。也正是在进修过程中,由于成绩突出,庾山子还受到了白冠的亲传和嘉奖,也因此得了一个青崖白鹿的封号。这封号并不寻常,海神重晶的两种神兽,分别是犬颔和蕉鹿,能够在晴空崖领到以"鹿"冠名的封号,那可是极为罕见的荣耀。而当能够与庾山子一较短长的赤鹿疾白鸣离开了日光城后,庾山子便理所当然地成为了知鹤派领袖。

若干年后,作为庾山子的儿子,庾斯奋也就被戏称为白鹿公子了。至于青崖白鹿的后人,居然对灵术毫无兴趣这件事,便是后话了。

说实话,对这个封号,其实庾斯奋是不以为然的。

"二位是?"庾斯奋看着那两名野兵。

"小的花渡西门守备都尉青骑赵长弓,前阵子,负责去平明送粮。"那年长的军士赔着笑,先开了口。

"在下青骑什长丁保福。"

这赵长弓在不断地察言观色,眼神时不时还要向这边瞟上一眼,露出些尴尬的笑容。而那个丁保福年纪不大,说话不疾不徐,倒是一副少年老成的模样。

果然是从花渡来的!

六

"在下磐石卫中军领军校尉庾斯奋，二位，幸会了。"虽然是对着两个无名之辈，庾斯奋家世使然，还是礼数周全。

庾斯奋在徐子鳜身侧落座，却发现徐子鳜脸色铁青，比起刚才城楼之上和自己争辩之时更差了，再看朝邵德和疾白民，也是一脸忧虑。一时间，这间不大的议事厅内气氛沉闷，谁也没有再开口。庾斯奋有些明白了，八成刚才在辎兵营那里哄闹的士兵们，说的都是真的，不管朝邵德身上发生了什么，有一件事情当可确定，南津镇已经断粮了。

"殿下，你怎么会去了花渡？"

"四马原的局势，牵一发而动全身啊，"朝邵德此刻肿着脸，再用这种一本正经的语气说起话来，难免有些好笑，"徐大公远在吴宁边，大哥尚未到白驹，我自然要去看看。没想到这一去，差点就没能回来。"

"殿下在米渡遇袭了。"疾白民开了口。

"遇袭？花渡被打下来了？"

庾斯奋一惊，王子在澜青遇袭，谁做的？这绝不是一件小事，若是花渡失陷，那远在大安的徐昊原注定粮秣不济，这仗也是没法打了。

"花渡还好，只是我们在从花渡返回平明的途中，遇到了浮明焰的花虎骑兵。"

"花虎骑兵？"

"平明的战报，那不过是四马原战场流窜过去的小股残部罢了。"徐子鳜端起了桌上的茶杯。

朝邵德道："虽是小股残部，但也不得不防，那花虎着实强横，只是伴随重骑的苍头游骑而已，我一个卫的金线营，顷刻就被冲没了。"

徐子鱖拱手道："殿下放心，上邦、秋口和花渡，三镇合围，花虎是讨不到什么便宜的。"

朝邵德点点头，道："真是这样就好，现在想想真是后怕得紧，幸亏徐前徐将军有定力，无论地方如何挑衅，只是在花渡固守不出。若不是这样，以对方的战力，谁胜谁负，殊难预料。"

"殿下这样说，意思是现在四马原战场上，占据优势的，还是青骑吗？"

四马原一战关乎离火原的安危，再进一步，关乎马上就要举行的白驹之盟，庾斯奋不敢有一点点掉以轻心。

"那是自然，行军打仗，打的就是粮草，只要花渡不失，我们这一仗赢定了。我看八成现在四马原上的敌军已经崩溃了。"徐前抢在朝邵德前面答了话。

庾斯奋看看朝邵德，又看看徐子鱖，怎么觉得两个人好像在一唱一和，安抚人心？没猜错的话，刚才辎兵营里的那些野兵，就是花渡的营兵了，他们说花渡到平明的粮道已经断掉了，到底谁在说谎？

朝邵德靠上椅背，缓缓闭了双眼，道："太子什么时候会到白驹？"

"回殿下，十月初二便是定盟之日，八荒各州主政都将齐聚白驹，届时太子将会代表王上出席白驹之盟大会，主持订立新的盟约。"

水云乡 87

"快了，"朝邵德想了想，道，"庾斯奋，你派人去跟李慎为说一下花渡的情况，要他有个准备。"

他又看向了徐子鳜，道："我现在担心的，是花虎捣乱，南面的粮秣真的接济不上，徐大公在大安一时奈何不得扬觉动，回头再坏了盟约大事。"

"花虎惊扰了殿下，着实可恶，不过殿下此次从上邦绕过来，不了解这里的详情。花渡的新粮大部分已经到了平明，经南津送到离火原上，粮道畅通，确实不用担心的。只是最近由于秋雨、江河泛滥，耽搁了些时日罢了。"

"好，这样就好。"朝邵德点点头。

这都什么时候了，这个徐子鳜还在文过饰非？

庾斯奋眉头一皱，道："徐将军，我刚才从辎兵营过来，看到城内的州桶没有几粒米了，这样的情况，确实不用担心吗？"

"庾将军请放心，我家大公此刻已经在柴水之畔，新塘陷落不过旦夕之间。到时候，便可以带着李吴和白吴的公爵一起来参与白驹之会了。"

"徐将军说得对，自然是这样。"庾斯奋敷衍地也举起了茶杯。其实他内心并不相信徐子鳜的话，而且他认为朝邵德也和自己一样，并不相信。

这一番对话之后，他马上理解了徐子鳜的脸色为什么这样难看。留在后方的澜青将领没能解决吴宁边对粮道的袭扰，这就意味着正在离火原上和扬觉动捉对厮杀的徐昊原很快就会断粮，徐昊原进军离火原一路顺风顺水，这导致他军容庞大，一旦粮草不济，后果一定是灾难性的。而最近连绵的秋雨也给南津镇造成了一种错觉，好像平明城到南津的交通中断不过是天灾，南津缺粮只是因为道路不便造成的暂时困难，可如果花渡情形比想象的还糟呢？如果自此之后平明无粮可发，那么南津镇陷入饥饿不说，正在前方对扬觉动主力穷追不舍的徐昊原又要怎么办呢？

不错，想要迎面击垮徐昊原倾尽全力集结的十万精兵，实在是太困难了。但是扬觉动何许人也，自他返回大安之后，便坚壁清野、边打边退、边退边扰，已经把澜青东征大军的补给线越拉越长。万一粮秣运输不及，扬觉动反戈一击的话，这一次，徐昊原能否顺利退回南津都是一个大问号！

徐昊原当然也不笨，他留下一左一右两支队伍护卫中军，最主要的目的，就是保证粮道的畅通。现在徐子鳜的这一支，面对豪麻的望江营虽然连战不利，受到了沉重打击，但不得不说，徐子鳜悬殊集结兵力退守南津的做法，也给对方出了一个大难题。

庾斯奋咽了一口唾沫，道："花虎袭扰这件事情，徐大公知道吗？"

"自然知道。"徐子鳜放下茶盏。

"风旅河的大水，已经好几日了吧，十万大军的粮秣，迟上一天都非同小可，若是南津应付不来，我可以看看白驹能否帮忙？"朝邵德看看徐子鳜，又看看庾斯奋。

刚刚还在城楼上吵着要木莲出兵相助，此时，徐子鳜却一反常态地不说话了。

"南津困难，但白驹有粮，但是目前固原公的大军屯驻，白驹的军粮也不足以支撑徐大公继续用兵吴宁边啊。"庾斯奋是晓得朝邵德的心思的，要紧的，是场面话要说得漂亮。

水云乡　89

虽然话不好听，但他说的是实情，部队在地驻扎和行军打仗，所消耗的军粮是不可同日而语的。大军行军，补给全靠牛马挑夫，几乎是有多少军队，便要多少民夫运送补给，而这些民夫骡马，本身也要吃饭，返回再次运粮，更要军队护卫，这一来一去，往往十不达一，损耗剧增。木莲是在肥州囤积了大量的粮草，但这不是为了徐昊原准备的，若是突然再加上这离火原上的十数万张嘴，磐石卫便再也不要提什么东进、南下，直接便会变成了一只死老虎，再也动弹不得了。何况就算白驹的粮秣还有余量，李慎为会为了徐昊原而孤注一掷，大大削弱白驹驻军的移动能力吗？这显然是不可能的。

"殿下说得对，大军远征，不可一日无粮，南津的粮食目前是稍有短缺，但到风旅河退水之后，便可以恢复。此外，我们往观平的粮道也从未中断，只是现在战损严重，护送民夫车马的兵士稍显不足罢了。"

"我还有一个问题，"朝邵德看了看那叫丁保福的少年，道，"好巧不巧，我们在平明丘陵中，曾经目睹了徐将军的一战。回来之后我便一直在想，徐将军为何要冒险去解西丘之围，难道不是为了西丘的粮食么？"

"我没猜错的话，大概是因为西丘和观平互为掎角，控制西丘，也是为了不要让它威胁到徐大公后撤的通道吧。"刚刚好的坏的都被徐子鳜说完了，这下子庚斯奋也要适时插话才好。

朝邵德道："说来也巧，其实我从来没有上过战场，这一战，的确令人大开眼界。吴宁边的人数并不多，但是准备得充分，打得出其不意。毫无疑问，徐将军，你吃了大亏！"

"你看到了什么？"徐子鳜的声音有些沙哑。

"出其不意的闪击，"朝邵德摸摸额头，缓缓道，"对方早在山中悄悄埋下了一支队伍，并以平明河畔的空帐设好了诱饵，就在将军的大军向着这诱饵列阵冲击时，那些从西丘长途奔袭而来的骑兵从侧面发动了突袭，这时候，埋伏在山脚下的步卒再冲出去，截断后路，所以这一仗，澜青败了。"

庾斯奋看了看徐子鱖，他的手放回茶盏后一直没有离开桌面，已经紧紧攥成了拳头。

"殿下，不是我多嘴，这样的战局，不是一走一过可以看得透的？"

"你疑心我和吴宁边会有串通吗？"朝邵德猛醒过来，看着徐子鱖，"若我说，那时候，正有人在我面前，对我讲解，徐将军可相信吗？"

徐子鱖是真的起了疑心了，这也不怪他，若是自己，也是一样要怀疑的。战场形势瞬息万变，一个朝邵德匆匆路过，瞥上一眼，又能看到多大的战场？如何这整场战局竟会被他全部说中？这徐子鱖本来就对重兵屯驻白驹的磐石卫充满戒心，这一下，恐怕更要心中打鼓了。

七

"殿下，眼前的当务之急，是要协助徐将军稳住南津的局面，对了，徐将军，之前你不是还在说，要我们磐石卫适时出击吗？现在二王子就在南津，你大可再陈说利害，如何？"

庾斯奋插嘴，意思是提醒朝邵德，刚才不着边际的话，已经引起了徐子鱖的疑心，若是徐子鱖觉得磐石卫将对澜青不利，不知道又要生出什么事端。他本来不想要磐石卫搅到和望江营的战斗中，可眼下，不如就小小迈出一步，给徐子鳜一点信心，以免意外。

徐子鳜低头想了好一会儿，道："这个把月来，我们与望江营已经在离火原上周旋了不少时日，就是找不到他们的主力，眼下几个月的冲突，大家都没饭吃了，对方若要最大化自己的影响，一定是要攻击我们的粮道。因此，我想斗胆请磐石卫和我们一起，在通向观平的粮道上，给对方做一个套子。"

"做一个套子？"朝邵德究竟是年轻，刚才又不知道想什么出神，完全没有意识到自己的一番话，已经在某种程度上改变了木莲和澜青之间的关系。

"不错，虽然现在南津城中已无粮可运，但只要粮道不断，运些其他东西其实也没有多大关系，不是吗？我们可以赌一赌，豪麻尚未知道南津断粮的消息，只要有机会，一定会对粮道加以袭击。到时候，我们也可以依样画葫芦，也打他们一个措手不及！"

徐子鳜的手在空中挥动，用力做了一个劈斩的动作。

"不错，"庾斯奋站起身来，"扬觉动且战且退的目的，也不过是增大澜青粮秣的供应难度，豪麻和扬丰烈的骚扰，终极目的也是切断粮道而已。为了达到这个目的，减缓扬觉动的压力，他们会不顾一切的。那我们就遂了他们的心愿，也设下一个饵，等消灭了豪麻，扫通了后撤的通道，便可以请徐大公迅速撤回。"

既然朝邵德一再试探，他干脆就把话挑明了，不论现在花渡方向形势如何，前方的徐昊原一定已经无粮，败退回来只是时间问题。既然如此，且再试试徐子鳜的反应好了，虽然徐子鳜以退为进，一再否认徐昊原缺少粮草，但只要看他是否会抓住这最后的机会，向木莲求援，便可知前线的真实情况了。

若是徐昊原在前方一切顺利，徐子鳜一定会对刚刚庾斯奋那一句"请徐大公撤回"有所驳斥的。

可徐子鳜沉默了良久，终于还是点头，道："好，那便这样，我会同时派出斥候，尽快通知在前方的主力迅速回撤。这样，既可以两面夹攻，又可以避免前后撤不及。"

"徐将军，你说什么？我没听清，你说的是，徐大公将要撤回箕尾山吗？"一直处在走神状态的朝邵德似乎大梦初醒一般。

此刻，所有人都和朝邵德一般震惊。准确地说，这弯弯绕绕的讨价还价说到此刻，所有人的心都凉了。如果徐昊原正在前方大杀四方，徐子鳜保粮道、设伏击不过是常规动作，没必要扯上什么徐昊原撤军；若是徐昊原真的已经断粮，必须撤退，那徐子鳜愚蠢地出兵攻打西丘便可以理解了。他当然是为了西丘的那一点粮食，但更重要的，是要为徐昊原的撤军巩固出一条宽阔的通道来。但这样一想，他急于借磐石卫的兵力扫清望江营也通了，由于他的连战不利，徐昊原后撤的通道已经濒临坍塌了。

仔细想想，到底什么力量可以让凶悍的徐昊原不得不后退，这整个故事就更可怕了，如果从徐子鳜冒险出击那时候算起，徐昊原前方的粮食危机已经持续了十数日之久了。

他看了看朝邵德，木莲王子也是一脸愕然。自己来到南津，不过想要一探澜青的虚实，没想到徐子鳜遮遮掩掩的，竟然藏着这样惊人的秘密。可以说此时此刻，徐昊原的溃退几乎已成定局，说不定，此刻就正在溃退之中，大概是想到了木莲不会施以援手，又怕驻扎白驹的李慎为落井下石，因此秘而不宣罢了。

徐子鳜这样想，实在是有几分道理，因为庾斯奋所谓的出兵承诺，稳住徐子鳜，是有前提的，前提是徐昊原在离火原依然可以压制扬觉动的反击，这对于白驹之盟上木莲君临天下，便极有意义。可如今如果徐昊原败局已定，他还要在乎徐子鳜的死活吗？甚至他马上想到，要尽早通知朝持明，那风云诏上的名字，要加一位扬觉动了。

他心意已定，撤军，必须马上撤军，要把自己这五千磐石卫也迅速撤回白驹去。无论从哪个角度来说，此刻的南津已经是黑云压城，如果徐昊原处理失当，那么，顺势通过箕尾山口的，便不只是他的离火精骑了。

"殿下，这里不安全，我先护着你回到白驹去吧。"虽然有些突兀，但他还是忍不住。

然而朝邵德却并不理解为什么此刻他会有如此提议，道："回白驹？你来南津，不就是为了迎接各地公侯赴盟吗？再说，如果此刻我们都回了白驹，置徐大公于不顾，我日光木莲又怎么取信于天下呢？"

"殿下！"庾斯奋觉得这个朝邵德的脑子真是不够清楚，朝家之所以一直支持澜青，不过是因为徐昊原是一把锋利的刀，如今这刀已经折了，难道他不知道，朝持明的备用方案里面，有一种假设情景，就是要在徐昊原东进失败的情况下，接管平明城吗？

"不要再说了，我不会走的，如果我们早一点得知消息，也许还会有转机,但可惜,我回来南津,用时太久了。"朝邵德看看徐子鱖,分明是在责怪徐子鱖隐瞒了花渡兵危、粮草不济的真相,到现在,反而令木莲措手不及。

庾斯奋不好当面反驳,只好暗自跺脚。

"英雄成败,往往在于一念之间。徐大公已经兵抵柴水,怎么想,再多加一分攻势,也可底定吴宁边了。"沉默良久的徐子鱖终于开了口。

"那为什么又没能一鼓作气地打垮扬觉动呢?"

"退到新塘的扬觉动不知道用了什么办法,重新获得了白吴和李吴的支持,所以大公在柴水之滨遇到的,是三吴联军。"

"原来如此,"朝邵德深深吸了一口气,道,"昔年太祖统一中北十州,独独在离火原为旧吴挡住了去路,想不到今日三吴竟然又重新联合起来了。"

"还不只如此,"徐子鱖嘴角出现了一丝惨淡的笑意,道,"宁州大公陈仁川也派出了他的安乐军,传闻也到了大安城下了。"

"什么?"这一下朝邵德也顾不得腿上的疼痛,整个人都坐了起来。

庾斯奋看看朝邵德,又看看疾白民,他在想着一个此前从未考虑过的问题,三吴和宁州已经联合,那南渚呢?这扬觉动真是一个不世出的天才,居然能在内外交困中纵横捭阖、逆风翻盘!快八十年了,当年朝承露携中北十州以雷霆之势东进,仍无法统一八荒,就坏在吴、宁、南的三国同盟同仇敌忾,想不到今天,日光木莲苦心孤诣经营多时,眼看就要对三州各个击破,最终竟要重蹈覆辙吗?

不会的，此一时，彼一时。赤研恭是太子一手扶植的，至少南渚不会背叛日光木莲。而经此一场大战，吴宁边也元气大伤，不再是那头离火原上的猛虎了。宁州此刻倒向吴宁边，也许出于对扬觉动武力的畏惧，也许出于唇亡齿寒，但绝不会长久维系，只要把他们的军队拒止于箕尾山东，流景宫还是可以利用诸州之间的矛盾，慢慢地将他们分化的。

朝邵德慢慢地坐了回去，看起来，他也渐渐冷静下来了。没错，就算局势再怎么不利，扬觉动也不会在眼下的情况下冒险进入箕尾山口的。

"徐将军，你跟我交一个底，现在前方的战况，究竟如何了？"朝邵德的语气已经不那么豪迈确定了。

"几日前的传书，大公已经回撤大安，这几日，也许已经到了离火原上了。"

"既然如此，那更要打掉豪麻这一支望江营，不然，徐大公的后路就危险了。只要能够撤回箕尾山口，有固原公的十五万大军压阵，他们总不会有胆子攻入西风原。"朝邵德把头转向庾斯奋。"你这五千磐石卫，就配合徐将军，把徐大公的后路扫清吧。"

怕什么来什么，然而朝邵德毕竟是木莲王子，庾斯奋只有应和道："唯殿下令。"

这是代表木莲为澜青之败托底的糊涂事，不知道他的哥哥知道了，又要怎么说。庾斯奋的心思飞快地转动起来，有没有什么机会可以避免和吴宁联军的正面冲突呢？

这一番会晤，似乎耗尽了所有人的气力，大概再没有什么要说的话，徐子鳜先拱手离开了。

朝邵德叹了一口气，站起身来，道："没到澜青之前，我总以为天下都是我日光木莲的，不然为什么他们都要纳子为质、上贡称臣？可是直到这次过了风旅河，我才真正体会到，原来各州各地一个个拥兵自重，根本就没有人把日光城放在眼里。"

庾斯奋道："殿下，这也是王上全心谋划，要统一八荒的原因啊。这些自行其是的地方州城，便是八荒祸乱之源，如果不连根拔除，一定会兵灾连年。"

"也是这些年日光城不太平，才让他们这样跋扈，"朝邵德看看自己的伤腿，道，"这八荒神州，要讲一点道义，好难啊。"

庾斯奋再次不耐烦起来，只盼这见面早早结束，他好去和朝邵德单独陈明利害。

"丁保福，你不是要一个军职吗？这一次，便跟了庾将军上战场，如何？"

王子殿下再次节外生枝，这满腿泥巴的少年竟抬起头，上上下下打量起自己来。

乡下的猎户没什么见识。大概他还不知道自己是何等身份吧。庾斯奋绕着丁保福走了一圈，看他那一蓬乱发中好像有什么东西，拨一拨，居然摘出一颗草籽来。

朝邵德一个少年，在这里胡乱发号施令，他此刻心中已经十分不悦，便道："磐石卫，听过吗？天下第一卫！就算有二王子的恩赏，你若想在我麾下立足，可也是不大容易。"

"殿下，花渡一起来的兄弟们，不知道要如何安置呢？"

丁保福对庾斯奋视而不见，却问起那些花渡营兵。

"哦？若是你们都入了磐石卫，我倒不知道是否方便？"显

水云乡　97

然，朝邵德也没料到他会提出这样的问题。

庾斯奋的眉毛马上竖了起来。

"殿、殿下，左手一路奔波惯了，将来是要鲲鹏展翅的人，我们不过一些守门的营兵，去了磐石卫这样精兵里面，反而是累赘，而且现在出来时间久了，着实想念家乡。不如我们就回了花渡去，万一花渡有什么闪失，也可以去助一份力？"

丁保福的忽视和朝邵德的任性，哪个都让庾斯奋脸上十分挂不住，正要找个机会发作。正逢这赵长弓开口，不错。

庾斯奋心里冷笑，眼前这一老一小，小的不知天高地厚、目中无人，老的却满腹心机、投机钻营。这一刻，他居然产生了一个凶恶的想法，若不是这些营兵因缘际会，带着朝邵德一路跌跌撞撞来到南津，哪有今日的尴尬？现在惹了庾公子，却又想全身而退，哪有那么容易？！

八

庾斯奋咳了一声，不紧不慢道："你们从花渡一路北上，大忠大勇，是为了殿下，也是为了澜青的万千百姓，这一点，我着实钦佩。大丈夫最怕报国无门，如今，我倒为你们想了一个好去处。"

"什么去处？"赵长弓愣住了。

"你刚才不是说，你们曾押过送往平明的粮草吗？那一定对这件事情很熟悉。恰好，这十余日来风旅河大水，从平明来的粮车过不来。南津已经很久没有往东面派遣过粮队了。刚才徐将军说了，押粮人手匮乏，这不，你们恰好在这里，不如，这运粮的任务，就由你们来承担吧？"

"将军，你这，你就，你……刚才那将军说了，不是发水，是无粮可运。这无粮可运，我们又要运些啥呢？"赵长弓一着急，竟磕巴了起来。

"庾将军说什么，你便听着。"庄厚德的语气就没有那么委婉了。

赵长弓只能闭嘴。

反正徐子鳜还在做他的春秋大梦，要赌豪麻袭击粮道，再进行伏击，正好，把这帮贪生怕死、特别能嚷嚷的花渡营兵装成了诱饵，放到战场上去，不是很好吗？

"就这样吧。"朝邵德显然对这个赵长弓也没有什么好印象，毫不犹豫地赞同了庾斯奋的建议。

这一下，赵长弓的脸色就太不好看了。

"殿下，我也要和他们一起去。"

庾斯奋一直在等，丁保福果然开口了。

"不不，我们不要他，他本来也不是什么营兵，不过是个猎户罢了。"正在沮丧的赵长弓突然复活了一般，一连声地要把丁保福往外推。

看来刚才的话他也都听到了，知道这些营兵运粮不过做做样子，只要遇到突袭，必死无疑，而这少年经朝邵德亲点进入磐石卫，自己说什么也不能把他摆在刀口上，将来必定要提拔重用的。这赵长弓为人虽然滑头，但此刻不想拖累了这少年，还算有些良心。只是这少年执拗，自己这个包袱，是甩定了。

"我一定要去。"丁保福不肯退让。

"你，不想去南渚找那个女子了吗？"带着三分疑惑，朝邵

水云乡 99

德开口了。

庾斯奋相当理解朝邵德此刻的心情,本来这种安排是有意维护这个少年,对于朝邵德来说已经相当难得,他一定没有料到,会有这样不识趣,非要自己找死的人。

"我要去,但不是现在。"那少年的手慢慢攥成了拳头。

朝邵德再没有说话。

"好,是个少年英雄。"庾斯奋轻轻拍了拍丁保福的肩膀。这少年面色黧黑,身子骨结实得很,虽然也一路风餐露宿,但是还是一副矫健机敏的样子。

"这位小友,"从头到尾一直沉默的疾白民,此时突然站了起来,走到丁保福的身前,抬起了他的手腕,"你这手甲是哪里来的?"

手甲?什么手甲?庾斯奋回转身来,看着丁保福。

"是一位朋友送的。"

"朋友送的?"疾白民轻轻摇头,缓声道,"能借我一观吗?"

丁保福想了想,便从腕上解下了一只,递给了疾白民。

疾白民把那手甲翻来覆去仔细看了一遍,伸出另一只手去,在上面轻轻一抚,那手甲上灰白的纹路竟然隐隐发出红色的光芒,好像有鲜血在其中涌动。他把那手甲再略一抖动,那灰色不起眼的甲身上细小的钢鳞依次张开,好像一头苏醒的小兽一般。当他把手伸了进去,居然被严丝合缝地套住了。要知道,他的手掌细长而宽大,要比那少年的手掌大了不止一号的。

"想不到,这最后一具铠甲,居然也重现世间了。"

庾斯奋也上前一步,他看看丁保福,又看看疾白民。在丁保福手上,这铠甲又脏又旧,黑黝黝的,完全显不出半点精致的样子,而在疾白民手上,却在熠熠生辉。

他禁不住道:"明光金虎铠?"

疾白民伸出手臂,手掌屈伸之间,那鳞甲也跟着一翕一张,仿佛有了生命一般,这一下,连丁保福也呆住了。

"不错,这就是龙狮疾渡陌设计、甲文峰制作的明光金虎铠甲?"疾白民的声音空空的,"南山珠现世之后,明光金虎铠也重现世间,看来山海变真的要来了。"

"明光什么铠,是什么?"丁保福警惕地向后退了一步,"山海变又是什么?"

"这铠甲是昔年最顶尖的晴州灵师们的武装,八荒一共只有十二具,由木莲的立国龙狮疾渡陌设计,这附灵铠甲是凝聚了星辰之力的天下神兵,但在他生前未能制作完成。"疾白民和颜悦色地慢慢解释道。"用人间的目光,它固然极尽精巧,但只有在羽客或龙狮的身上,才会完全发挥出它的能量。"

"怪不得,在他身上,便没有什么特别。"朝邵德也看着疾白民的那只手。

"昔年,这明光金虎铠,一共有十二具,由十二羽客后人传承的,有七具,剩余五具现在还藏在朱曦坊中。而这七具传世的铠甲,每当传承断绝,晴空崖都会将其收回,如今还留在这世上,不知所踪的,只有这一具而已。小朋友,你告诉我,这甲具,你到底是从哪里得来的?"

"还给我。"丁保福伸手,语气中含有深深的敌意。

疾白民摇摇头,卸下手甲,把它交还给了丁保福。

水云乡 101

"我说了,是我的朋友送我的。"

"你这个朋友呢?现在怎样了?"

丁保福沉默了好一会儿,才道:"她死了。

疾白民皱起了眉头。"怎么死的,死在哪里呢?"

"我不想说!"丁保福猛地回头,庾斯奋一惊。这时候的少年,眼睛里射出来的是两道野兽般凶狠的光亮,他的身子也防备性地微微弓了起来,慢慢向后,好像随时都会纵身而起,撕碎眼前的一切。

疾白民的情绪却渐渐平复了下来,道:"也好,既然甲在你身上,便也是缘分。今天,晴空崖上的狂热与我也没什么干系了。"

"疾先生,你不是说,白冠在收回流落八荒的明光金虎铠,要重组十二羽客,助我朝家统一八荒吗?这甲有了线索,你便不追了吗?"朝邵德带着三分疑惑。

"之前或许是这样,但现在,这些都不重要了。"疾白民摇了摇头。

"龙狮的火曜预言呢,你也不遵守了吗?你对晴空崖怎么交代?"朝邵德十分惊讶。

"殿下,你我十年师徒一场,今日疾某,大概要和你告别了。"疾白民深深叹了一口气。"你也知道,晴空崖这二十年来活跃异常,知鹤派将八荒上流散的反叛灵师一一追杀处死,凝聚大伙心力的,便是这火曜预言。可是这七十多年来,我们却从来没有反省这预言的来处,到底对是不对。这一次,那位唐姑娘带来了一些新的消息。"

"她?"朝邵德的神情忽地变得异样起来,"什么消息?"

"十几年前，南山珠再次在南渚降世了，"疾白民沉默了片刻，才道，"这样看来，也许赤鹿疾白鸣才是对的，这一颗南山珠，才会决定八荒的未来。"

"为了这些子虚乌有的事，你便要离开日光城吗？"朝邵德睁大了眼睛，不可思议地笑了。

庾斯奋却并不奇怪，这些神神鬼鬼的巫师术士，本就没有什么道理可讲，不管是幽虚派，还是什么知鹤派，也早就应该退出八荒的舞台了。

"我确实要带一个人回晴空崖，去证实一件事，"疾白民袍袖一挥，道，"如果天下灵师能够找到真正的白冠，从此不再纷争杀戮，这才是真正的幸事。"

"你们知鹤派，不支持我们朝家了吗？"朝邵德声音凌厉了起来。

"我并不能代表知鹤派，我只能代表我自己，其实灵师们，本来也是不应介入人间事务的。"

"疾先生，就算你回到晴空崖，白冠也不会同意你这样做的。疾氏从来都是知鹤派的主掌者，你这样做，是要挑战整个家族吗？你不想想，那些明光金虎铠是怎样被回收的吗？"

"成为十二羽客，于我，本来也不是什么荣耀，我这一身铠甲，谁要，就拿走好了。"

庾斯奋向着庄厚德使了一个眼色，庄厚德当啷一声抽刀在手，已经指向了丁保福。

"殿下，这里便有一具，我们要不要即时收了回来？"

"再好的铠甲，也不过是铠甲，但失去的人心，却再难追回了，"疾白民也不知是有意还是无意，长袍一挥，隔开了庄厚德

水云乡 103

和丁保福，道，"殿下是有志统御八荒的人，这样粗浅的道理，实在不用我再说了。"

"令尊前些日子离开了日光城，公子可知道他去向何方吗？"疾白民转过身来，对着庾斯奋问道。

"家父去了南渚。"这个疾白民，和朝邵德一样讨厌，果然有其师必有其徒。说走又不走，还要在这里对自己冷嘲热讽。那少年两手的甲胄，对于自己来说，本无半点用处，可不就是他疾白民在那里左一句右一句地强调个不休吗？

"去了南渚？"疾白民若有所思，向外缓缓走去。

"殿下？"庾斯奋看向朝邵德，朝邵德毫无反应，在朝守谦的几个儿子中，二王子朝邵德是出了名好学的王子，据说，和老师疾白民的关系也是最好的。

等到疾白民的身影完全消失，朝邵德才一瘸一拐地站了起来。

"殿下，这两人怎样处理好？"

庾斯奋看着丁保福和赵长弓，像看着两件陌生的货物。

"刚才不是已经决定了吗？"

朝邵德疲惫地挥挥手，在侍从的搀扶下渐渐走远了。

庄厚德手腕一翻，收回了他一直擎得笔直的长刀。

第三章 羽客

夜色渐浓，一轮饱满的圆月在深蓝的夜幕中慢慢亮起，在这空旷的原野上，格外地大而明亮。算算已经跑了不短的距离，但是远处的长戡山还是那般不远不近，青马也不知是孤独还是累了，步子渐渐慢了下来。唐笑语俯身摸了摸它的脖颈，道："你也不想离开吗？你在那里，也有要好的伙伴吧？"

一

"所以,新塘有动静了?"清晨的林间鸟鸣虫叫,加上驻扎在此的步卒们,一派喧闹景象,士兵们从远处打了溪水来,架在火上煮,营帐前顿时水汽弥漫。

"是,他请你过去商讨军情。"楚穷说通传,唐笑语便进来了,没想到他正赤着上身在那里洗头。

"是吉是凶?"楚穷从水中抬起头,随扈已拿过篦子,伸进他的头发,慢慢推了起来。就算在这样戎马倥偬的时刻,有了这片刻的喘息之机,他还是大安城中那个风流倜傥的公子哥。

不怪豪麻会对他暗自警惕,在这支慢慢拼凑起来的望江营中,闻风投来的军镇世家都喜欢先来找楚穷探探风声。毕竟,在澜青这一轮狂风暴雨般的进攻中,并不是每个军镇都抱定了必死的决心在进行抵抗的。不用说旁人,在风旅河畔尸横遍野,箕尾山口频频告急的那一会儿,吴宁边摄政扬丰烈根本不见踪影,只剩下一个伍曲被离火精骑车轮攻击,终于打光了队伍、被俘斩首。那时候,扬丰烈正在祥安堂上和一众贵族扯皮不休,那一点心思,都放在了祥安堂的麒麟座上。如今徐昊原的十几万大军兵锋所指,所向披靡,这样的时候,谁愿意去做出头鸟呢?

上行下效,在这场前所未有的混乱中,离火原的各军镇也做出了不同的选择,觉得时局危殆、实力不足,主动向观平主力靠拢的地方军队还算好的。更多的,是蓝仓、邯城这些和木

水云乡 107

连接壤的军镇，态度暧昧，抵抗也不够坚决。徐昊原抓住了这个机会，有意对这些摇摆不定的军镇睁一只眼闭一只眼，却把所有的力量都集中到对观平的猛烈攻击上了。在澜青铁蹄的冲击之下，还有一些军镇，比如平明河北岸的西丘，刚刚得到离火精骑奔袭而来的消息，干脆不战而降。自此，在群龙无首的离火原上，是忠于大安还是迎接死亡，人们多少有些无所适从，都在权衡盘算。

而就在这千钧一发之际，以悍厉无情著称的大公扬觉动却突然从南渚回来了。

如此糜烂的战局，这只老虎还能像以往一样铁血无情、大杀四方吗？他对这些左右摇摆、各自为战的军镇到底是什么态度？对这些守土有责、披甲临阵的臣属又到底有何评价？

离火原上再次混乱起来。

这时候，不得不佩服，扬觉动是有眼光的。他命豪麻统军主掌望江营的同时，还派来了楚穷，一个和所有摇摆的军镇一样摇摆的蓝仓伯，楚穷在大安和梁群走得如此之近，在离火原撤得如此之早，都能被重新重用，何况这些流兵将领呢？因此，随着豪麻带着望江营登临离火原，连战连捷，把势不可挡的澜青右翼统帅徐子鱡打得狼狈不堪，这些四散的各镇兵马便像小溪一样，开始汇流而归，向着豪麻的大旗集结，望江营那早已散去的人气，居然也一点一点又聚起来了。

这一切，唐笑语都是看在眼里的，在这次破袭之前，四面八方聚集来的兵将已经远远超过了望江营原有的规模。只是豪麻不擅平衡，这些败军之将又大多底气不足，遇到豪麻的一张冷脸，也只好转身进入了楚穷的营帐。

"告诉他们，我一会儿要去和侯爷讨论军机，这时候不要过来多事。"楚穷依旧没有睁眼，大概是头痛，他反复揉搓着眉心，卫兵便匆匆跑出帐篷去传话了。

　　楚穷这里门庭若市，豪麻不安，楚穷也不安，现在军情紧急，强大的外部压力迫使望江营必须团结，但从对徐子鳜打援一战，豪麻派自己去楚穷军中开始，两个人的裂隙悄悄地公开化了。此刻，她越来越担心那个战无不胜、攻无不克的武毅侯了。

　　楚穷这边不紧不慢，不远处的中军大帐却冷冷清清。

　　这种冷清难以言说，却无处不在。楚穷受到欢迎并不奇怪，这个人有他随和亲切的一面——口才上佳、说起军国大事头头是道，但更重要的，是他本来就是这些世家权贵中的一员。不管他那笑嘻嘻的面孔是真是假，起码见了面，大家随便都可以聊得来。就像这几日，流兵将领们最热络的话题是大安城中的春雨楼，每有提及，必定热烈异常，有好几次，她还听到了甲卓航的名字，大多是和那个叫姜红杏的头牌联系在一起。原来，在这个圈子里，没有在春雨楼有过几个相好、喝过几次花酒，那是要被看低半头的。

　　有一次，她实在忍不住，问了一句，怎么大家到了中军都没话讲，众人立即哄堂大笑起来。还是楚穷说了话："武毅侯是个严肃的人，恐怕连春雨楼的门朝那边开都不知道，唐姑娘，你就不要来扫兴了。"

　　于是在这望江营中，渐渐便形成了两种氛围，但凡豪麻和伍扬、吴亭这些人在场，便清冷；如果楚穷、耿三波、方井塘们单独相处时，又会分外热络。好像这一营的兵士，分处在两

水云乡　109

个不同的世界。唐笑语心中的不安就这样越来越强烈了，这样的情景她并不陌生，此刻的豪麻虽然利刃在手、大权在握，但和灞桥城里的道婉婷又有什么区别呢？

"这些人都是长期在地方经营的，几十年下来，就这么一点家底，要他们悍不畏死地冲锋陷阵，困难了，"楚穷把洁面的手巾往盆里一丢，"武毅侯呀，太急躁了。"

"算是吧。"唐笑语勉强挤出了一个笑容，楚穷说得没错，当鬼影在一次又一次战斗中日益磨损，而流兵队伍日益壮大后，军中对于豪麻专断的反对声也越来越多。开始的时候，不断的胜利还可以将这种矛盾一一掩盖，然而现在，大家对胜利这件事情，好像也变得麻木了。

"来。"楚穷伸开双手，便有随扈上前，将他擦了个干干净净，内衣、中衣、软甲便一层层地穿戴起来，临了还要在腰上为他别上一个香囊。只要楚穷对着铜镜多看上几眼，便有人走上来，连眉梢眼角的发丝都替他理好，现在为他篦头穿甲的这个女子，便是西丘守备方井塘特地送入他的帐篷之中的。说起这个方井塘，也是个奇葩，在徐昊原大举围城观平之时，分明还没有工夫去攻掠西丘，方井塘竟主动派人前往联络投诚，说好了对澜青"洒扫以待"。可等到扬觉动重返大安，严令征召旧部之后，他居然又带着亲信举兵"反正"，再次宣示对扬家效忠。这左右摇摆一回，凭借着分毫未损的实力，他虽从未上过前线，但现在也堂而皇之地在豪麻的中军大帐之内参与议事了。

人员的更迭还会带来其他的变化，比如，现在唐笑语早就不是军中唯一的女子了。但好在她和这些随侍的女子不同，她还是一名将官。

好像是看透了唐笑语的心思，那女子替楚穷穿好甲胄后，转回身来，仔细地打量起她那一身戎装来了，看了好半天，才道："没想到，姑娘家持刀居然也可以这样好看。"

"什么姑娘家！唐都尉可是军前悍将！"楚穷接过她手里的兜鍪，却道，"你羡慕吗？"

"这还真的羡慕不来，这么厚重的甲披在身上，我怕是路都走不动了。"

那女子嫣然一笑，这笑容是天长日久精心练习得来的，着实妩媚动人。唐笑语看看脏兮兮的自己，忍不住有些自惭形秽。

楚穷大笑起来，道："你在照顾我，自然也算从军，只是我可没有这望江营中独一份的甲胄，就连我们的豪麻大将军，也没有多一副啊。"

楚穷这人机灵得很，自己对豪麻的那一点心思，早就被他看破。他这个人说话便是这般，听起来让人难受，又恰好能够打到人的酸痒处。譬如这"独一份"三个字，又让唐笑语着实有些受用了。

"走吧。"穿戴齐整，楚穷先迈开了步子，到中军大帐不过几步路，四面八方都有人和他打招呼，他也就一路哼哼哈哈地应付着。

"这帮家伙，打起仗来若都是像打招呼这么积极就好了。"楚穷脸上依然带着笑容，却从牙缝里挤出这几个字来。

"啊？"唐笑语实在是意外，她无论如何也没有想到，这些看似和他亲密无间的流兵将领们，居然会得到如此的评价。

"有什么好奇怪，旧吴是怎么亡掉的，还不是这些人根本靠不住。大公这二十年来励精图治，有伍青平、李精诚这样的良将，自然也会有不成器的家伙。"他从鼻孔里哼了一声，道："而且千军易得，良将难求，即便大公尚武、最恨庸人，可像方井塘、耿三波这样的人终究还是大多数。我们的武毅侯啊，就是不明白这个道理，没有这些人的支持和跟随，大公的千秋基业，注定也是根基不稳的。"

难不成，这些首鼠两端的人，才是天下伟业的根基吗？唐笑语实在是理解不了。

"那大公呢？若是大公此刻在离火原上，又会如何？"

"会如何？你不是已经看得很是分明了吗？在祥安堂上，迎城侯被砍了脑袋，而我还好好地活着，你觉得大公不但没有杀我，还把我派到望江营来，究竟是为了什么？"

唐笑语瞪大眼睛看着楚穹，道："来重新编组各镇残部？"

"没错，大公是不世出的枭雄，自然人人都会为他所用，若是平日里，方井塘、耿三波这样的，便是一百个也砍了，当年他杀掉邹远山、金满城，一代名将身首异处，又何曾眨过眼睛？但是现在是非常时期，就是多出一兵一卒，他也是要的。何况这些人已在离火原上经营了数十年，所带来的，又何止是几个兵卒？"

"嗯。"唐笑语默默点了点头。单只这个方井塘，就为望江营带来了一个月的粮草。

她已经牢牢记住了楚穹的话，只是一直在犹豫，这些人的态度，豪麻都知道吗？

二

"见过武毅侯。"楚穷搭起双手，施了一个半礼。

"辛苦你了，接下来如何处理离火原上的残兵，还是要听听你的意见。"豪麻眼神没有一丝偏移，竟然对楚穷这一身簇新的形象视而不见。

"还是放一放吧，现在大家确实都累了，"楚穷看了看唐笑语，道，"方井塘已经在哭穷了，说他能力有限，方家几十年的家底都用光了，他若是拒不配合，接下来我们的粮秣也不好办。"

看豪麻没说话，他又试探道："大公那边，有新的消息了？"

豪麻点了点头，道："柴水东岸已经不见离火精骑的踪迹，这一次，徐昊原大概要退了。"

"什么？"楚穷瞪大了眼睛，"徐昊原退了？"

"对，"豪麻抬起头来，缓缓道，"甲卓航已经拿下了花渡！"

"啊！"唐笑语几乎跳了起来，"我就知道甲大哥一定可以！"

楚穷却一脸不可思议的神色，愣了一刻，才道："你的意思是说，徐昊原断粮了？"

"就是这样！"豪麻看着唐笑语，眼中终于见到一丝快慰的光芒。

楚穷看看豪麻，又看看唐笑语，道："果然，徐昊原这拳头伸得太开，便没有力量了。"

"不过我们也要警惕,离火精骑号称进若疾风迅雷,现在退起来也不遑多让,若不是浮相跟得紧,可能还没有发现。现在大公正亲率虎卫押着他们走,在寻机打一场大的。我们也要做好在离火原打一场硬仗的准备。"豪麻的目光又回到了那张地图上,不断活动着手腕。

"大公的意思是?"

"我们和百济公配合,在观平以西把门关上,大公要在离火原围歼徐昊原!"

唐笑语呆住了,围歼?徐昊原的兵力可是有十万之众,扬觉动的风格,如此狠辣吗?

果然,楚穷深深吸了一口气,道:"要不要再考虑下,我们说徐昊原冒进,现在我们若是把自己摆在箕尾山和观平之间,岂不也是一样?现在离开平明河流域的话,我们这拳头,也是伸得太长了。"

他这句话有来有自,关于战胜徐子鳏后望江营的动向,这中军大帐中曾爆发了一场剧烈的争执。起因,便是豪麻想要乘胜追击,一举切断南津对观平、大安的粮秣补给,但是遭到了各镇将领的一致抵制,认为这个方案实在是太过冒险了。

豪麻低着头,手指在地图上画了一个圈儿,道:"花渡大概在二十日前被攻下,算算时间,徐昊原大概觉得可以直下新塘,因此并没有及时撤军。但他没有想到的是,白吴和李吴这一次站在了大公一边,他打到柴水东岸,便遇到了铁底。再也打不动了。"

"三吴重新联合了?李吴且不去说它,白吴,那是和扬家有世仇的呀!"

"大公这次前往新塘前,特地去了暮云台,请出了夫人。"豪麻的语调淡淡的。

"白夫人愿意为大公去当说客?"楚穷脸上露出了不可思议的神色。

豪麻只是点点头,不愿多说。

"这下徐昊原惨了,他这次孤注一掷猛击不退,现在要退,却嫌太晚了。"

"所以我们才要在观平附近解决战斗,如果让他这十万人进了箕尾山口,那便算他逃出生天了。来看,"他把地图展平,"观平城西的军镇酸枝是澜青粮道的中转之地,这小城不大,但是我们要是扼住了这里,徐昊原的大军就没那么容易退回箕尾山口。"

"这我知道,可望江营迄今为止都在野战,也确实连战连胜,可去打酸枝是不一样的,我们没法奇袭,也没法设伏,万一短时间内拿不下来,被吸在那里,无论是徐子鳜还是徐昊原,无论他们是从东边来还是西边来,很快就会在城下把我们击垮。就算拿下来了,十万大军,哪有那么好合围,搞不好,我们先被他们合围了。他们先把我们搞死,再退回箕尾山,时间上,也是绰绰有余。"

楚穷搓着手指,抬起眼来。"你若是动员大家继续野战,对那群大爷们,我还有几分劝说的把握,但你这想法是在动员他们自杀!若是我实话实说,这望江营现在就散了架也说不定。"

唐笑语也咬住了嘴唇,她清楚楚穷这是实话实说,以流兵们现在的士气,继续作战虽然艰困,但还是可以组织的。但是若真是打一场自杀性的攻城战,恐怕除了这一千余人的鬼影,没人会跟着豪麻寻死路。

　　自离火原开战以来，楚穷的风凉话是说了不少，但是这样郑重其事地对豪麻的决定进行反驳，这还是第一次。看得出来，他是真的紧张了。

　　豪麻沉默了半天，道："无论如何，这一战也是要打的，具体怎么打，我们可以从长计议，甚至由鬼影带头攻坚，也不是不可以。至于两边敌军的动向，那也只能多派斥候，希望能够先一步掌握战场的局势了。"

　　"斥候不是万能的，万一和离火精骑遭遇，我们未必能跑得过他们的坦提风马。"楚穷还是没有松口。"若是我们不冒这个险，实在也是情有可原，徐昊原就算退入了箕尾山口，也无力再出来了。"

　　"不，今天，我收到了邵伯从迎城发来的密函。这件事，必须做，等不得了。"

　　"邵远征？"

　　豪麻把手边的信封向楚穷推了过去。

　　"这种时候，宁州也要来搅混水吗？"楚穷走了过去，狐疑地抽出了信纸。

　　"宁州？也要出兵离火原？"

　　"不错，朝守谦昭告天下公侯，将于十月初二在白驹会盟，共商八荒大计。"

　　"陈仁川要来参加？"

　　"不止陈仁川，这一次天下公侯群起响应。除了陈仁川，维州和栖图公爵也已经承诺会到。自然，白昊和和李昊也收到了请柬。这样一来，东南诸州便要全部与会了。"

"大公呢？难道他们没有邀请大公吗？"

"据说这一次会盟的风云诏只有十二张，在澜青攻下大安之后，原属于大公的一份，已经给到了徐昊原。"

"这是当我们已经不存在了呀，"楚穷摇了摇头，笑了起来，"大公恐怕要生气了。"

日渐高升，射入账内，留下一道浅浅光痕，豪麻少有地翘起了嘴角。多亏了日光城这不可理喻的信心，原来这个男人笑起来，也是蛮好看的。

"澜青这一次突袭，宁州一直按兵不动，便是对我们还有畏惧。如果被我们打败，徐昊原可以缩回澜青，有木莲护着他，但是宁州孤悬大言海滨，若是站队失败，可是要被大公再踏平一遍的。这一次借着与盟的机会，他去跟邵伯借道，说要带着宁州的安乐兵西进，实际上，他要看的，就是离火原此战的结局，究竟最后的胜者是大公还是徐昊原。"

"那这一战还真是非打不可了，"楚穷感慨，"此战胜，大公赢家通吃，可以率领宁州三吴联军兵临箕尾山口，参与白驹之盟。"

"是啊，"豪麻还是一脸冷峻，"此战败，或徐昊原逃回南津，木莲便可关上大门，开一场没有吴宁边的会盟。其结果，便是宁州、白吴、李吴和其他的墙头草都倒向木莲。接下来，不出十年，我们便要面临灭顶之灾！"

"我懂了，陈仁川这种人，无论是谁失败，恐怕他都会踩上一脚。"

"不错，梁群的事情，他抵死不认，还没有和他算账，只能说他早就想踩我们，却没有这个胆子。"或许是怕楚穷尴尬，豪麻缓步走到门口,站在那道金色的阳光之中。"当年大公一路东进,马踏采桑津,我不过六七岁年纪,未能躬逢其盛。这一次陈仁川若是想找死,那他可真的要死了。"

豪麻冷冽的声音穿透了阳光,漂浮在这中军大帐中,好像他麾下的千军万马,早已踏破了安乐原。

唐笑语忍不住道:"这个陈仁川,也太墙头草了。"

"这也不怪他,自古以来,谁会站在失败者一边呢?"楚穹绕着那地图,反复琢磨,"这事我也略知道些,那时候宜水城的富人们一多半都越境跑到了维州,他们差一点就要亡国。这个陈仁川倒是个刚硬的,当年就是他主张坚决抵抗,如今他得以当国,今天若是被他抓到这个机会,一定会报复我们!"

"所以,你的意思也是非打不可了?"唐笑语知道,楚穹的支持对此刻的豪麻到底有多重要。

"打!"楚穹的手往桌上重重一拍。

"好。"豪麻的声音却淡淡的,那神态,像极了横扫八荒的扬觉动。

唐笑语松了一口气,不管怎么说,共掌望江营的两个人达成了共识总是一件好事。倒是她开始担心,在这样不利的条件下,豪麻此战到底能不能再次获胜了。楚穹的那句话她从来没有忘记,楚穹说,豪麻是喜欢赌的,只不过迄今为止,他都赌赢了而已。

但是只要不停手,哪有只赢不输的道理呢?

楚穹已经掀开了帐幔。

眼看那紫色的布幔正被拉开,唐笑语毫无来由地心头一紧,穿过那小小的缝隙,她似乎又回到了那日的流光幻境之中。在那里，连绵的平明丘陵正在渐次隆起，拱卫着河道和山峦，在山谷下，两片锋利的刀子一样的山峰直插在大地上，留下了中间的一道高高的窄门，而通过这窄门继续向前，便是无穷无尽的雾气和越来越深的黑暗。

三

"我，我也许能帮上忙！"唐笑语的心跳得厉害。

豪麻回转头来，那坚硬的轮廓被日光镶上了一层毛茸茸的金色。

"帮什么忙？"楚穷倒是收住了脚步。

"你们不是怕被夹击吗？若我能放一只羽隼上天，那整个离火原的战场，便可尽收眼底了。到时候，若是有敌人来袭，我便尽快通知你们！"唐笑语鼓足勇气，一口气把心中的想法说了出来。

"你能凝羽了？"楚穷好像不认识她一般，转过头来，道，"武毅侯，这羽隼你见过的，在我们和徐子鳜第一次对决的时候，天上飞的那玩意儿。"

豪麻倒是不为所动，放缓了语气，道："唐姑娘，我知道你尽力想要帮我们，但是毕竟冲阵杀敌马革裹尸这件事，是我们的宿命，不是你的。你不要勉强了自己。"

说到凝羽，唐笑语实在没有十足的把握，不过刚才不知哪里来的奇想，到好似她已经看到了箕尾山下的离火原一般。是了，想到疾白民还在对方的阵中，着实让她心惊胆战。无论如何，她是不希望眼前这个男人有任何危险的，可当她满怀希冀地盼望他能给出一个振奋的回应时,他却如此冷淡。她这心火,也就一下子熄灭了一大半了。

"怎么就勉强了?我也是军人,当然也要功业,我可以试试的!"她说得响亮,但心里没底,眼睛却去看账外那根计时的长杆,看那影子在地上一点一点地走着。

她在心中微微叹了一口气,就算自己曾提醒他避开了晨雾中的伏兵,就算她在平明丘陵中找到了理想的伏击之地,就算她获得了都尉的军职、穿上了这一身极致精巧的铠甲,她在他的心中,终于还是那个普通的采珠女孩吧。

真的不行吗?在那些雄峙高耸的山峦间,寒冷彻骨、风流云散,能够展开双翅翱翔的,只有一只青色的羽隼。而通过那羽隼的眼睛,已看到群山之侧、大河之畔的一切。只要他需要,她便可以再飞高一点点,一点点就好。她会尽自己所有的努力去赢得他的目光、赞许和肯定,直到羽隼在气流的猛烈冲撞下,落下第一根羽毛。就像在这离火原的深秋,落下了第一片雪花。

豪麻的双唇抿成了一条线,刚才那好看的笑容转瞬即逝,真是令人怀念啊!

"唐姑娘,就算这天空飞满了灵师的羽隼,在战场上,也还是要一刀一枪地拼过的。战者临兵,不能依据战况做出判断,而是依据灵术、心证、猜测,这是我不能接受的。"

"我是真的想帮忙的,我能帮上忙!"唐笑语急起来了。

豪麻沉默了片刻,道:"你的好意,我心领了。"

有些突兀地,豪麻忽地为他们拉开了帐幕。

"走吧,唐都尉。"楚穷拉着还在目瞪口呆的唐笑语,从帐内走了出来。

"我，我说错什么了吗？"唐笑语心底一酸，眼前模糊了起来。

楚穷叹了一口气，道："若是以前的我，会劝你离他远一些。不过今天，我倒是觉得，你才是最适合他的人。他也未尝不在乎你，只不过他这个人脑子混沌，自己也不清楚就是了。"

"请不要拿我开玩笑。"这会儿的唐笑语，着实没有说笑的心情。

"我早就说过了，他这个人，有赌性。你也看出来了，这一战，他是自蹈死地，任谁都救不了的。"

唐笑语擦擦眼睛，猛地警觉起来。"你是说，酸枝镇是死地？"

楚穷摇摇头，道："不，扬一依才是他的死地。而他是你的死地。他这个人别扭得很，冷落你、劝你避战，便是在乎你，不想让你也跟他一样，九死一生地活下去。"

"啊？"唐笑语一时真的理解不了楚穷在说些什么。

"你看，刚才已经说了，日光城为十三州发了风云诏，要白驹会盟，南渚自然是要参加的。而扬大公要率军白驹与盟的话，你猜赤研井田会带上谁，才最有讨价还价的本钱？"

看唐笑语愣在当场，楚穷只得自问自答，道："这还用说吗？自然是娴公主扬一依啊！你以为豪麻心中真的装着八荒四极、天下苍生吗？他的心比你想象的小得多！"

好像一道晴天霹雳，唐笑语一下子目瞪口呆。她没有料到，原来豪麻还有这样一层心思，他奋不顾身地一定要进行这一场生死之战，想着的，却是能在白驹城里再见到朝思暮想的

水云乡

扬一依罢了。

她的心也慢慢、慢慢地冷下去了。

"你有没有想过，大公为何要甲卓航去南方三镇，而把豪麻放在了离火原？还不是知道他这个执拗性子，想要他离自己的女儿远一些吗？行军打仗，最怕被人捉住命门。豪麻这个人，行事果决、了无生趣，把柄是很少的，但是可惜了，这世上有个叫作扬一依的女子。"

楚穷边说边走，一回头，却发现唐笑语并没有跟上来。

"我明白，他是想要把娴公主夺回来的。"唐笑语的声音闷闷的。

"这也是我佩服他的地方，若是我，一定早就认命放弃了。"也不知是赞赏还是讥讽，楚穷揉了揉自己的眉间，做了一个无奈的表情。"你呢？你在想什么？"

"我？"唐笑语抬起头来，"我这样的人在想些什么，真的要紧吗？"

"不要紧吗？"楚穷笑了笑，"梁群在吴宁边经营了二十余年，他怎么也不会想到，让他身首异处的，居然是个十几岁的小姑娘。"

楚穷真有本事，一句话，便把唐笑语拉回了现实。他是怎么知道的？

"怎么，觉得我应该浑然不觉吗？大公久出未归，怎么会绕开大安，突然先跑到观平去见伍青平？南方三镇出征花渡的大饼是疾白文画的，箕尾山是伍青平丢的，离火原是扬丰烈搅乱的，他怎么突然就知道背后站的人是梁群？"他转过身来道，"唐姑娘，你要小心了，我说过了，你的命门，是豪麻。"

唐笑语向后慢慢退了一步,道:"原来这一切背后的人,不止梁群,还有你!"

楚穷脸上露出了笑容,道:"你这样猜测也不能算错,梁群想利用赤研恭去吃肉,我只不过跟着喝点汤而已。说实话,现在我真的庆幸自己的胆小,只能敲敲边鼓,不然赤研恭这个人,真的什么事情都做得出来。"

"你不怕我现在就去向武毅侯告发你吗?"唐笑语停住了脚步,手已经放在了刀把上,再看看身后的军帐。

"告发?"楚穷道,"现在换我问你了,赤研恭究竟想要你做什么,居然舍得把梁群抛出来,来保下一个你。"

"赤研恭?"唐笑语看着楚穷,他究竟还知道些什么,知道多少?

"是啊,大公失踪了,大安城里一共只有这么几个人,若是大家都是聋子瞎子,也真的说不过去,只能说我们是各有所图吧。除了赤研恭,谁还能提醒大公,那个一心要他死的人,就在祥安堂上呢?"

唐笑语沉默了好一会儿,才道:"也许,他只是想要澜青不要胜得那么彻底。"

"好!"楚穷拍起了巴掌来,"你这么一说,我便想通了,赤研恭不过是想借着这个局拿到他南渚大公的位子。如果他摇身一变成了新大公,自然不希望继续做木莲的傀儡。倒是你,伍扬背后的一箭,都射不走你,开始我还以为赤研恭真是死士在手,却怎么也想不到,你会喜欢上了那个死心眼的豪麻。"

"你对这支队伍来说,实在是太危险了。"唐笑语又看了看中军大帐。

楚穷不紧不慢地道："我有多么危险，你以为大公不知道吗？用不用我来告诉你，其实百济公在这次的变乱中，也有插上一脚？"

"啊？"

"没错，大公一样知道，可是现在，他装着不知道，因为他知道我们有多么不可靠，也知道我们可以变得多么可靠。离火原是扬觉动的，没有人能够反抗这只八荒上的猛虎。我们早被他捏得死死的，既然还没有走得那么远，总是可以及时转弯。而他这么自信的人，怎么会在意这一点小小的离心离德呢？当年先公的四大名将，几乎都站在扬家的三公子一边，当年他也清楚得很，但还不是靠着这些人，打出了一片天下？其实，真正让他头痛的，不是我们这些每日里计算权衡、争权逐利的人，而是豪麻这样的死心眼。"

"为什么？武毅侯，一直对大公忠心耿耿啊。"

楚穷哈哈笑起来，道："因为一根筋的人，什么都做得出来。"

"那，也未见得就是重视你。"唐笑语虽然越听越有道理，却还在这里嘴硬。

"那，你看，他现在把我放在望江营里，要我做豪麻的左膀右臂，怎么不是重视我？只要大公当政，有一天算一天，我都会很乖的！我还有一种直觉，将来，也许更受器重的是我也说不定呢？"

"你、你们这些人当面一套背后一套，怎么会这样可怕！"唐笑语现在是真的恐惧起来了，豪麻当然是无双的战士，但他有足够的敏感和智慧，来应付楚穷的诡诈吗？

"我这里还有一封给你的密笺,从灞桥传来的,"楚穹从袖中抽出一张白纸,递了过来,道,"唐姑娘,我有的时候真的很羡慕你心里的热热闹闹,我就从来没有为谁这样心动和牵挂过,这人生,真的也是乏味得紧哪。"

唐笑语摩挲这张空白的信纸,手在轻轻地颤抖。这是道婉婷的密笺,用星辰秘术写下的文字。看到这熟悉的信纸,她忽然想起了,在遥远的南渚还有另外一些自己关心也关心着自己的人存在,他们还在等着自己的消息。

楚穹说,赤研恭想要拿下南渚大公的位子,那他成功了吗?道婉婷还好吗?如果赤研恭真的成了南渚大公,并且已经出发来参加白驹之盟,他会逼着道婉婷动用自己这一把利刃吗?

今天的自己,算是鹰鹫还是麻雀呢?

四

秋风吹起来了,天空高远,九月的离火原上,花朵凋零,草叶枯黄,平明河还是静静地流淌着,这种凉爽干燥的感觉,是在鸿蒙海边长大的唐笑语从未经历过的。

在平原上,一眼望去,视野极为开阔辽远,就算地势有所起伏,也被漫长的距离稀释得一干二净,极目望去,田野、村落、城镇、墟烟尽收眼底,甚至可以看到远远的平明丘陵,而向北眺望,那天尽头影影绰绰的,则是横亘在大安城西的长戢山。

在南渚,哪怕是在苍莽的小莽山上俯瞰扶木原,也没有如此开阔的视野。淡流河畔一丛丛的密林把平缓的麦田分得七零八落，曾经，那些金黄的麦子和青绿的稻田一块一块在林间、河畔聚集，如今只剩一片枯黄。如果说在小莽山、济山和金麦山拱卫下，盆地中的扶木原像是个秀气而钟灵的女子，那么眼前的离火原便别有一番宏阔气象，更像是个雄起健壮、沉默坚毅的汉子了。

距离就是如此可怕，在扶木原，哪怕是几百人的队伍，只要拐上几个弯，便可能狭路相逢，但在这离火原上，确实是四面苍茫，如若没有夜色的掩护和迅疾的移动，想要打出漂亮的伏击根本不可能，可是豪麻偏偏就可以在一片无垠的辽阔中纵横驰骋。大概也只有这样的环境，才会产生出望江营这般大开大合、迅疾如电的战术，养育出豪麻那种一往无前、不死不休的性格吧！

小鸟儿落在不远处的草地上，叽叽喳喳地叫着。唐笑语从怀里又摸出伍扬的那一枚夜明珠来，郑重地放在面前，合掌拜了几拜，道："只有南山珠才可见过去未来，但我不贪心，若此刻唐笑语能够凝出一只羽隼，也便可以见到酸枝小城了。唐笑语学艺不精，自己没有本事，只能拜托再拜托，借我海神的重晶之力了。"

她口中嘟嘟囔囔，不甚放心，又对着那夜明珠补了几拜，上前抄起珠子，握在手心，凝神屏息，把凝羽术慢慢催动起来。

那带着一点腥气的轻风把唐笑语的心都鼓荡起来了。

在一片辽远的宁静中，她清晰地听到远方一声极细的轻响，好像那日鹧鸪谷中包围着小木屋的水泡破开，那一刻，满天的雨水都落了下来。这不是幻觉,周围的原野忽地波动起来,好像它们和自己之间隔了一层薄薄的、透明的轻纱。然后,她看到了夜明珠上轻轻滑过的一抹流光。

"未见和仲,维鸟有巢;熠熠晨晖,振振其羽。"

她小声在心中默念着,好像回到了落月湾那一片荒凉的青石丛中。南风徐来,海潮涌起,稀稀落落的细雨落在那巨大的犬颉雕像上,她亲眼看到道婉婷的指尖生出一根黑色的羽毛,抖上一抖,一股强烈的气流便从她的周身升起,那气流裹着雨丝,形成了道道雾气迷蒙的白练。就在这一团迷蒙中,忽地爆发出一声震人心魄的尖唳鸣叫,一只鹰隼从虚空中振翅破出,拔地而起,直冲九霄。

她口中喃喃诵着凝羽术的箴言,慢慢闭了眼睛,风雨依旧,只有那鹰隼在九天之上缓缓张开翅膀,振翅翱翔。

那一刻,唐笑语的心中好生羡慕。从小到大,她都在熟习刀马灵术,但唯有这一刻,她才受到了最真实的冲击和震撼,原来星辰伟力居然就藏在如此娇弱的一个女子身上,道婉婷本来就少笑容,那尽心凝神,专注施术的表情,更是格外动人。

"和仲。"和她一样目瞪口呆的,还有那个青云坊中的少年,弋合·萨苏。

和仲,是五星七曜中主掌欲望的星辰,也是凝羽术依附的主星。自从满城疯传吴宁边大公扬觉动要来灞桥嫁女开始,一向沉静的道婉婷也开始惴惴不安起来。终于有一天,她对自己和萨苏说,道家特别重要的那个人,要回来了。

可日日等待的道婉婷,却没有等到这个重要的人。直到那个下午,她们得到消息,匆匆赶到落月湾,那艘巨大的牙船已

水云乡

经在天风海雾中失去了踪影。

"他为什么不肯回来看看我呢?"道婉婷望着波涛起伏的鸿蒙海,满眼的失落。

很久以后,唐笑语才知道那个人是道逸舟。在赤研井田下令摧毁南渚海神寺之前,他曾是那里的住持,她是个迟钝的小孩,幼年时的记忆已经渐渐模糊了。她早忘记了道逸舟曾和自己有过什么交集,她只知道,这是个了不起的人,是南渚道家乃至八荒最接近龙狮的羽客之一。

那一天,鸿蒙海上波涛大作,风浪翻滚。道婉婷第一次当着他们放出了手中的羽隼,羽隼可以翱翔万里这个说法显然是假的,道婉婷只找到了被海浪和雨夜送回落月湾的卜宁熙。

这个九死一生的宁州商人带回的,是道逸舟已死的消息。

那个雨夜,她看着极度失落却分寸不乱的道婉婷,既是钦敬,又是不忍。

唐笑语是鹧鸪谷无名采珠人的女儿,萨苏是阳坊街酒铺里的沽酒少年,那卜宁熙也好不到哪里去,不过是个悠游八荒的落魄客商。自己擅长巫医之术,萨苏对星辰运行有着异乎常人的天赋和敏感,卜宁熙稍加学习,便掌握了灵师的鬼神术。她真的不知道道婉婷是如何在茫茫人海中,把这些海兽之血一个一个翻出来,聚集在自己身旁的。

而她不忍的是,道婉婷实在是太孤独了。她,是他们见过的第一位羽客,也是最孤独的那一个。

唐笑语被她送到了赤研恭的面前,承担了北上晴州的使命;卜宁熙受命去追着封长卿和他的少年弟子前往日光城;而萨苏则要留在灞桥,帮助道婉婷拿回南山珠。道婉婷始终在兢兢业业尽心竭力为她的丈夫铺好通向青华坊铁木海兽椅的道路。

可谁又能想到，赤研星驰居然死在了四马原上呢？

不知这世上到底有多少的不确定，但对于唐笑语来说，一切都从那一年开始不同。

那一年，道逸舟住持的海神寺变成了一片废墟，是十六岁的道婉婷赶到这里，把九岁的唐笑语领回了府中。她不过比唐笑语大了七八岁，也还是一个少女，但在满城的血腥杀戮中，却没有一点恐惧和惊惶。

"就算你没有父亲了，也没有关系，"道婉婷蹲下身子，扶着小小的唐笑语的双肩，"你看看我，我也没有了父亲，还不是一样活得好好的。你跟着我，跟紧了，便不会有人欺负你，知道吗？"

"好的。"唐笑语的声音弱弱的，她四岁从鹧鸪谷来到灞桥，却没见过什么世面。海神寺里的殿堂太高，沉静而肃穆，像黑色的夜空，这里的生活也太过枯燥无味。唐笑语不知道父亲去了哪里，她只能等待，盼望他像离开时那样，也能突然地回来。她年纪虽小，却是海神寺里的小黑衣，海神寺里没有小莽山的郁郁葱葱、花鸟鱼虫，若不是偶尔可以去落月湾的码头上看看波涛涌起大海，她差不多以为海神寺就是自己的整个世界了。

思绪绵长，过去的岁月在唐笑语的脑海中回转不去。

她学着道婉婷，也闭上了眼睛，于是这过去的一切一切，都在和仲聚起的微风中被轻轻吹散了。现在的她，不需要洞悉过去或未来，只需要一双眼睛能看清离火原上奔驰的兵马的眼睛就好了。这一战,如果能够帮助豪麻重新见到那个他朝思暮想的人,他会多么高兴啊。如果他都那么高兴了,自己应该也会很高兴的吧。所以,豪麻,你可不能死啊!

可道婉婷偏偏又从幻境中走了出来,她真的想要告饶了,这一次豪麻遂了心愿,我一定马不停蹄地赶去晴州,好不好呢?!

她的心中充满了负疚感。在那些星月满天的夜晚,道婉婷常常倚窗不眠,而见天地越长越高、能吃又能睡的自己,夜色初起便要忍不住打瞌睡了。道婉婷要她去睡,她不肯,婉师姐还没有睡去,她怎么能自己睡着呢?小小的唐笑语努力睁大眼睛,可是不管她怎样尽力支撑,她的眼皮还是如有千斤般沉重,不自觉便会慢慢合上了。

再粗的鲸脂巨烛,也总有烧完的一刻。小时候,赖在道婉婷身边的唐笑语在自己的小床上醒来时,被子总是盖得好好的。但长大一些,她便会好奇了,道婉婷每夜看着那黑漆漆的星空,真的在练习星算吗?

这一次,道婉婷命人找来了唐震,要接她回阳宪,明知道她一个人将孤身万里北上晴州,她却对唐笑语说,你这么大了,该回鹡鸰谷看看了。在离别的时刻,唐笑语红了眼睛,忍不住问出了那个问题:"师姐,那些年,你晚上总是在看星星,那是在看些什么呀?"

道婉婷为她整整衣衫,道:"你还小,不懂的。"

"好吧。"唐笑语从小是个温和的性子,问出那样的问题,自己已经觉得不妥了。

可是道婉婷却又想想,道:"告诉你也无妨,看着星空的时候，我都是在盼着星驰公子早早回来呀。"

那一瞬间，唐笑语心里好酸，她没有想到得到的是这样一个回答。

道婉婷和赤研星驰成婚时，她还不认得道婉婷，而等到她被道婉婷接入赤研府里，赤研星驰已经作为质子，北上日光城了。对于唐笑语而言，那七年多的时光，即便她所居住的府邸，叫作赤研府，但这府邸的主人对她而言，也不过是一个遥远的名字罢了。她当然也不清楚这个名字对道婉婷来说意味着什么。可等到那个人从日光城回到南渚，进出朝堂、封侯拜将，他停留在冠军侯府的时间却更少了。那么，他不过还是一个名字而已，而一个名字对一个人来说，到底有多重要呢？这是唐笑语藏在心底的一个绝大的疑问。

可那一刻的道婉婷回答了这一切，说出那个名字的时候，她的眼角都开了，她嘴边的温柔是真心的。

唐笑语上去抱了抱道婉婷，忽然有些心痛，到底为什么呀，为什么那个男人对等了自己七年的妻子会这样刻板冷漠呢？究竟还是陈振戈无意中说漏了嘴，虽然道婉婷和赤研星驰青梅竹马，但他更喜欢的，是另一个来自外州的女孩，只是赤研井田不许这门亲事罢了。

一枚黑羽缓缓飘起，更多的羽毛从虚空中飘飘坠落。

原来有些人，你是忘不掉的，唐笑语的心酸着酸着，就痛了起来。

嘭的一声轻响，唐笑语身子一颤，那黑羽缓缓转了几个圈儿，给秋风吹得无影无踪。而夜明珠的光华褪去，眼前仍是这片寂静的原野、几缕稀薄的炊烟。

凝羽终究还是失败了。

唐笑语蹲下来，从怀里摸出那张字条来，轻轻摩挲，上面缓缓显出了道婉婷的亲笔，只有三个字，"晴空崖"。

"不是你说的，要是我遇到喜欢的人，便要一心一意，好好待他吗？"

唐笑语伸开手掌，那纸条慢慢在她的掌心卷曲、碎裂、化作微尘。

"你若知道我现在夜夜看着弥尘，心里想着的人是他，还会要我离开他吗？"

五

"若你不想我去的话，我就要走了。"唐笑语忍不住还是跟在豪麻身后。

豪麻忽地停住脚步，她差一点撞到他的身上。

人披甲、马备鞍，眼前平林漠漠，望江营整装待发。

唐笑语已对着海神的明珠发誓，若是豪麻说一声希望她留下来，她便再不去想什么晴空崖，就陪着他了结这离火原上最后一场厮杀。

可他只是转过身来看定唐笑语，好像并不打算开口说话。

唐笑语努力挺起身子，暗暗咬住了嘴唇，沉默中的这一刻显得尤为漫长，她闻到了豪麻甲胄上刚擦过的茶油味道，带着一点点的苦涩。

"你不要去了，这一战和之前的野战不同，是要投到风暴的中心去。去了，很可能就回不来了。"

说完这一句，他竟然想要转身离开。

"我想去！我虽然还不能凝羽，但多少也会有所助益。他们有一位羽客，很厉害，你们对付不来的！"唐笑语这辈子都没有这样主动去争取做过什么事，但是拿到了道婉婷的密笺后，好像便拿到了让心意通行无碍的令牌，心里怎么想的，便怎样说出来了。

豪麻并没有回头，还是闷头往前走着。

"豪麻！"这似乎是唐笑语第一次直接呼喊这个男人的名字。

"还有什么事吗？"

唐笑语胸中的千言万语遇到豪麻那微蹙的眉头，一瞬间都化作乌有。

"没事了，这个，还给你。"她把手伸入衣袋中，拿出了她一直随身藏着的夔纹手帕，那金丝银线勾勒的月橘花依旧在那薄薄的云锦上盛放，栩栩如生。"鹧鸪谷中，多谢你一直护着我。"

他诧异地看着唐笑语。"原来在你这里，我还以为它遗失在阳宪了。"

豪麻走过来，拉住了手帕的一角。

两个人的肌肤有那么极短的一瞬相接，那大手上的温热转瞬即逝，柔软的布料从她的指尖轻轻滑过，好像在她的心上割开了一道细细的口子。那是她永远不会忘怀的时刻，那一夜大雨将临，就是这个男人匆忙出刀，挡住了夜幕中射来的利箭，在那炫目的火花中，她看到这手帕自他怀中飘落在青砖的浮尘之中。

水云乡 133

鹧鸪谷中的梦境就要变为现实了，他终于可以欢欢喜喜从自己的身边大步迈过，走向那个明眸皓齿的姑娘了。

"还给你，这次你要拿好了。"

唐笑语的眼睛酸涩得厉害，为了避免尴尬，她转过头去，第一次认真观察了望江营中望楼、鹿砦。看完了，再去看远处上马奔驰的斥候和鬼影的腹心之卫，她飞速地眨着眼，看眼前其实她还没有来得及熟悉起来的一切，不让眼泪掉下来。如今，她就要和这一切作别了。

"还有，你要小心，他们都在你背后嘲笑你。"

"他们是谁？"

"鬼影之外的所有人，"唐笑语努力平复着自己的心绪，"他们都说，娴公主再也不会回到大安了。这样，你也不过就是一把锋利的刀而已，而再锋利的刀，也是会磨损、会生锈、会折断的。"

"我知道，"那声音比她想象的更加平静，"他们怎么想，我并不在乎。"

"难道，不要提防一下这些人吗？你在前面冲杀，不要看看后面有没有人挥刀对着你吗？"唐笑语还是忍不住回头。

"我的刀，比他们快。"豪麻的脸上都是坚定的棱角，非但看不出悲喜，这一刻的他，倒好像是生铁铸成的。

也许对着一尊雕像，真的很难抒情吧。唐笑语感觉没有那么难受了，她努力甩了甩头，擦去眼角的一点湿润，笑道："哎，这种时候，真的很怀念阳宪，我现在才知道，那个和甲卓航喝得满面通红的人有多稀罕。"

豪麻的嘴角终于泛起了一丝隐约的笑意，虽然稀薄，但也足够了。

"这个你带着，"豪麻想了想，从手上推下了他的扳指，道，"若是他在就好了，他有很多好玩的小玩意，我可以讨个有趣的给你。"

豪麻居然也会送自己东西？唐笑语接过那扳指，也许是几不离身，这精铁指环已被磨得莹然有光。

"摧决之将？"唐笑语把上面几个小字慢慢读了出来，再翻过去，那扳指内侧还镂刻着一个"扬"字。

"这是东川扬家的信符，我早些年去木莲勤王的时候，大公赐我的。你拿着它，先去西丘停留几天，离火原大概也就平静了。到时候，你再取道新塘南下，这一路但凡在吴宁边境内，有这指环，可保安全无虞。"

你怎么知道我要回南渚呢？唐笑语往南看了看，嘴角泛起了微笑。我要去的，是北方的晴空崖啊。

"还有机会再见吗？"她笑吟吟的，这是她最想问出的话，她也知道，这世上恐怕没有人能给自己一个肯定的回答。

"等到春天吧，到时候，你又会再蒸白米糕了。"

豪麻拍了拍自己的兜鍪，端端正正戴上，翻身上马。

她知道他终于还是离开了。他要去离火原上继续他的冲杀，他将兵临箕尾山口、攻下南津镇，他要拉着望江营、带着吴宁边的将士直取平明、再南下花渡，他要越过济山、直下瀍桥，他终究还是要去找他的爱人了。

若是自己真的可以帮上什么忙就好了，但有什么办法呢？自己从来就是这么无足轻重的人啊。辎兵在营外整理营地，她则在帐内捆扎着自己的小包裹。那一套铠甲，她想了又想，还

水云乡　135

是脱了下来，她配不上这样精致的铠甲，一个采珠人，终究是这人间的过客罢了。

再出帐外，已近黄昏。她找到一直在帐外等着她的小斥候，把那叠好的铠甲交给了他，道："麻烦帮我转交给武毅侯吧。"

"唐都尉，这是什么意思呀？"少年挠了挠头的工夫，唐笑语已经打马奔向了北方。

"西丘的路不是这一边呢！"少年发现她走的方向不对，远远喊了起来。

"唐都尉？我、我见不到武毅侯的呀！"唐笑语没有回头，那少年的呼喊越来越远了。

她去西丘做什么呢？这个都尉本来也是莫名其妙地来的，要北上晴州，便要从由邯城进入东川，才是最便捷的道路，当然是这个方向了。

青马已经习惯了跟着大队行动，还迟疑着不愿意迈开脚步。唐笑语狠下心来，在马臀上抽了一鞭，它才终于意识到了主人的决心，放开四蹄奔跑了起来。

身后的营地不见了，夜色渐浓，一轮饱满的圆月在深蓝的夜幕中慢慢亮起，在这空旷的原野上，格外地大而明亮。算算已经跑了不短的距离，但是远处的长戬山还是那一般不远不近，青马也不知是孤独，还是累了，只要自己不继续催它，步子便渐渐慢下来了。唐笑语俯身摸了摸它的脖颈。"你也不想要离开望江营吗？你在那里，也有要好的伙伴吧？"

"可是，聚在一起的人们，终有一天还是要离散的。"她轻轻叹了一口气，像在安慰青马，好像也在对自己说话。

夜风微冷，唐笑语牵着马在原野上慢慢前行，只有皮靴踩在枯草上，发出咯吱咯吱的声响。寂静和空旷会带来一种奇异的感觉，好像这个世界只剩下了你自己。

她有些困倦了，找到了一处废弃的村落。闭起了眼睛，她一下子就掉入了深沉无梦睡眠中。直到被奇怪的啸叫刺进她的耳中，她猛地惊醒了。

"羽隼！"唐笑语抬起了头，这绵长的夜似乎并没有什么变化，只是远远的夜空中，正有一双锐利的眼睛在凝视着她。

她理了理鬓角的乱发。是疾白民吗？世事就是这样奇妙。她拒绝跟着疾白民前往晴州的情形还历历在目，没想到不过几日的工夫，自己却一个人踏上了北上之路。

她甚至举起手来，向那羽隼打了一个招呼，可是那羽隼却没有片刻的停留，迅速再次振翅，向着箕尾山的方向飞去了。它看到自己了吗？还是此刻，就连疾白民也不想再理自己了呢？

很快，她就意识到了羽隼并不是为她而来的，因为她听到了一些模糊的呼喊声，跟着这呼喊的，是夜风带来的腥臊气息，紧接着，天边的草叶晃动了起来。她揉了揉眼睛，没错，是有什么东西在缓缓移动着，看起来还很远，但是那些模糊的黑点正在迅速变大。

非常突兀，明明还远，缓坡上却先奔出了一匹马儿。很快，就有了第二匹。好像一眨眼的工夫，远处漫山遍野，都是向着西方疾驰的马匹。在马匹中夹杂着全副武装的骑士，如此之多，居然一眼望不到边，就连整个大地都颤动起来了。

青马紧张地人立起来，后退了几步。

唐笑语两边看看，心一下子吊了起来。这一刻，她又回到这一个月来那些夹杂着血与火的经历之中。是骑兵，带着备马高速奔驰的骑兵！是从观平方向来的骑兵！

"可被吸在酸枝的话，无论徐子鱇还是徐昊原，无论他们从东边来还是从西边来，很快就会在城下把我们击垮的。"楚穹和豪麻在军帐中的交谈又在耳边响起。

算一算时辰，现在豪麻也就刚刚到酸枝吧。这些骑兵足够出其不意，而且，他们太快了。要不了多久，他们就会突然出现在酸枝镇。望江营的斥候警戒是有距离的，无论是正在发动冲击的豪麻，还是正在做口袋的楚穹，没有人能够预料到这支突然从观平方向出现的骑兵。

唐笑语的心剧烈地跳了起来，没有丝毫的犹豫，她马上调转马头，青马好像领会到了主人的意图，奋开四蹄，开始没命地向来时的路疾驰而去。

六

刚才还令人感到阵阵寒意的夜风现在似乎燃烧了起来。

唐笑语躬身打马，浑身的血都涌到了头上，她知道部分离火精骑是装备了坦提风马的，而现在自己离开望江营已经有相当的距离，如果骑着风马的骑手追过来，自己的小青马实在是支持不了多久的。现在她只希望对方还没有发现自己，这样抢先跑起来，多少还有一线希望。

青马好像感觉到了她的紧张，双耳竖起，四蹄带风，马蹄敲击泥土的剧烈震动好像要把她的一颗心从胸膛里晃出去。也许是太多的风灌进了热血翻涌的身子,还没过多一会儿,唐笑语的口鼻之中便泛起了一股血腥味道。

"停下!马上停下!"身后隐隐传来呼喝之声。

唐笑语稳住身子,回头看去,发现从那漫无边际的骑兵队伍中已经分出了一支小队,径直向自己扑来,这些在身后穷追不舍的,正是十余骑轻甲的游骑。

在地势上,对方更高,虽然自己已经反应够快,还是被对方发现了。

从这里到酸枝,若是放马奔驰,不过两三个时辰便到,就算望江营再能拼能抗,也是绝对顶不住如此数量的骑兵的。

"还不停下!"双方的距离正在拉近,那一对骑兵左右分开,向自己包抄而来。

这个距离已经很危险了。果然,没过多久,嗖嗖几声,几支羽箭划破长空,斜斜擦身而过,没在了附近的草丛中。

"全看你了!"唐笑语握紧缰绳,抱住了青马的脖颈,咬牙在它耳畔小声说着。

青马会意,打了一个响鼻,果真提了速度。

刚才的那一轮齐射让唐笑语觉得极为后怕,此刻双方都在高速骑行,那箭矢还是险些射中自己,可见对方的确也是弓马娴熟、准头颇佳。令她稍稍心安的是,这几箭影响了对方的速度,这一会儿双方的距离又稍稍拉开了一些。

只要还有距离就好。

绕过小村,是几间零落荒废的农舍,绕过农舍左右都有路,这有限的几个起伏,正是唐笑语甩开追兵的最佳时机。因为这里她刚刚来过,青马路熟,从这缓坡的左近直插下去,凭着体轻灵活，唐笑语一个急转，向着西北方向便直插过去。青马也完全领会了她的意图，等到她再回头去看时，身后的追兵已经不见了踪影。

唐笑语抬起头来，看向那羽隼飞去的方向，若这真的是疾白民的羽隼，那便意味着徐子鱖也向着这一侧出兵了，而且，至少也接近了酸枝镇。这样一来，望江营面临的，必定是腹背受敌的局面。大概，徐昊原这一次撤离，事先也和徐子鱖约好了接应之策吧。现在，就算扬觉动的虎卫正压在这群骑兵之后，对于因为要夺取酸枝而陷入重围的豪麻来说，也毫无帮助。看来楚穷说的不错，这一次，豪麻是自己钻进了口袋了。

他已经赢了那么多次，这一次，会输吗？

又奔驰了一会儿，不见身后的人影，青马已是热汗涔涔，再催下去，人和马都要力竭。唐笑语只得放慢速度，从鞍袋拿出水壶来去喂青马。

"做得好，快喝上几口，你可不要倒下了。"她不断地抚慰着小马。可也正是在这时，青马忽地烦躁起来，唐笑语还没抬头，便知道坏了。

前方的夜色里，已缓缓踱出了几匹高大的骏马。坦提风马果然非同寻常，经过这么长时间的拼命奔跑，还是一副坦然自若的模样。徐昊原的队伍没了粮，但到了这离火原上，秋草却多，这风马还匹匹健壮。

唐笑语稳了稳心神，最后给小青喝了几口，然后把水壶往地上一丢，迅速抽出了随身的短刃。

"武器放下！"那骑士中为首的一个手里正握着一把长弓、缓缓张开，羽箭就夹在他的指缝之中。

她拉着小青转了一个圈子，终于明白，也正是因为自己绕了这一个圈子，这些经验丰富、惯于围猎的敌人，反而利用风马的速度，抢先预判，在通往酸枝的路上，截住了自己。

"这原野宽广，你一个斥候，是成不了气候的！"

对方发声警示，两边的十余骑此刻已经分散开来，变作一个松散的环形，把她围在了中间。

小青左右看着这些不速之客，耳朵贴在头上，瞪大了眼睛，不住鸣叫着后退，而唐笑语则抿起嘴唇，紧紧握住了手中的刀。此刻，她想到的，却是与徐子鳜首战之前，鬼影在山坡上捉到的那个澜青卫官。那一晚袭营，望江营并未能从他口中得到任何的情报，然而他一路号叫怒骂换来的，是先被邹禁射穿了大腿，继而在鬼影发动冲锋前，被割断了喉咙。

唐笑语是第一次知道，人的鲜血，是可以带着风声激射而出的。

在战场，望江营那日的所作所为就是标准操作，在大战将起、生死未卜之际，对落单的敌人斥候，各方除了用最残忍的手段最快得到需要的情报，是不会有一丝怜悯之心的。

想到这一次凶多吉少，唐笑语反而没有那么慌了。她摸了摸小青的脖颈，道："这一路辛苦了，快走吧，不要被他们捉住。"她狠狠在青马屁股上抽了一鞭，打算趁着青马冲出的时刻，自己也可以寻个机会，至少先结果一两个人。哪知道青马吃痛，嘶叫了两声，却没有离开，反而靠着自己跪倒在地。

唐笑语只得苦笑，这马，也和那送马给自己的人一样，是个直心眼呀。

她深深吸了一口气，只能举起了手中的短刀，横在胸前。

水云乡　141

"把刀放下。你是谁？做什么的？"被羽箭瞄着的感觉很是奇妙，唐笑语知道，只要对方指尖稍稍一松，自己断断躲不开这前后交叉的速射。

"我是……"她犹豫了片刻，此刻自己身上只有一套普通的皮甲，是那种各军镇集市上最廉价的货色，若是说自己不过是这离火原上的一个过客，大概也是合理的吧？

"我是大安望江营都尉唐笑语，你们又是谁？"唐笑语终于还是用了这个和豪麻带有一丝稀薄关联的身份。

"是个女的？"对方爆发出了一阵笑声，"吴宁边究竟是没有人了，连女子都能从军，还是个都尉？"

对面那卫官也收了长弓，挂在马侧，翻身下马，从腰间抽出刀来，道："长得还俊俏，连春雨楼中的姑娘都说咱们体贴，今天你落在我们手里，也算走运了。"

"从大安来？这么几天的工夫就被赶回来，怕是不够你们去春雨楼看上一眼吧？"唐笑语忍不住反唇相讥。

越到这种时候，她越觉得豪麻的沉默寡言也是一种可爱。这些人虽然来自澜青，但怎么也和那些流兵军官一样，不说些污言秽语，好像就不得开心一般。

大概是她真的戳到了痛处，那人脸色一沉，恶狠狠道："你也不要废话，咱们是斥候，只管扫清你们这些跳蚤！想知道咱们去没去过春雨楼，你一试便知！"

那人一边说着，一边招手，众人步步紧逼，这圈子便越缩越小。

唐笑语本就不是能言善辩之人，便也干脆不说话，全神贯注盯着这一群大汉。

小青的耳朵忽地竖了起来，唐笑语马上向一侧翻滚开去，噗的一声，一支羽箭射入了刚才所在的地面。她回头，身后又是连珠两箭射到，她再次仰面向后翻去，堪堪避开，她人还在空中，那雪白的刀光就到了眼前了。

"不要砍死了！"

刀锋夹着极细的风声砍在肩上的皮甲上，唐笑语重重跌落在地。之前作战，她也被砍中，但那套给扬归梦定制的甲胄光滑坚韧，她并未受伤。而这一次这一刀，力道还不及当日，这皮甲却被划了一个深深的大口子，只一闪念，便痛彻心扉。

唐笑语毕竟也是冲过阵的人，即使受伤，也毫不手软，借着滚开的时机，反手把自己的刀也撩了上去。那个还在大声嚷嚷的士兵躲闪不及，被这一刀正中肋下皮甲的薄弱处，一股鲜血喷溅开来，热气腾腾地，瞬间扑了唐笑语一脸。

"贼婆娘！"

咚的一声，在尘土、惨号和鲜血的腥气中，唐笑语后背挨了重重一击，她眼前一黑，一阵天旋地转。这些斥候已经全都围了上来，差不多是最后的机会了。

她把手伸入怀中，掏出那颗夜明珠来，用尽全副心神，默诵起流光术的灵箴来。

"云谁之思，昧谷之求；之子清扬，作于流光。"

随着她清朗的颂念，夜明珠中的幻彩化作道道柔光，弥漫了这方寸之间的小小杀戮之地。

昧谷，五星七曜中的痛苦之星，却偏偏可以编制出人心中最为瑰丽的幻境。唐笑语已经拼尽了全力，可在织起流光幻境之前，斜里又飞来一刀劈开了皮甲，砍入了她的肩膀。

水云乡 143

剧烈的疼痛在全身蔓延开来，即便她知道自己正在流光幻境之中，也可以看到鲜血正顺着甲片的开裂处一点点渗出，染红了自己的整条手臂。

她心中的鼓点咚地敲了一下，好像在极远的地方有人在应和着她的痛苦。在她的眼前，出现了一片血泊中的惨烈战场，不知道为了什么，豪麻和伍扬正背靠着背，他挥舞着手中的流萤，试图劈开一条血路。而在这小小的圈子外围，是一层又一层的兵士，像冬季愤怒的鸿蒙海潮，一遍一遍冲刷着，此起彼伏地冲击着这人海最中央的两个人。

咚的一声，那鼓点又敲了一下，在面对面的肉搏和挥砍中，即便灵活勇武如豪麻，臂膀也在不断的硬击中颤抖了起来。

紧接着，从人群中伸出了致命的一枪。

那枪头乌沉沉的，枪杆不过是普通的白蜡木，却沾满了污渍油垢，那枪头上的铁锈并没有锈蚀它尖端的锋刃，它出其不意地从豪麻的身侧伸出，穿透他的甲胄，扎入了他的身体。一股鲜血从豪麻身体的另一侧翻涌出来，飞溅到了空中。

那双一贯沉默而炽热的眼睛，此刻却充满了惊诧、痛苦和不甘。

咚，那鼓点又敲了一声，一点绿色的萤火从豪麻无声张开的口中飞了出来，汇入了这战场上空盛大的萤火的溪流之中。

重晶可观过去，可见未来，唐笑语怎么也想不到，在此刻自己织起的流光幻境中，她见到了自己此生最不愿意见到的景象。她终于明白，那咚咚的声响，正是海兽之血的生命在战场上的澎湃鼓荡。她听到的，正是豪麻最后的心跳声。

不，这绝不是故事最后的结局。

她还在流血，从那皮甲裂口中渗出的鲜血汇成了一道小小的溪流，她感到了极度的困倦和不甘，她用尽最后的意识，握紧了手中的夜明珠。

"未见和仲，维鸟有巢；熠熠晨晖，振振其羽。"

这微弱又笃定的诵念在广阔的原野上远远传了出去。

在离火原上这一块无人知晓的田野上，草梗和尘土四散飞扬，疾风卷起了血污和泪水，一只黑色的羽隼冲天而起，振翅九霄。

第四章 南津

月光下，他们像被什么神秘的力量定在了这城墙上，只能静静地看着那些倒在离火原的士兵。死去的人太多了，多到每个人都不愿相信这是真的。就算已经经历了花渡战场的惨烈，丁保福还是感觉到自己根本喘不上气来，眼前的这些尸首，绝不会比那个血腥的夜晚倒在四马原上的人更少。

一

"这朝邵德无情无义！你也是个猪脑袋！"赵长弓气哄哄地坐在麻袋上，嘴里叼着一根草秆，他身边是堆积如山的粮食袋子，只是这些袋子虽然看起来个个饱满，但里面填充的，都是些木柴干草。

赵长弓现在一肚子怨气，好不容易千辛万苦地来到了南津镇，朝邵德居然翻脸不认人，不但金银一锭都没看到，反而还要被丢到离火原上去押粮，也难怪他脸色不好。

"本来以为能拿些赏金，结果却要死逑了。你也是，那个朝邵德良心发现，要你去，便是要提拔你，不像我们，是去填数送死的，你偏要跟过来做什么！"

这赵长弓一火起来便唠叨个没完，丁保福已经听了半响，真是不知道说些什么好。不远处，一起来到南津的花渡营兵们正七零八落地在这些"粮秣"间闷头大睡。后来他看到那庾斯奋的眼神，忽然有些明白，如果不是自己让那个白鹿公子下不来台，大概这些弟兄们确实是不用被送上离火原的。

可是不被送上离火原，并不意味着他们已经安全。对于朝邵德这样的人来说，百十个营兵的生死并没有什么稀罕，倒是他死人堆里爬出来，烂泥塘里滚进去，这些最狼狈的样子都被这一群泥腿子尽收眼底，这个丑出得太过稀罕了。那时候丁保福心里只有一个想法，保住这些兄弟，尽快找机会离开南津镇。

水云乡 149

"赵伯，不跟着你，我心里没底。"丁保福知道赵长弓最爱听这个。

"嗯？"赵长弓果然受用，"算了，我有眼无珠！觉得这小兔崽子怎么也算一个王子，多少值些银子，早知道他这样无情无义，当时就该一刀砍了他！"

"当时若是一刀砍了他，我们便是逃兵，两手空空来到这南津，还不是死路一条？现在他若是杀了我们，反倒显得心里有鬼，只要放我们出城，总有脱身的机会！"

"哎，"赵长弓往旁边的地上啐了一口，道，"有什么机会？你没听他们说，那豪麻冲起来，徐子鳜的正规青骑都挡不住，我们又算什么？恐怕出了箕尾山口，立时便给砍死了！"

"那也比当场被砍死强！不管去哪儿，也不能留在澜青了，所有的粮食都丢在了米渡，这可不仅仅是道路失期，是逃兵！你不是说过，若是回了花渡，徐前一定会把我们全斩了的！"

赵长弓叹了口气，道："所以我说田知友就是个傻蛋！我千辛万苦拉着朝邵德过河为了啥，还不是要寻个机会跑他娘的！"

乱世人命贱如狗，赵长弓早存了逃跑的心思，这他是知道的。

花渡到平明的粮道被半路截断，花渡当然不能回，像田知友那样，是往刀口上撞。澜青留不下了，便只能往外走，南下东进都是战场，在那样兵荒马乱的时候，抓住一个木莲王子做筹码，总好过带着这百十人四处流窜，说不好还有大富大贵在面前等着，这就是赵长弓前几日兴高采烈的全部原因。

不过这毕竟是他的一厢情愿，这辛辛苦苦险象环生的数百里辗转，到头来也不过赚了几顿稀粥和一场囫囵觉而已。马上，这些爹不亲娘不爱的花渡营兵，又要被推上战场了。

"这一战若是南津能胜，大概还有希望，"丁保福放松身子，整个人陷在了这堆松软的袋子中，"咱们怎么也算是押粮的辎兵了。"

"胜？你是不是在开玩笑，姓徐的就没有能打仗的！这个徐子鳜手下三万人马，被对方几千个人追着砍，杀了个屁滚尿流！"他坐起身来，放低了声音，道，"花渡的那个甲卓航，够厉害了吧，听说，是这个豪麻的副将。就我们这百十人，根本不够他们塞牙缝的。"

丁保福心里自然也没有底，他捡起一根树枝来，在地上胡乱划拉了一通，也放低了声音，道："那，我们找到机会就跑，如何？"

"靠两条腿？"赵长弓白了他一眼，"在这离火原上打了这么久，你以为他们就是傻的？"

"既然是运粮，总不能靠人来拉车吧？"

"就拉车那驽马，骑了逃命？也就你能想得出！"

"起来了！收袋子了！你们这里谁负责？"赵长弓正在反驳，旁边吱扭吱扭的响声连成一片，要他们押送粮秣的大车来了。

"来了，"赵长弓把嘴里的草秆往地上一掼，拍拍屁股站了起来，道，"来啦！"

丁保福跟着站起身来，两个人走了过去，眼下南津城内这唯一的校场上，正黑压压地站了无数面黄肌瘦的民夫，他们身边，果然是一辆接着一辆的运粮大车。

"这，马不够呀。"赵长弓扫了一眼，这些粮车，四马的车

水云乡 151

套了双马，双马的车则只套一匹马，禁不住抱怨起来。

"来，把这些车也都送进去，袋子上车捆好，"那卫官好似没听见，一边指挥民夫干活，一边打开了账簿，道，"按手印！"

"这位将军，马不够！"赵长弓大概是想到了丁保福的提议，觍着脸，把刚才的话又重复了一遍。

"首先，我只是个卫官，不是什么将军，"对方收起了账本，"其次，你们知不知道自己是做什么去的？"

"这个自然知道，咱们是给观平运送粮秣的不是吗？"

那卫官抬手一指那些堆积如山的麻袋，道："这袋子里面有粮食吗？"

"说笑了，我们知道诸位的难处，现在的南津，稀粥都喝不上，哪里有粮食，袋子里面是柴草！"赵长弓一直陪着笑脸，他虽然是个都尉，但他这个花渡的都尉，显然在南津不好使。

"你们也知道袋子里面装的是干草，那一袋的干草，和一袋的麦子相比，重量能一样吗？要那么多马做什么？"

"这？"赵长弓一时哑口无言。

"这位兵长，你也知道，我们此去观平，是路上做饵，引诱敌人来攻击的。"丁保福忍不住开了口。

"那又怎样？"

"这车子的重量不对，车辙就太浅，拉车的马匹数量不对，蹄印就不够多，对方马上就可以一眼识破这是个圈套了。"

"那又怎样？"那卫官连眼皮都不抬。

"倒是不能怎样，不过这一来，诱敌岂不是成了一句空话？"

那军官抬起头来，道："你们这一次不是去诱敌，就是去送死的，知道吗？还浪费我的干草！"

"这话是怎么说！"赵长弓的脸色马上变了，"观平还有石将军驻守不是吗？再往前，还有大公和他的离火精骑呢？"

"就是，就是，这是怎么说话的！"本来就憋了一肚子气的花渡营兵们都站起身来。

"你们要干什么！"随着这卫官来的青骑见到情势不妙，抢先抽了刀子。那边哗啦啦一阵乱响，赵长弓身后也是一片刀光，双方互相指着叫骂，吼作一团。

唯有那卫官却无动于衷，道："去向观平的粮车已经停了有日子了，省些力气好吗？说要诱他们劫粮草，有什么可劫的？此刻不说士兵，困在观平的民夫也有几万人，这种时候，能守住南津就不错了！"

"不是这几日风旅河的水就要退了吗？到时候平明的粮秣就过来了呀？"赵长弓瞪大了眼睛，道，"大家都是兄弟，这么不把我们当人吗。"

那卫官转过头来，道："好呀，这位兄弟，我明着告诉你，平明城也没有粮草了，什么风旅河涨水，不过是为了稳定军心的托词罢了。"

这一下，花渡营兵们你看看我，我看看你，都不说话了，他们是经过了米渡的混乱的，就算他们并不知道徐子鳜和朝邵德在中军密议了些什么，也明白不可能再有粮食经过观平送往前方了。

"粮道出问题了吗？"赵长弓还在装糊涂。

"什么问题？"那卫官摇摇头，终于把小眼睛睁大了一点

水云乡 153

点，道，"你们就是从花渡来的，不知道吗？整个澜青都被你们坑苦了。"

"花、花渡怎么了？"赵长弓禁不住磕巴了起来。他们自诩从平明丘陵绕过来，带来了最新的消息，却不知道真正一直在装糊涂的，是徐子鳜。

"花渡已经被吴宁边攻陷了啊。"

丁保福的脑子嗡的一声。原来，在他们渡河翻山，一路赶往箕尾山的途中，花渡真的已经被攻陷了。那昨天在中军议事的时候，徐子鳜、庾斯奋、朝邵德这些人，都是在装模作样吗？朝邵德和自己一路过来，不知道情有可原，那个庾斯奋呢？是徐子鳜对他颇有猜忌，还是他要给徐子鳜一个面子，不好明讲？

"什么时候的事？"赵长弓看了丁保福一眼。

丁保福知道他们想起了同一个人，田知友。

"不清楚，总有十多天了吧。早先平明没了粮，徐将军就知道粮道出了问题，不过大公那时候刚刚拿下大安，觉得有希望一鼓作气灭掉吴宁边，便要徐大人避免冒进，稳住军心，也就是那时候开始，咱们的风旅河就开始涨水，南津便无粮可运了。"

"那花渡的事情，什么时候来的消息？"

"得知有敌人插入了米渡之后，徐将军便严令秋口、上邦第一时间拿回米渡，打通花渡的粮道。可是谁也没想到，早在命令发出之前，秋口的驻军已经先一步到了花渡，而上邦的军队也和对方打过了遭遇战，完全被打散了。秋口和上邦损兵折将，永定被花渡拦在了四马原，那南津身后就只有平明城了。

紧接着，南方来客便到了平明。"

"谁？他们占了花渡来谈判了？"

"你又在说谁？是长州公爵要去白驹参与会盟，花渡早已陷落的消息，就是长州的客人们确认的。"

他这话说完，四周一片寂静。

"按手印吧。"他面无表情地把那账簿再次递了过来。

赵长弓把大拇指按上去的时候，连带着账簿都颤动了起来。

二

南津提供的大车排成两排，麻袋被左一圈右一圈的绳索捆扎固定、层层叠叠，让这一眼望不到头的车队看起来颇为壮观。但此刻立在车前的花渡营兵们都清楚，这堆积如山的袋子里其实一粒粮食都没有，对于那些困在观平望眼欲穿的青骑来说毫无意义。

这支看似庞大的车队和那些拉车的瘦马、无精打采的兵士一样，其实都没什么分量，不过是个毫无意义的障眼法。

秋风中带着凉意，城里城外的杨树上偶尔会落下几片枯黄的叶子，来自花渡的一百多名营兵正在惴惴不安地等待着出发的命令。

大街上响起了嘚嘚的马蹄声，在这条南津镇唯一的青石路面上，转出一支骑兵队伍来。和青骑们五花八门的甲胄相比，他们的皮甲严整统一，披膊下摆的里衬是裁切得整整齐齐的灰色麻布，好像给双臂镶上了两道银带。这是眼下南津镇最为精锐的一支队伍，却和澜青毫无关系。

"磐石卫吗？"

"原来这就是磐石卫呀！"

这队人马来到众人面前，缓缓停住，队伍从中间分开，现出一面赭红的伞盖来，这伞盖下走出了一匹具装的白马，高高骑在这白马上的，正是前日提议要把营兵们送上离火原的白鹿公子庾斯奋。

他朝后挥了挥手，几十名步卒跑了上来，与这些花渡营兵面对面站了一排。

"怎么样？都准备好了？"庾斯奋勒住缰绳，目光越过了赵长弓，直接看向丁保福。

丁保福看了看赵长弓，点了点头。

"你们到观平，路上大概要四天的时间，对方随时可能发动冲击，但最可能发动攻击的位置，是出了箕尾山口的平原地带。如果敌人发动冲击，不要慌乱，把你们手头的这些大车点上火，你们的任务就算完成了。"

"他们也是跟着我们一起去的吗？"赵长弓看着身前这些雄壮的兵士。

庾斯奋点了点头，道："王子殿下宽仁，不放心你们，特意要我这里再抽出一个卫和你们一起前进，如果遇到了敌人，也能彼此照应。"

"成卫官，这一支队伍就交给你了！"

"唯庾将军令！"打头的那个磐石卫摘下了兜鍪，半跪见礼，那一张方方正正的脸大家熟悉极了，正是朝邵德的贴身侍卫成阳。当日他忠心耿耿地护在朝邵德左右，和赵长弓一路拌嘴数百里,想不到这个时候也被派回了这支小小的队伍中。

"这可怎么办,这是个死脑筋!"赵长弓微微侧过头来,在丁保福耳边悄声问道。

"是福不是祸。"庾斯奋还在盯着这一百多号人,丁保福只能从牙缝里挤出小小的一点点声响。

"那就这样了,你们两卫人马,统归成阳指挥,赵长弓为副,遇到敌军,点火为号,这就准备出发吧。希望大家恪尽职守,我们后会有期!"

庾斯奋布置完毕,意味深长地看了丁保福一眼,催马转身,带着那一大群骑兵呼拉拉地离开了。

"他妈的,怎么哪里都是他,不是应该徐子鳜来吗?"赵长弓左右看了看,似乎想要确认当真有千军万马跟在他们身后,当这支诱饵遇险,便可以及时杀出。

"走吧。"丁保福推了推正在骂骂咧咧的赵长弓。

"姓赵的,不要动歪心思,你知道我是为什么来的!"成阳不识趣,大刺刺地走了过来。

"走了走了,都跟上了!"赵长弓不理成阳,扯着脖子喊,那些早就准备好的民夫们便各自找到自己的大车,呵斥着马匹,马车的木轮便缓缓地转动了起来。

"喂,怎么不说话了?"成阳走到了赵长弓身边。

"倒霉!"赵长弓别过头去。

"怎么样,这次想跑也跑不了了吧!"成阳那方方正正的脸上浮起了笑容。

"你有什么可开心的?好像你好到哪里去一样,你不知道我们是去送死的吗?"赵长弓没有好脸色。

水云乡 157

丁保福赶紧拉拉赵长弓,道:"被这些民夫听了去,恐怕我们连箕尾山都出不去了。"

"就说你们是些兵痞,殿下还偏偏对你们抱有期望,"成阳看看赵长弓,又看看丁保福,"你们不也是青骑吗?这一刻,是替自家大公上战场,居然也这么不情不愿!"

"他?他要是有点良心,老子千里迢迢、舍生忘死地把他送回了南津,他就不应该把老子再丢回战场去!"

"赵长弓,好歹大家也是一起拼过命的,我这里就劝你一句,不要打歪心思。这次撑住了不要死,以后,才是殿下报答你的时候。"

"他妈的,老子要他报答,他只要不害老子,就算积了德了。"

"成卫官,你说这一次,王子殿下,还是惦念着我们的?"

丁保福怎么看成阳,都是个胸无城府的直筒子,也许他说的话并不是空穴来风,万一这支队伍真的遭到吴宁边的袭击,徐子鳜和庚斯奋的兵马真的会横空出世,把对方一举吃掉呢?

"当然有,不然,殿下为什么要把我派过来?"成阳信心满满。

"你不知道吗?派你过来,自然是希望我们大家一起死得干干净净啊!"赵长弓连连摇头。

"你没听到庚将军刚才怎么说吗?要我们走这一趟,不是送死,而是求胜,求胜!有这么难懂吗?你们这些野兵,总是觉得人人都要害你们,有没有想过,以殿下的身份,莫说是你们这些小小营兵,就算是徐昊原死了,又算得了什么?不过白驹之盟撤一把椅子罢了!"

赵长弓听了成阳这高谈阔论，不禁笑了起来，道："你说得倒是漂亮，你的马呢？你们的马呢？"

"早听说庾斯奋所部的磐石卫是精骑队伍，一人二马的配置。你这一卫人的马呢？"

"我们既然来和你们一起押解粮草，便也是辎兵，要马做什么？"

"那我就告诉你吧，你听好了，你的这些人也被收了马匹，庾斯奋的想法很简单，就是当我们被吴宁边突袭的时候，你们和我们一样，散不开、跑不掉，只能留下来做肉靶！"

成阳的脑筋不快，手倒是真不慢，听到赵长弓这样说，一只手马上就落在了刀把上，道："庾将军提醒得果然没错，你们根本就没想过去为南津争取这一次的胜利，护送王子回来，也不过是想着骗些赏赐罢了！这一次只要是有机会，你们必跑无疑！"

成阳的手刚落下去，那边赵长弓的手就伸了过来，一把攥住了成阳的手腕，低声道："你疯了！明白这是送死的事情，不但不跑，还要在这里想要拦住我们！我告诉你，那个庾斯奋把你送过来要捆住我们的手脚，最大的理由，是要你和我们死在一起！这样，就没有人会知道木莲王子曾经爬过死人堆，跟着一群野兵四处流浪了！"

"你他娘的放屁！"成阳右手被摁住，便伸出左手去抓赵长弓的喉咙，却被赵长弓反手再一次扣住，这南津镇还没有走出去，这辎兵队伍里两个负责的卫官就厮打在一起了。

"你放手！"

"你放手！"

赵长弓和成阳发狠扭作一团，双方的兵士也都破口大骂、抡起拳头来。只是长官还没有发令，在这南津镇内，他们也不知如何把握斗殴的尺度才好。花渡这一百来人，就算以前没上过战阵，这次一路北上摸爬滚打了数百里，也已把临阵技巧一次补齐，而这一群磐石卫则胜在身强力壮、训练有素，此刻双方扭打起来，民夫纷纷抱头让到一旁，这百十辆大车便都在青石路面上抛了锚，一瞬间场面混乱无比，人人都不知应该如何是好。

丁保福稍微迟疑了一刻，已经被挤在了一边，他正想着上前去拉开成阳和赵长弓，没想到自己先被被人拽住了。

"这位小哥，打架莫出头，莫出头！咱也是花渡来的，是老乡！"原来是个赶车的民夫。

"你也是花渡的？怎么会在这里？"

"我是从花渡往平明运粮的，"那民夫嘿嘿笑了起来，"到了平明，那边说往离火原去的民夫逃跑的太多，人不够用，我们便被扣住了，说要多跑一趟粮到南津，到了就回家。可是到了南津，又说这风旅河发大水，回去的路断了，就要我们在这里等，等着等着，便说要再送一趟粮去观平。奇怪了，按说这雨下得也不大啊，怎么风旅河就涨了大水呢？"

丁保福心中叹气，大公徐吴原发动的这一战，号称十万大军闪击吴宁边，实则从南到北，整个澜青无论军民都卷入了战火，再加上这些平日里过着普通生活的乡民百姓，家破人亡、流离失所的又何止数倍。若是当日没有吴宁边的那一支花虎插入米渡，自己和赵长弓就算能够顺利把粮食运到了平明，难道就不会和眼前这汉子一样，一站站地被推进战场，被前方闪亮的刀锋搅得粉身碎骨吗？

"这一留，就多留了这么多天吗？"

"他们不让走啊！这次说终于有了粮要送去观平，我第一个跳起来报名！嘿，在南津这些天，不给吃的，饿得要死人了！去送军粮，怎么也不能让大伙饿死在路上，是吧，啊？"

这乡民说着，还咽了一口口水，憨厚地笑起来了。

三

那汉子的手上其实没有多大气力，但是这轻轻的拉扯，倒让丁保福动弹不得。他又想起了那天四马原上的烽火，倒在原野上的百姓敞开的衣襟里，往往会滚出一个沾了鲜血的干馍来。无论身边如何刀光剑影、生生死死，他们最舍不得的，还是那一口饱腹的粮食。

而这一次，跟车的花渡营兵和庚斯奋派来的磐石卫当然都晓得，这次送粮不过是做做样子，诱敌之计罢了。但这些民夫却是完全不晓得自己将面临什么样的命运的，就像眼前的这一个，甚至还在为能吃上饭而庆幸着。

他承认，朝邵德在努力兑现他的承诺，但他不愿意加入名满天下的磐石卫，是因为他发现在朝邵德的眼睛里，根本没有这些曾和他一起出生入死的士兵。他不一样，他狠不下心来。

在庚斯奋的眼中，这就是一群毫无廉耻的逃兵，污秽狼狈。这样的低级士兵，怎么可能成为王族的拯救者呢？当时他内心的想法只有一个，像赵长弓那样插科打诨是不行的，如果一时半刻朝邵德想不好拿他们怎么办，那个庚斯奋恐怕就要替他提出解决的办法了。于是丁保福的全部心思,便都放在了怎么才能带着这些营兵们离开南津镇上。至于离开了南津,这茫茫的八荒,这些人又要去向哪里,其实他也没有想好。

当然,赵长弓和自己的心思是一致的,出了南津,就找机会跑路。如果说,跑路前的种种困难他们都曾有所考虑,甚至就连庾斯奋会派人监视这件事也想过了,但在他们的想象中,可是从来未曾有过这些民夫的位置的。

没想过不代表不存在,此刻,他们就这样突然地出现在自己的眼前了。

他拽着绳子攀上了大车,在南津爬满青苔的倾颓城墙下,一辆辆大车裹足不前,前后黑压压的都是送粮的民夫,他们或坐或站,多半表情木然,好像眼前的喧嚣混乱和自己完全无干。就像眼前这个男子,再看上几眼,他的容貌竟模糊起来,渐渐和四马原上那些毫无生气的尸体重合在一起了。

呜的一声哨响,一支哨箭腾空而起。

赵长弓和成阳的人终于停下了厮打,所有人的目光都集中到了四面巷道里那些闪闪发光的箭头上。

"庄校尉令!要是再在这里磨蹭,便都射死了!"传令兵旗子翻动。

"别、别,"赵长弓头发散了,身上的皮甲也被扯开了,他恨恨放开成阳,吼道,"动起来!想什么呢?都动起来!"

营兵们转身去催促民夫,民夫们又聚拢了受惊的马儿,这支庞大的队伍终于又开始慢慢地移动起来。

"这他妈,庄校尉又是谁!"

"庄厚德,这五千磐石卫的真正首领。"成阳喘着粗气,他一只眼眶乌青,毕竟花渡营兵们互相知根知底,刚才他被赵长弓扯住双手,便有人马上飞身一拳,打得他满眼金星。

"这么说那个庾斯奋,看起来神奇威武得很,却是个假把式?"赵长弓嘴唇高高肿起,往地上啐了一口,都是血丝。

成阳一愣。"庄校尉是干活的,庾校尉是掌舵的,本就不同。庄校尉行军作战是行家里手,不知道为什么,固原公就是不重用他,而庾将军却是太子的人,庄校尉是攀上了太子,这回才有机会来到前线的。"

"什么乱七八糟的,我知道为什么,"赵长弓看着那些满弓的士兵,恨恨地道,"阴险、冷酷,不是个人!"

没有什么调解,只有赤裸裸的威胁,被这一支支闪亮的箭头比着,刚才还乱哄哄的兵士一下子都变得特别乖巧。赵长弓甚至还跳上车顶,咋咋呼呼地对着这千余名民夫讲了一通大道理,自然是些匹夫奋勇、壮士许国的那一套。他怎么说也是做过都尉的人,居然把众人听得些许振奋、些许感动,把那些要把他就地射死的弓手也说得收了弦。以至于他再跳下大车,还有了几分洋洋自得。

于是这支临时拼凑起来的杂牌部队便再无波澜,车轮压在地上吱吱扭扭地响着,大家也就悄无声息地出了南津镇。

从南津进入离火原,要走过一条狭长的通道,平缓的丘陵到了这里,便拔地而起,成为了险峻的箕尾山。说这通道的狭长,其实也是相对于山势的高峻而言,这十余里高高低低的两山之间,还夹着一条奔流的风旅河,而顺着风旅河口出了箕尾山,就是一马平川的离火原了。

丁保福曾经到过平明城,早就听人说过,从离火原进到西

水云乡　163

风原,或者从西风原进到离火原,这箕尾山口原本不是唯一的通道。只要一路再向北行,等到箕尾山脉渐渐低落之后,便可以经过蓝仓直达白驹城,也同样进入了西风原。不过,无论是吴宁边还是澜青,想要走这一条相对容易的通道,都意味着必须穿过日光木莲控制的肥州地界。若有军队进入肥州,便相当于同八荒神州上最具实力的日光木莲正式开战了,因此即便强悍如扬觉动,没有万全的准备和充分的理由,也是不会取道肥州的。

"怎么样,找个机会,一起走吧?"赵长弓不死心,还在试探成阳,成阳只装作没听到,板着脸不说话。

这一路,丁保福都在抬眼眺望。他生在平阔的四马原,百花溪畔也有山,但是都是些平缓而漫长的山峦,伴着溪水的一侧,都是郁郁葱葱的苍翠深林,潮湿、温润,多的是野兽、猛禽。而这箕尾山是他见过的第一座北方的高山,那两山间的断崖好像经过了刀斧劈斫一般,露着尖锐的棱角,层层紧贴在一起,崖面上胡乱生长着些树木,矮蓬蓬的这里一丛、那里一丛。从山下仰头极目远眺,也很难找到那些岩石与岩石之间的接缝,实在是看不明白它们是如何连缀在一起的。偶尔在断崖上会出现一两块形制不规制的巨石,便要让人忍不住担心它会不小心掉落下来,若是那样,无论这风旅河边走的是人是妖,大概都会轰然化为齑粉浮尘吧。

高高的山崖挡住了落日,峡谷里渐渐暗了下来,问了问路熟的民夫,大概还有个十余里路,便可到山口了。走着走着,人们也都累了,山斑鸠单调的鸣叫偶尔在空旷的山间响起,秋风带着寒意袭来,配合上干燥的空气和格外清透的阳光,好像这干冷也有了重量，一层层压得人喘不过气来。

"歇一会儿吧！就算人还走得，马要走不动了。"赵长弓从粮车上跳下来，紧了紧衣裳。

也可能是心理作用，庾斯奋不是说，对方最有可能发动攻击的地点，正在箕尾山口吗？想到箕尾山口转眼便到，连丁保福的脚步都沉重了几分。

"生火，生火！"

"吃了饭再走！"

这一天从上午出发，走到现在，车队闷头走了大概四十余里，也确实不算少了。民夫们一路小跑，拿着水袋去风旅河边取水，这边辎兵也开始挖坑垒灶了，只有那一卫磐石卫还聚在一起，紧绷着，没有解散。

成阳紧皱着双眉，大踏步地走了过来，道："怎么停下了？"

"老弟，咱们又不过夜，歇一下再走，总可以吧！"

成阳的脸色不太好，伸出手来，张开，掌心一枚黑黝黝的箭头，上面捆着一支偏风哨。"没听见吗？"

这军中鸣镝，就是来传送命令的，表达关注的。

"行吧，他妈的，这是要我们赶着去投胎啦！"

"没听见吗？"成阳又重复了一遍，"这可不是在南津镇内了，我若是在镇内杀了你们，这任务还没开始便告失败，我也不知应当如何处理。但现在出了南津镇，你再敷衍塞责，我便要执行庾将军的命令了。"

赵长弓马上后跳了一步，看看那些不怀好意的磐石卫，道："行了、行了，知道了。"

"若有故意拖延、迟滞、溃逃者，军法处置！"成阳还是一

水云乡 165

字一句地把庾斯奋的军令说了出来。

"快快快,把那些人都给我叫回来!饭也不要吃了,先出了箕尾山口再说!"赵长弓没好气地命令着,"想做个饱死鬼都不行。"

他忽地又回转身来,道:"欸?这哨箭什么时候发过来的?"

"就在刚刚,车队停下的时候。"

赵长弓挠挠头,道:"他妈的,还真的在跟着我们呦!"

丁保福看看那被丢在地上的箭头,俯身捡了起来,道:"也有可能只是斥候。"

"万一他们真的打算拼一把,我们岂不是更跑不掉了?"赵长弓看看身后这一大堆无心战斗的士兵。

"也许,也可能不打,做做样子罢了。"丁保福摇了摇头。

赵长弓叹了一口气,道:"这时候饭都吃不上了,还要搞什么诱敌歼灭,真是十足的异想天开,纯属遛我们寻开心。"

是啊,如果说一个急于想要建功立业的庾斯奋带着一个郁郁不得志的庄厚德,急需一场战争来做一表现还可以理解,那么已经十分熟悉敌手的徐子鳜,怎么说都应该集中兵力固守南津镇,来等待前方的回撤部队吧。看样子,他并不像一个耽于意气之争的人,不到万不得已,不会这样放任士气低落的部下来挑战实力强劲的敌手。大概这一次,这一群人真的凶多吉少了。

车队缓缓地动了起来,这时候,丁保福看到一排黑影在身侧的悬崖上弯弯曲曲地飞快闪过,他抬起头时,便看到了两山之间那一线窄窄天空中振翅的鸟儿。

四

"这和四马原上也没什么大差别嘛,就是冷了点。"赵长弓边走边抱怨,花渡营兵们离开四马原的时候,还是盛夏的尾巴,可北上也不过个把月时间,离火原便已经进入了深秋。昨夜在路上歇了一气,晨起杨树的枝桠上竟然挂了霜。营兵们常年在气候温和的地界生活,这一次北上,实在是一次千里大溃逃,根本就是走一步算一步,哪会考虑到北方的天气如何,更别提带上一两件保暖衣物了。虽说有太阳的时候会暖和不少,但一天中的大多数时间,他们还是一路瑟瑟发抖,脚步越来越沉重。

本来这次徐昊原东征,是从四马原、西风原征发了二十余万民夫来保障大军的粮草调度的,可是到了现在,这本来应该在路上络绎不绝的运粮大军早已坐困危城,通向观平的宽阔官道上一派萧索,也只剩下了他们这支车队。这广阔无垠的村庄和田野间,还在活动的,除了遮天蔽日的肥硕乌鸦,便只有成群结队寻觅死者的尸体的野狗。

这样诡异的长路,走得每个人的心里都忍不住毛毛的。

不知道是不是真的年纪大了,赵长弓一路嚷嚷脚痛,本来他这几天都赖在车上,可拉车的马匹数量本就不足,走了两天,又总是有士兵想往车上面爬,拉车的牲畜也会累,走到疲倦,索性都卧倒在地,怎么打都不肯再挪动半步了。

没办法,赵长弓也只能从大车上下来,一瘸一拐、骂骂咧咧地跟着车队一步步往前挪。

才不过一两日,发牢骚的便不只他一个了。

"得了,一眼没看住,又跑了十几个。"成阳大踏步从后面赶了上来,忿然作色。

赵长弓照例装着没听到。

丁保福回头去看,远远地,几个磐石卫正张弓搭箭,冲着那些狂奔的细小背影射了几支出去,这箭支离弦带风,可落了地,便差了十万八千里,不消说,这支刚出南津镇时还斗志昂扬的精锐之师,现在的心思也散了。

听说前些日子战局未明的时候,从花渡往平明运粮,跟车的辎兵都是得了严令的,铆足了劲儿拼命催着民夫们赶路,生怕误了军机脖子上挨上一刀。可这时候完全不一样了,开始的时候,还有斥候的哨箭不断提醒着他们该去完成的任务,可走了两天之后,就是这样的提醒,也越来越稀罕了。其实无论磐石卫还是花渡营兵,大家心里都清楚得很,知道前面并没有什么人在等着自己去送粮,相反,都是等着他们去送命的。因此这慢悠悠的行军途中,不但民夫抽冷子就跑,连辎兵也拢不住,越跑越多。

如果自己说话能有那么一点儿分量,他倒是很想劝劝他们,现在这离火原上到处都是流窜的野兵,不但杀红了眼,也饿丢了心,个个都是食人猛兽。不跑,大家聚在一起,多少也是一股力量,也许还有一线生机。但若是跑了出去,死在哪里、怎么死的可能都不知道。不过他人微言轻,说出来也没什么用就是了。

"妈的,说来又不来,是死是活,就不能给个痛快的!再这样走下去,真就到了观平了!"赵长弓咬着牙走路,道,"成卫官,这再走,怕不是要陷入战场了?"

"是啊，我们目标这么大，不至于没有反应啊？"成阳举目四望，也是一脸茫然。

出得箕尾山口，好像这世界一下子变大了，不知道是不是因为这辽阔天地间的诡异氛围，人和人之间的关系都被压得更密实了，赵长弓和成阳这一对冤家也很少吵闹了。

早听说澜青大将石易胜正坐镇离火原北的蓝仓镇，这个多年前豪麻的手下败将，不但一路东进，打下了邯城，也重挫了百济公扬丰烈的风芒骑兵。在离火原南侧，便是徐子鳜又和豪麻在不断冲撞。除此之外，这离火原上，被打散了的野兵队伍也总有那么七八支。

他们所行的道路，正是昔日从箕尾山到观平的官道，以现在的速度、规模，在荒废的田野和村落中如此缓慢行进，不被人发现是不可能的。可为什么一路上偏偏就是这样安静呢？

丁保福算是比较沉得住气的，这时候也有些受不了，忍不住想一把火把这些柴火车点了算了。

人行车轧，土块碎裂腾起的那一股股烟尘中，好像藏着某些隐秘的日子。

再好的鞋也经不起漫长的路，从花渡一路走来，迟清溪给他做的蒜紫草鞋子终于完全穿烂了，现在他脚上一双半新不旧的薄底牛皮军靴还是朝邵德送的礼物，大概是看他脚上那草鞋实在太不像话，才命成阳去找来换给他的。他终于还是脱下了那已经挂不住脚的鞋子，把它埋在了南津，顺便在没人知道的地方哭了一场。

一定是迟清溪还在天上注视着自己吧，这千里辗转中，他才没有遇到什么真正的风险。他当然也知道，那蒜紫草鞋和那

水云乡 169

个女孩子一样，终究是要离开了自己的，但那是她和他之间为数不多的隐秘联系了。如今那个女孩对自己细心的温柔和妥帖的呵护，已经所剩不多了。

这一条官路，与风旅河时近时远，这又有大半天，没有听到河水的哗啦声响了。遥遥的远方，渐渐隆起的地表上，倒是隐隐出现了一团黑色的影子。

"你，过来。"成阳在这里招手，把这一支辎兵的头头叫了过来。

"再往前走，是什么地方？"

丁保福和他说过话，这人姓林，叫作林深水。

他跑过来，先是用眼神跟丁保福打了个招呼，继而正了正头上的斗笠，道："前面就是酸枝镇了，惯常车队到了酸枝把粮秣登记交接，就可以返回去了。"

"这么快就能回去了？"

听了林深水的话，众人的精神都是一振，虽然庾斯奋并没有交代他们可以回转，但是总是到了自己人控制的地盘，受到袭击的可能性就会大大减少，哪里有人真的想做什么诱饵呢？

"这样好，咱们走快点！走快点！"赵长弓在一旁喊起来。

这几日他天天哼哼脚受了伤，对诸事不闻不问，只剩下一个成阳在前后照应，已是累得面无人色。特别是刚刚出了箕尾山口不久，觉得随时可能遭到突袭，因此成阳格外紧张，大呼小叫了一整天，结果嗓子都哑了，可是偏偏什么事都没有发生。现在他喊不出来，赵长弓倒急了。

"快、快快！入夜了就不好走了。"这一会儿赵长弓的腿也不疼了。

其实不用他催促，自从知道了前面有个军镇可以补给歇息之后，所有人都不自觉地加快了脚步。然而赵长弓还是急得火上房，口中连声说着古怪古怪，又不说具体哪里古怪。

果然，这么走了一会儿，丁保福也觉得有哪里不对起来，为什么天空飞过的乌鸦和地上的野狗成群结队久久不散？他们是被什么东西牵引着前行，还是只是单纯地尾随着这支规模不大的粮队呢？

太阳还剩最后一丝光亮，林深水从前面赶了过来，满头大汗地汇报道："到了到了，就快到了，酸枝就在前面了。"

丁保福踮起脚尖，顺着他指出来的方向极目望去，在远方有一团青色的影子，似乎是座城池的样子。

"不能再走了，这鬼地方邪门得很。"赵长弓一把拉住了想要继续闷头前行的成阳。

"怎么了？"成阳摸不着头脑，"这马上就到了，管它有没有吃的，进了城，怎么也能睡个好觉吧。"

"确实不能再走了。"丁保福看着一群平素不敢靠近人群的野狗大摇大摆地从他们身边小跑而过，转瞬就消失在了草丛中。

"你们俩怎么了？"

"前面没有火光，"丁保福补充，"现在马上就要擦黑了，我们在野外赶路，不打火把，勉强还可以看得到，可是对一座军镇来说，生火做饭总是要的，不可能一点光亮都没有。"

"这么说，出事了？"成阳的嗓子也紧了起来。

几个人面面相觑。

"斥候不是一路在跟着我们吗？怕什么！若是被攻击了，我们就点火为号，也算完成任务。"成阳咽了一口口水。

"还真别说,今天一天,都没有听到哨箭了。"

赵长弓说完,自己先变了脸色,向后面看去,黑咕隆咚地又看不出个所以然来。

"绕到我们后面去了?"成阳摸摸头,"我们出来也有三天了,若是敌方全力行军,直接摸到箕尾山口,甚至摸进南津镇,也是有可能的吧?"

"这,可能是可能,不过,他们怎么会有这个胆子?现在大安和观平还在我们的手里,他们哪里来的兵力攻城拔寨呢?"

"要不,就是徐子鱖和庾斯奋的部队,根本就没有放出箕尾山口?"丁保福的猜测更让众人起了一身鸡皮疙瘩。

到底发生了什么事,几个人胡乱猜测了一会儿,总是无解。他们只是几名低级军官,统领着一群更加无足轻重的士兵和民夫,押送一些干草木材来到这离火原上做诱饵的,没有斥候,没有护卫,没有补给,没有地图,除了饥寒交迫和仓皇无助,什么都没有。

他们仅有的一点判断的依据,都是来自流言和传说,而说到传说,今天下午,他们刚刚从林深水的口中听到一个:在大火星划过夜空的时刻,千百年来埋在离火原上的枯骨都会复活,组成一支死亡兵团,击溃所有的人间兵士。这就是当年日光王朝守谦最终放弃征服旧吴的最大秘密。

"也可能是死人要复活了!"这黑咕隆咚的时候,林深水忽然不知从哪里钻了出来,他又生得黑,吓得赵长弓腾地跳了起来。

"王八羔子,我看是你要死!"

他吼了林深水一通,手却一刻都没有离开腰刀,紧张兮兮的。这些人中,赵长弓的作战经验最为丰富,但他也最信鬼神之说。

"赵伯。"丁保福伸手去拉他。

"你要做什么!"赵长弓又跳了起来。

丁保福耐心道:"没道理八荒上只有离火原的死者会复活,若是真的有亡灵战士,那我们在米渡应该早就见识过了。"

几个人互相看了一眼,又想到了那日在百花溪畔林侧的那个布满尸体的大坑。

"我们把人先集中起来,不要举火把,悄悄向前后探探,你们觉得怎么样?"成阳开了口。

"爱谁去谁去,我是不去!"

"好,那我们几个去,赵伯你在这等着我们。"

"哎呀算了,我也去,"赵长弓一把拉住丁保福,"你那个手甲,是什么灵师的是不是,应该可以挡住些妖鬼吧?"

丁保福无奈,点了点头。赵长弓最为迷信,这当口,他否认,只是徒增烦恼。

几个人很快达成了一致,再过一会儿,天就全黑了,这样庞大的一支车队,总不能也学那酸枝镇,一丝火光也不起就露宿在这路旁吧。此刻众人心事重重,已再没有人去计较什么做饵的任务了,既然一路监视的斥候都不见了踪影,那大家只能自求多福了。

"你们固守在这里,不要点火把,在暗夜里,点了火把,就等于暴露了位置,知道吗?完事都等我们回来再说。"

"若是敌人来攻呢?"那受命的磐石卫咽了一口唾沫。

"那你们就点了大车!"

水云乡　173

"你们就跑！"

成阳和赵长弓同时说话，意思却南辕北辙。

"你！"成阳正在对赵长弓怒目而视，忽地扑棱棱从头上飞过几只乌鸦去。众人都是吓了一跳。

这一下，成阳也泄了气，道："算了，你们就分分组，若有情况，赶紧跑。"

"这大车还是可以的。敌人肯定会被火光吸过来，你们即便往回跑，也不要去箕尾山口，那里一定是下一个战场。"丁保福做了些补充。

于是赵长弓、成阳和丁保福带着二十名兵士，向酸枝方向探路，而其他士兵则原地固守，如果发生意外情况，前方响箭为号，后面则举火提醒。

分工已毕，辎兵和民夫找到旁边的空地，把大车围拢在一起，卸下那些相对像样些的马来，纵然马鞍骑具一概全无，也比走路好上不少。众人翻身上马，由林深水带路，这二十多人的小队就向前方的夜色中慢慢行了过去。

说也奇怪，太阳落山才不过一会儿工夫，夜色却出奇的黑，不知道哪里来的乌云遮住了星月，抬头去看，云缝隙中只有一点点的红色光芒。

丁保福竖起了耳朵，一路都是夜风掠过草尖发出的窸窸窣窣的声响。

五

拉扯的驽马和久经沙场的战马毕竟不同，向前走了没有多久，胯下的马匹便开始畏缩不前。抽打也没用，众人更感诡异，为了不打草惊蛇，便只好弃了马匹，步行向前。

只要再走上百十丈，他们就知道这些马儿为什么裹足不前了，因为此刻夜风中传来了浓重的血腥味，那是死亡的味道。

丁保福看看周围的伙伴，大家的脸都僵了。这味道他太熟悉了，这和米渡尸坑里面的那种黏稠的血腥还不尽相同，它是一种浩大奔涌、无边无际的气息，是那种令人战栗心悸，却走也走不脱、逃也逃不掉的可怕气息。这样的气息只有在大面积的极为惨烈的死亡现场才会产生。不，不仅要有死亡，还要有凝聚不去的怨恨，才会令人倍感压迫。

再也没有人开口说话。

夜色浓重，他们不敢打上火把，更看不清他人到底是什么表情，便只能深一脚浅一脚地尽量沿着大路向前摸去。大概走了小半个时辰，一行人终于靠近了那黑黝黝的城墙，和预想中一样，这里静悄悄的，没有一点声响，没有火光，没有炊烟，没有任何人活动的痕迹。

在通往城门的大路上，倒下了第一匹战马，那马上的骑士被压在马下，双眼空洞，看装束却不是澜青的士兵。

再往前几步，越来越多鬼魅一般的尸体在夜色中出现。原来远处看到的那些高高低低的影子，并不是土丘或鹿砦，而是层层叠叠的尸体。这些尸体已经被简单地拖拽到一起，大都还保持着肉搏的姿势，那些死得特别惨烈的，已经不再完整，也被草草拢在一处。

如果说刚才众人的心中还是忐忑不安，那么此刻众人的心中只有满满的寒意，偏生夜风微冷，又有乌鸦不时发出一二声

水云乡 175

嘶哑的鸣叫，弄得每个人都惶惑不安。一路上，赵长弓都在不断强调绝对能发出任何声响，可他话音刚落，哇的一声，林深水先吐了出来，跟着接二连三地，一行人都吐了一地。

丁保福的胃里也翻腾起来，幸好他这两天就没吃什么东西，费了好大气力，总算把这一股恶心压了下去。

野狗在尸群中乱窜，没有活人，一个都没有。到了城下才能看到，原来有一颗巨石嵌在城楼上，整个木制的城楼都已被这巨石击得粉碎。而这样重逾千斤的巨石，又是从哪里来的？

毋庸多说，在酸枝镇这不高的城墙下，其实进行了一场激烈的攻城战，而酸枝又算什么呢？它不过是澜青粮道的一个小小中转站，驻兵有限，陷落也是正常的。可是，这些攻城的部队是从哪里来的呢？不是说离火原上，吴宁边只剩下一些游骑了吗？而且军镇忽然遇袭，只要点起烟火，不远处的澜青军队，也都会来增援的吧？

难道，敌人的兵力已经强大到他们连信号也来不及发吗，还是他们觉得增援是无意义的？

"回去吧，这里来不得了。"成阳咽了一口唾沫。

无月无星，四野只有一些闪烁的微光，让这一片战场显得更加诡异了。没有人能够说清楚这里究竟发生了什么，能够让一个军镇无声无息的消失，那这是怎样规模的战争啊？

"回不得，现在回去，后面也未必安全。"

"你什么意思？"成阳看着丁保福。

"我的意思是，这样一场大战，不是仓促之间就可以完成的。你想想，现在四下静寂无声，那攻下酸枝的敌人哪里去了？"

"你是说，他们都死了吗？亡灵战士？"赵长弓咽了一口唾沫。

丁保福真是拿找赵长弓没办法，他低声道："赵伯，我的意思是，他们拿下酸枝已经有段时间了，很可能已经奔着箕尾山口去了！"

"怎么可能，我们就是从那个方向来的！"成阳愣住了。

"我们的任务，是诱饵和预警，见到敌人，一把火点起来，徐将军和庾将军就知道敌人的位置了。可是这些敌人如此鬼魅可怕，怎么会暴露自己？"

"你是说？"

"不错，他们一定是在拿下酸枝后，绕过了我们，顺便解决了跟着我们的斥候。这样，我们身后的南津兵对他们的奇袭便既得不到预警，也失去了眼睛。"夜风从城下吹落，带着一丝呜咽，丁保福打了一个寒颤，道，"可能现在，他们已经到了箕尾山口了。"

"这些人，到底是人是鬼！"赵长弓也跟着打了一个寒颤，"真他妈的冷！"

丁保福一把拉住了还在干呕的林深水。"我那天和一个花渡来的民夫聊了几句，他说，自从风旅河涨了水，他就没能回平明。"

林深水在那里拼命摆手，一张口，又吐出些清水来。

"你回答我，如果什么情况都没搞清楚就回去了，大家还是一个死。"丁保福硬抓着他没有放手。

林深水呕得眼泪都出来了，道："风旅河涨了水，那是什么时候的事了，你们不也是花渡来的吗？平明城什么时候断了

水云乡 177

粮，你们也知道呀？"

丁保福和赵长弓对望了一眼，心下一片冰凉。那一日在南津镇里，几位大佬纵论战局，事情都说得云里雾里。现在经过七拼八凑，总算也能还原出部分的事实了。

如果从米渡失守、平明就断了粮算起，徐昊原自从打下大安城起，就再没接过后面的粮秣，而他要以战养战，催动那十万大军继续南进，这将近一个月的时光，想必过得非常辛苦。而这件事情，由于徐子鱖严格的保密措施，近在白驹的李慎为很可能还不知道。直到他派出庚斯奋来到南津镇，风旅河才适时"涨了大水"。

这也可以解释，为何徐子鱖要冒进地拉开人马野战，想要解决西丘之围。因为西丘是未经战火便倒向了澜青的军镇，那里面有徐昊原大军最需要的粮食。可惜，敌手抓住了徐子鱖急于求成的心理，再次打垮了澜青的军队。

若这情况为真，庚斯奋也罢，徐子鱖也罢，让他们继续东进送粮，都是送人头而已，为了他们彼此间的博弈，牺牲一些小卒都是无关紧要的。

"妈的，回去吧！"赵长弓怒火中烧。

丁保福拉住了他，道："开弓没有回头箭，后面未见得比这里安全。"

此刻酸枝城墙就在眼前，它朝向西边的城墙大都保持完好，然而大门洞开，一路倒下的，大多是澜青的兵士。

赵长弓深深吸了一口气，望了望来时方向，一片漆黑，只能摇摇头。

"这些人是想往回跑的，倒下的方向多是冲着箕尾山。"成阳嘟嘟囔囔，小心翼翼地绕开那些尸体。

这不难理解，这说明战斗到了最后的时刻，求生欲让酸枝的士兵们试图夺路而逃。

"徐子鱥这次要冒险出城野战，大概也不是要为了打掉对方的这一支游骑，而是要把这些队伍接回南津吧？"果然，赵长弓的脑子也是很灵光的。只可惜这一次这些士兵遭到了一早就布置好的阻击，因此未能冲出包围圈。

"接回南津？"成阳看了看四周，"就这么一两千人，接回去有什么意义？岂不是连后路都断了？"

"一个人就是一条命，还要什么别的意义？"赵长弓呛了成阳一句。这一次，成阳没有回嘴。

酸枝的城墙也是青砖砌成，这里靠近平明河，雨水丰沛，城墙上爬满了青苔，那些喷溅的鲜血让它们看起来格外斑驳。再走上一段，那些横七竖八的尸首见得多了，倒也没有最开始那样惊悚。不过还是有一些令人头皮发麻的意外，走着走着，丁保福的一只脚踩到了一大摊已经凝固血泊中，软软滑滑地，倒好像有一只手握住了自己的脚，在尽力拉扯。他忍住了没有喊叫，但顿时感到血冲到了脑门上，再抬起脚来的时候，靴子差点儿被粘到了地面上。

黑咕隆咚地摸进了城，这不高的城墙上，也开有一条马道，在马道的两侧，左一具、右一具，到处都是守城将士的尸体。等到上到城头，雉堞上都是刀斧砍斫的痕迹，羽箭插在木桩上，几个木檑石礧都还好好地放着，显然城内的士兵压根就没有机会使用它们，便遭遇了灭顶之灾。

再从城墙的西侧绕出，来到东边城上，这里几乎整段墙都

水云乡 179

已经垮塌，在砖石的废墟中，同样嵌着巨大的石块，而他们最开始见到的摧毁了西城门楼上的那一块，大概是飞得比较远的一枚，实在无法想象，这样沉重的巨石，是如何越过了整个酸枝镇，直接击穿了另一面的城楼的。

这样的惨烈景象着实让丁保福目瞪口呆，哪怕是在花渡战场，他也没见过如此恐怖的攻城手段，对于酸枝这样的小城，在这些飞来的巨石面前，根本没有任何的还手之力，是谁有能力抛来这样沉重的巨石？如果真的已经有一支如此强横蛮霸的军队来到了离火原上，又为何要对酸枝这样的小镇如此大动干戈呢？

这时天上的乌云慢慢移开，露出半圆的月亮来，事情很快有了答案。

清冷光线洒在离火原上，刚才远处那些模模糊糊的黑影都渐渐清晰了起来。这时候众人才发现，在酸枝以东，南方的风旅河像一条银带，圈出了这片广阔的战场，极目望去，那些旗帜、战马和倒伏的尸体层层叠叠地垒在一起，简直看不到尽头。

夜风吹着，像这大地沉默的呼吸。仔细辨认，还可以看出双方兵士绞杀在一起时的作战阵型，在遥遥的战场中央，静静伫立着已经残缺的高大木架，在那木架下，尸体又堆成了小小的山丘。

"这是，这是死了多少人啊！"连一贯憨直的成阳，声音都抖了起来。

月光下，他们像被什么神秘的力量定在了这城墙上，只能静静地看着那些倒在离火原的士兵。死去的人太多了，多到每个人都不愿相信这是真的。就算已经经历了花渡战场的惨烈，丁保福还是感觉自己根本喘不上气来，眼前的这些尸首，绝不会比那个血腥的夜晚倒在四马原上的人少。而那一战，南渚、吴宁边、澜青合计投入的兵力，大概总不会低于十万人吧！

"你们看，那旗子上，写的是什么？"赵长弓抻长了脖子，城下不远，一面撕裂的长旗仍旧插在倾倒的战车上，被夜风吹得猎猎作响。

"徐！"成阳大声念了出来。

赵长弓擅射，眼力好得很，自然知道那上面写的是什么，只是不想念出来罢了。

徐子鱖吗？他的部队不可能绕过酸枝，直接投到观平战场。可如果不是徐子鱖，那又是谁呢？

夜中居然起了风，天上的云被推得来来去去。嘭的一声轻响，一道火线划过夜空，远处燃起了火光。大概是士兵在清理战场，点火焚烧死人的尸首，以免瘟疫来袭。

这是这个诡异的夜晚他们见到的第一堆火焰。

很快，一堆又一堆的火焰燃起来了。好像离火原上真的燃起了盛大不灭的野火，热烈而瑰丽。

"看那边。"成阳拍了拍他们，几个人回过头去，他们来时的路上，也升起了一堆火焰。

夜风还在迅猛地刮着，带着草木灰烬的焦煳味道，越来越大。

远处的黑暗中，忽然亮起了火把，在风旅河畔走出了一支庞大的军队，中军展开了三面大旗。左边一杆长旗上，飘扬着一个"白"字；右边的长旗上，飘着一个"陈"字；而那中间一面巨大的赤色军旗的正中央,用极其遒劲的笔力,写着一个大大的"扬"字。

这一面浸满了鲜血和死亡的旗帜,吸走了离火原上的所有光芒,此刻正在夜风中猎猎飘扬。

第五章 定盟

"这次要你来,我有话对你讲。"如此低沉疲惫的声音让豪麻心惊,这还是那个叱咤八荒的扬觉动吗?火光掠过了离火之虎那苍白的脸颊,那张脸好像一块玉石,上面爬满了细细的青色裂纹。此刻坐在大帐正中的这个老人,颧骨高耸、眼窝深陷,不知道在这一个月里,他是如何迅速长出这许多白发的。

一

傍晚的风越来越凉了,甲片的冰凉透过薄薄的棉麻中衣传到了身上,让人忍不住要瑟缩起来。

这些年,他曾无数次率军经过这一片原野,早些年倒下的那些尸骨已经化作荒丘,在春天的雨水下颜色青青,农人在战争的间隙在大地上播下种子,到了秋天,再割下金黄的麦子来。

可无论人们如何激烈地在这片土地上争斗拼杀,对于这片无穷无尽的辽阔来说都是微不足道的。八十年前,牙香公主纵横八荒的霰雪骑兵在这里折戟沉沙;三十年前,四十万旧吴大军在这里一溃千里;再到今天,离火原迎来了满怀信心越过箕尾山口的澜青大公徐昊原。

这些来自八荒四极的战士来过这里,也终将会倒在这里。无论多么惨烈的战场,深秋的雨水都会冲刷所有的血迹,等到那混杂着草木味道的西风变得冷硬,等到第一场冬雪覆盖一切。

"报,酸枝的渡口守军已经逃亡殆尽,现在已被我们控制,邹将军稍后便到。"斥候疾驰而来,翻身下马。

"知道了,你回去复命吧。"

"唯令。"那斥候抬起头来,黑黑瘦瘦的,由于常年在离火原上来往,高高的颧骨上已被晒出了两团红斑。

莫名其妙地,他想到了第一次上战场时的自己。十五岁的少年，虽然个子已经不矮，但是瘦得厉害，身上的皮甲不合身，索性剪开，再自己上手缝好。那时候，他连一匹马都没有，只能跟在游骑兵的马屁股后面吃土，打扫战场。

然后呢？第一个倒在自己刀下的是谁？那个和自己年纪相仿的少年吗？被利箭射穿了小腿，但刀法依旧纯熟凶狠，他憋着一口气，压着手里的刀，按照浮明光传授的办法，拿刀背当作铁锤，一下一下砸下去。那时候自己的心里没有害怕和胆怯，只是想着，对方的力气好大，若是这手底的劲儿一松，死的便会是自己。如果自己死了，便再也不会有人知道这世上曾来过这样一个土气的少年了。

然后便是风旅河、西风原、分水原、无定河……这个少年在八荒各处的辗转中渐渐强健了体魄，一路走到了今天。在大安城的时候，他最喜欢从百望台向西眺望，因为无论有多少刀兵烽火，离火原永远和往日一般模样。就像现在这个时候，七里香渐渐凋零，长戢山变得五颜六色，而那些蠢蠢的红叶野鸡又要生下毛茸茸的幼崽了吧？

"天凉得可真快，最后一站就要开始了。"吴亭拉紧了鞍袋，打马靠了过来。

豪麻点了点头，道："不容易，徐昊原真的也可称凶顽了，可惜，这一次他遇到的是大公。"

"是啊，谁能想到，甲卓航竟然真的攻下了花渡呢？"吴亭勒马遥望，"在阳宪那会儿，我一直以为他就是最无能的那种公子哥呢。"

"那你可是真的错看他了。"豪麻微微一笑。说实在的，他也没有想到甲卓航真的可以完成疾白文这个大胆又奇异的计划，而花渡的陷落，也真的导致了徐昊原的彻底失败。

就在不久前，浮明光的三路密使狂奔四百里，穿过战场上的道道缝隙，先后带来了最新的战局。

第一封秘信，带来的是振奋人心的好消息。在四马原，已成孤军的南方三镇分兵合围，最终攻克了花渡镇，花渡守将徐前连同他的三万人马都成了甲卓航的俘虏，徐昊原最大的粮仓就这样被神奇地打掉了。与此同时，面对李秀奇派出的野熊兵棕熊部，尚山谷和孙百里留守商城誓死不退，虽然棕熊再次攻陷这座残破的城池，但也损失惨重，并被随后赶到的吴宁边与白吴联军击退。于是在南方，花渡、商城和柴城这三座重镇竟前所未有地连成了一片，本来应该北上平明的粮草，现在则在尚山岳的调度下，经过商城补充到了新塘。

在浮明光的第二封密信中，不但有赤研星驰的死讯，还有南渚灞桥的大火，而花渡得以攻克的最重要的原因，便是李秀奇在关键时刻率队撤出了战场。不出所料，没过多久，花渡陷落的影响便开始慢慢显现。徐昊原由于粮秣断绝，被迫在柴水流域停止了进击的脚步，也正是在此前后，豪麻在离火原上与徐子鳜的对决也越来越得心应手了。徐子鳜是澜青宿将，虽然在最初的交锋中，自己通过突袭取得了战场上的优势，但徐子鳜并不是那种一触即溃、纸上谈兵的人物，就冲着他孤注一掷远离箕尾山，要夺回西丘的举动，豪麻也可以猜到有些事情已经在他的控制之外了。果然，不久花渡陷落的消息便自新塘传来，平明没有粮食了，南津没有粮食了，观平没有粮食了，大安没有粮食了。一路攻到柴水北岸的徐昊原的十万大军，在这个秋天突然陷入了饥饿之中。

吴宁边这一场已打了将近半年的生死之战,至此终于看到了胜利的曙光。

他紧绷着的心终于可以稍稍放下一刻。

那个小姑娘唐笑语,曾三番五次地提醒自己,要防备楚穹和那一群地方势力。她的关心,他当然体会得到。不过这些密信,就连楚穹都不得而知,唐笑语自然更不知道。就在不久之前,扬觉动、浮明光已经率着三吴联军越过了大安,尾随着徐昊原的军队重返离火原了。

即便如此,进攻酸枝也是一个冒进的举动,楚穹说得不错,稍有不慎,豪麻便会被后撤的徐昊原和前进的徐子鱖夹在中间,非但不能切断徐昊原后撤通道,阻止徐子鱖和白驹城的救援,将徐昊原的十万大军歼灭在离火原上,反而有可能让望江营全军覆没。

但他没有犹豫过,这也是他必须做出的选择。

"我还是没想到,你会把一切对楚穹和盘托出。你就这么相信他,这一次,他不会在背后捅你一刀?"

"你说呢?"豪麻转过头来,"现在徐昊原已经兵败如山倒,他现在在背后搞小动作,有什么好处?"

"自然是木莲,"吴亭道,"徐昊原兵败这么大的消息,要说南津一点都不知道,我是不相信的。只要楚穹把这个消息带到白驹城去,从箕尾山口杀出来的不是徐子鱖,而是磐石卫,那我们就糟了。不是吗?就算楚穹不说,徐子鱖不会说吗?"

"徐子鱖是徐昊原的后勤大总管,没有人会比他更清楚徐昊原的情况,但他不会告诉李慎为,"豪麻看着面前空旷的原野,"既然到现在李慎为都没有主动派兵登上离火原,那就意味着最后参加白驹之盟的,是徐昊原还是大公,其实并没有区别。"

"你的意思是,木莲不但不会帮助澜青,反而有可能会落井下石?"

"没错,"豪麻点了点头,"我们进入四马原还隔着箕尾山,但是木莲只要越过风旅河,拿下防守空虚的平明城便如探囊取物一般。徐子鳏一着不慎,澜青徐家便要在八荒上彻底消失了。"

"可是朝家若是这样做,岂不是太不讲道义?这二十多年来,澜青一直是朝家的坚定支持者啊。"

"道义是什么?"豪麻回转头来,"这世上本就没有这种东西,只有代价。若木莲可以承受不义的代价,朝家会对吞并澜青毫不犹豫!这一点,徐昊原当然也明白得很,只可惜他被仇恨蒙蔽了双眼,这么多年,一直不肯和大公合作。没办法,这中州最后的霸主,只能有一家。"

"徐家和扬家有仇?"

"不错,这也是早年大公想要逐鹿八荒犯下的错误,不过今天再提起来,已经没有什么意义了。因为疾白文闪击花渡的计划居然成功了,现在,整个八荒的大局就此改变了。"

"是啊,"吴亭感慨道,"而且徐昊原前脚撤军,后脚陈仁川就把宁州的安乐军也压了上来,他这个队站得可是够快的。"

"是啊,打顺风仗,全无风险。这一次,他不赶紧表态,恐怕稍后后患无穷。"

"害怕了!"吴亭笑了起来。

豪麻摇摇头,道:"陈仁川的精明,在八荒是一等一的,这一次他带兵赴约,也是早就想好了箕尾山口必有一战。若非

水云乡 189

如此,他干吗还通过风旅河水路把宁州的开山炮也提前运过来呢?"

吴亭有些诧异,道:"开山炮?就是那号称能够裂石穿云的抛石机吗?"

"是啊,这东西极其笨重,运输困难,若不是早就做了准备,是不可能跟着大军进度走的。"豪麻又想起了当年无定河畔的化平之战,若不是周半尺有这东西,被霰雪部控制的化平可没那么容易攻得下来。"这先运来的一辆,我已经知会百济公,要它送到这里来了。"

"明白了,所以你先要拿下那个渡口!酸枝陷落,澜青后路断绝!想不到三十年后,三吴的军队还会重新联合了,再加上陈仁川的安乐军,这不就是八十年前朝承露兵败离火原时候面对的一切吗?"

"还差一个南渚,"豪麻沉默了片刻,"我接来开山炮,就是要在最短的时间内拿下酸枝,要徐昊原的溃兵无所依傍,我还要继续一路向西推过去,不管是谁,都先碾碎了再说!"

这一刻,连他自己都感到了自己身上浓浓的戾气,只是这一次,他不想再收,也不能再收了。

"要说这世间的事,还真的没有什么道理可言,"吴亭摸了摸自己的长弓,"半个月前,徐昊原还在厉兵秣马,要一举攻下新塘呢。可是现在,要轮到我们兵临城下了。"

"朝守谦绝不想看到各州联合起来,共聚白驹城下,可惜他们千算万算,现在八荒的战局,也由不得他了。"豪麻看了看天上的流云,拉紧了缰绳。

二

远处马蹄声响,是邹禁和伍扬来了。

"侯爷,船到了,"邹禁深吸了一口气,道,"这陈仁川办事倒是细致,还想着梁群的那批商船,这回跟着开山炮一起来的,还有二百名神火营的士兵,专门来安装操作的,现在已经拆了运去了。"

这是豪麻盼望已久的好消息,两州交战,风旅河上的商船早就停航,也幸亏还有这条直达宁州的水路,才能把开山炮和重逾千斤的石弹快速地运到离火原上。开山炮到了,酸枝的城墙就不足虑了。

"蓝仓伯呢?他们准备好了吗?"豪麻又看向了伍扬。

"准备妥当,重编的杂兵在前,鬼影主要布置在西边,防止他们向着南津突围。眼下,酸枝城里已经乱作一团了,刚刚有人跑到楚穷那里去请降,被蓝仓伯割发卸甲,赶回去了。"

邹禁叹了一口气,道:"晚了,现在大战在即,即便可以信任他们的诚意,也没时间去整编降兵了。"

豪麻面无表情,道:"楚穷自然不糊涂。耿三波和方井塘他们呢?有没有闹起来?"

"听说要他们攻城,那帮流兵将领便老大不乐意,"伍扬勒住了马缰,"耿三波麾下有人闹事,说这是侯爷背信弃义,逼着他们上前送死。"

"楚穷怎么处理的?"

"蓝仓伯倒是爽快,一刀把他了结了。"

"好,"豪麻微微点了点头,"此一时彼一时,流兵们虽不

水云乡 191

耐苦战、不能攻坚，但这次有了开山炮破城，要他们去收割战场，总该不过分。"

"不过分，一点都不过分。我看，这是便宜他们了！斥候来报，徐昊原刚出大安，就被虎卫死死咬住了，现在正在急速向观平溃退，只怕退得再快些，便要过了观平了。大概他们也意识到我们若是拿了酸枝，便没法再走官道，到时候那么多人，漫山遍野乱跑起来，便全无战力可言，因此又加快了速度。"

"这样的话，说明浮相也在催动虎卫，要在离火原上发动决战，"豪麻略一思忖，道，"我们也不能再等，告诉楚穷，等待开山炮架好，便开始强攻！"

"唯令！"伍扬双手一搭，是个领命的意思。

"邹禁，蓝仓伯御兵，你再分出来两个卫，自己带着，若那帮流兵里面有拖延诿过的，立刻斩了。"

"好，若是耿三波他们带头呢？"

"斩了！"豪麻简单地吐出两个字来。

"唯！"

"怎么了，还有什么事吗？"豪麻的领军风格和扬觉动一脉相承，在军中令行禁止，从来说一不二。在望江营中，官兵的沟通也都是简单直率的，但此刻，他发现伍扬好像有些言又欲止。

"唐姑娘……"伍扬有些吞吞吐吐的。

"唐笑语？"豪麻调转了马头，"她怎么了？"

临战之前，豪麻没想到这个女孩又一次闯进了自己的思绪。

"唐姑娘把你送她那一套甲留了下来，要转给你，然后甩开了我们的斥候。"

"甩开了我们的斥候？"

"对,她并没有跟着斥候一起前往西丘,而是一个人向北方去了。"

豪麻心里微微一动,没有说话。

"从扎营地向北,正要穿过徐昊原回撤的必经之路。"吴亭看向了豪麻。"她怎么会突然向北面去了？我去找她,把她截回来！"

刚刚听到伍扬的话说唐笑语送回了铠甲,他已是心头一紧,他这次不要唐笑语再跟着自己,实在是有不得已的苦衷。和普通的冲阵作战不同,现在吴宁边看起来是形势大好,实则兵凶战危之后,还潜伏着更大的危机,他实在没法再顾及她。

也正因如此,无论唐笑语怎样努力,他都冷言以对,不留余地地坚辞拒绝。他只希望她能够赶快离开,倒并不在乎她会如何看待自己。反正,在生死面前,那一点点悲喜,真的毫不重要。可是这个女孩,怎么能这么执拗呢？

"别去了,恐怕等你赶到,她已经和他们撞个正着了。我知道她为什么向北,她去帮我们探查敌情了。"伍扬摇了摇头。

"真是胡闹,斥候进退有度,前后衔接,她一个人跑去,有什么作用！"吴亭的脸变了颜色。

此刻豪麻沉默不语,一时间竟没人说话了。这个时时都在笑的小姑娘,跟着这一帮粗人风里雨里几十天,冲阵杀敌、聊天说笑、烹饪缝补,在这望江营中,大家早就把她当作同袍。这几日唐笑语郁郁寡欢,气氛已经不对,此刻知道她很可能为了大家一去不回,这时候,应该每个人心里都很不是滋味吧。

"若我能放一只羽隼上天,那整个离火原的战场,便可尽收眼底了。到时候,若是有敌人来袭,我便尽快通知你们。"

唐笑语说这番话时那么认真,可他完全没有任何回应。是的,她的确不知道徐昊原的大军正在从大安火速回撤,现在已到观平附近,因为她知道了,恐怕要徒增担心,更不愿意离去了。当日楚穷提出望江营有可能遭到东西两面合击后,她便跃跃欲试,想要用灵术助自己一臂之力。回想起来,多少有些忐忑、却又充满期望的唐笑语,好像就在眼前。

他就那样看着,看着那双明亮眼里的火焰慢慢熄灭,不动声色,即便对于不善表达的武毅侯来说,这同样不是一件容易的事情。好在,伤心也好,失望也罢,最后她还是肯走了。

虽然有一丝怅惘,但豪麻的心里还是安慰的。

然而谁能想到,就算表面上说得好好的,这个看起来温柔乖巧的女孩,竟然转身就去了离火原上。早知道是这样,还不如留她在望江营里了。

豪麻心绪烦乱,一时不知道说些什么好。

"武毅侯,现在去,未必来不及,"看豪麻迟迟不说话,吴亭急了,道,"反正还没到开战的时候,你同不同意,我都要去!"

豪麻抬起眼看了看那天边的落日,道:"晚了,已经过了这么久了,她的青马虽是良驹,但是跑不过坦提风马的。"

"赶不赶得及,我都要去!这望江营里,只有我们两个不是吴宁边的人,她走得,我也走得!"吴亭的脸黑了,"大公的想法我是一直不明白的,我真的想不出,若是当日你们也在背后射我一箭,我今天还会不会站在这里和你说话!更不要提去离火原上查探徐昊原的踪迹了！鹧鸪谷里，一共就走出来这么几个兄弟，已经死了两个了！我不能让任何人再出意外！"

"吴亭，你在跟谁说话，用这样的语气！"邹禁厉声呼喝了起来。

他是当日阳宪客栈中自行突围、返回南渚的唯一一人，虽然亦是历经千辛万苦，却没有经历其他人雨夜潜行、穿过鹧鸪谷的晦暗经历。

"邹禁，不得造次！"

豪麻举起了手掌，邹禁的手终于离开了刀把。

他完全理解此刻吴亭的心情，吴亭知道伍扬射向唐笑语的那一箭，却不知唐笑语和南渚朝堂的密切关系，自然会认为伍扬这一箭射得不仅小气，而且算计。同样，当日一起从鹧鸪谷中出来的这十几个人，自从百鸟关外一别，今天已经天各一方。几个月的时间过去了，若说大家对那段共同度过的惊心动魄的日子毫无感觉，那肯定是不可能的。

他知道，吴亭最是怀念那些豪迈的欢乐时光。比如大胡子伍平，两个人都是神射手，彼此不服，却又都是心直口快的豪放汉子，暗中较劲，却又有那么一丝的惺惺相惜。原以为大家再怎么天各一方，终有重逢之日。可是当商城陷落的消息传来，他们终于意识到，当日互相扶持走出鹧鸪谷的这一群兄弟，有一些已经永远离开了。甲卓航受命接掌花渡前线，留下尚山谷困守孤城，便是一个死局。这一次，尚山谷守城守到矢尽粮绝，甚至不知道三吴已经联手派兵西援。就在援兵登临战场的前一刻，被棕熊部先登的士兵在城楼上当众斩杀，而随着吴亭一起进入鹧鸪谷的力士孙百里，也同样战到最后一刻，在

水云乡　195

筋疲力尽后跳城坠亡。

这些事，知道就算了，他和吴亭、伍扬都避而不谈。既然大家都是战士，当然知道沙场是大家最后的归宿。包括自己，也说不好什么时候就会离开。但是当你知道那些不久前还在和你谈笑风生、活生生的一张张面孔，如今永远也不会再出现在你的面前时，那种心里的绞痛和怅惘，却是永远说不清道不明的。

只要八荒战乱一天不止，还活着的人便只能等待命运的裁决，下一个呢？下一个是谁？

现在这个答案就摆在他们的眼前，而吴亭却不愿意接受这个答案。

可是谁又愿意呢？

"都说你无情，你的心果然冷硬，"吴亭摇了摇头，道，"你难道不知道唐姑娘喜欢你吗？这样的时刻，你竟连一句软话都没有。"

三

没错，唐笑语喜欢自己，这是个人都能看出来。可是，他很困惑啊，自己到底做了什么了不得的事情，要这个小姑娘一路跟着自己，水里火里、冲锋陷阵，再危险、再辛苦也不肯放弃呢？难道只是阳宪酒馆里对她菜肴的几句赞美，鹧鸪谷底火堆旁的一些闲话吗？

马儿不安地蹄踏着脚下的土地，眼前零落的这几朵小花，大概是今年最后的七里香了。再过几天，当所有的草都枯黄起来，便是另一番苍茫景象了。

吴亭从背上拔出霹雳弓，一箭射向遥远的苍穹。

"所以，你现在要离开吗？"

越说他冷，豪麻的声音倒愈加淡薄起来。因为他知道，现在的自己，再没有任何退让和犹豫的余地了。

"其实你说得对，就算现在过去，也已经晚了，我也知道，但我还是好不甘心啊。"吴亭看着那箭矢在远方缓缓坠落。"我并没有忘记，我是为什么跟着你们走出鹧鸪谷的。"

豪麻沉默地点点头。他当然记得，在那个大雨滂沱的夜晚，吴亭之所以没有把扬觉动一行都射死在阳宪的客栈，是因为他还没有解开白安之乱的谜团。

伍扬总想要打个圆场，便道："吴兄，梁群已经死了，卫中宵大人当可瞑目了。"

"梁群不过是白安之乱的幕后推手，那和梁群两相勾结的人，此刻还在灞桥城！"他转手收回了霹雳弓，"豪麻，我也理解你，你也有你活着的理由，但是你这样的人，实在不适合做朋友！"

"我会继续留下，"他扭过头去，打马离开，"我要去整备弓弩手了。"

"他到底在说什么？"看着吴亭打马远去，邹禁多少有些莫名其妙。

"他有他未了的心愿，要为了旧主人，向赤研家复仇。这一次，大概是想要射死赤研恭吧。"伍扬摇了摇头，道："这世界全乱了，谁能想到，儿子也可以杀了老子呢？"

"时候差不多了，也该上阵了，"邹禁看看太阳的方位，

水云乡　197

"开山炮也差不多架好了。"

"那就这样,拿下酸枝后,百济公的部队会留下,和大公一起截杀徐昊原的离火精骑,我们继续向西,如果徐子鳜的援军冒险潜出箕尾山口,算算时间,也差不多了。"

"若是,白驹的磐石卫也一起出了呢?"

豪麻微微眯上了眼睛,道:"若真是那样,也是你我无法左右的,这世上这么多不得已,多个一两件,大概也算不得什么大事吧。"

"好,明白了!"邹禁和伍扬各自拱了拱手。

豪麻也抬起双手,郑重抱拳回礼。

这世上,人们都以为他不管不顾要拿下酸枝,冲击箕尾山口,是想要取得战场主动,去白驹会盟,见到朝思暮想的扬一依。他们都对了,也都错了。

他的确想要见到扬一依,特别是在暮云台上,他从扬觉动的口中得知,原来扬一依腹中还有自己的孩子,算算时间,大概再有两个月,那孩子便要出生了,不知道她的母亲现在可好,可快乐吗?如果说要他粉身碎骨,可以换得这母子一生的平安喜乐,他不会有一丝一毫的犹豫。他一个刀枪丛里滚出来的寒门小子,剥了皮,这一身筋骨又值几钱呢?只要自己倒在战场上,和那些倒了一地的年轻男子,又有什么区别?

可是他还绝不能死,在浮明光的第二封密信中,带来了那些让人难以置信的消息。南渚变乱,灞桥城内,赤研家族居然内讧,正当盛年的南渚大公赤研井田和他的哥哥赤研瑞谦一起被杀,而杀了他们,并继承南渚大公之位的,竟然是一贯低调谦和、被人们视为温良世子的赤研恭!当时李秀奇和陈兴家的大军在灞桥城外对峙时，灞桥城内早已火光冲天、杀声四起，等到尘埃落定，缺兵少粮的李秀奇也只得承认了这个结果。

赤研恭由此成为了南渚第九代君王，第四任大公。他在灞桥祭天登基。登基后的第一件事，他便是以僭越之罪杀了自己的堂弟赤研弘一族，并且宣布将用最盛大的仪礼迎娶赤研弘的妻子、吴宁边的娴公主扬一依。而宣布这桩婚事之后的第一件事，便是飞书正在新塘与徐昊原对峙的扬觉动，想要重续两州之盟。

没有疑问，扬觉动对赤研恭的提议慨然同意，而且允诺在白驹之盟后，以将白安划转白吴为条件，把正由甲卓航占据的花渡移交给南渚管理。果然，经过这一番合纵连横的生死之斗，吴、宁、南三大州竟神奇地在八十年后以离火之虎扬觉动为中心重新联合，吹响了西进的号角。上次三国结盟共抗木莲的时候，雄才大略的朝承露都无可奈何，现在的木莲已非当年朝气蓬勃，吴宁南三家更是无所顾忌，都当已经兵败如山倒的澜青大公徐昊原已经死了。

可是不管八荒风云如何变幻，豪麻心中最在意的，始终只有一个人。他阅信的手是抖的，拳头紧紧攥在一起，久久没能张开。对他来说，这样的结果却是最糟糕的，在扬觉动的宏图霸业中，他永远也不可能找回他的扬一依了。

那几日，正逢他在平明丘陵大胜徐子鳜。只是再大的胜利，对他来讲也是味同嚼蜡。徐昊原攻击乏力，新塘的好消息一个接着一个，对于他更是毫无意义。他平素喜怒不形于色，纵使阴沉着脸，也没人去敢去猜测他的心思。大概能够感受到

水云乡 199

他怒气的人，只有一个，那就是唐笑语。

不知道是不是错觉，这个对谁都好言以对、温柔可亲的女孩子，在面对他时格外明亮热烈。面对扬一依的温存，他总觉得惶惑，觉得自己被她推得远远的。但面对笑眯眯的唐笑语，他也一样的惶惑，他觉得自己和她靠得太近了。那几天他心绪恶劣，唐笑语以为他纠结战事，便自告奋勇，替他请来了楚穹。那个清早，当她打帘入帐时，额头上还挂着细细的汗珠，在阳光的照拂下，留下了一个闪着柔光的轮廓。这是他从未遭遇的瞬间，他的心也变得有几分柔软了。

但一切已成定数，在这次见面的前夜，他收到了浮明光的第三封密笺。除了吴、宁、南三州联合，徐昊原一路溃退的大好消息，还有一个绝密的信息，他没有对任何人说。这也是他一方面以陈仁川站队来搪塞楚穹，另一方面要不顾一切拿下酸枝的真正原因。

原来这世上真的没有什么岁月静好，这短短的几日休整，已是暴风雨前难得的片刻平静。

密笺中，离火之虎，大公扬觉动病了。如果是一般的病症，浮明光不必讳莫如深，更不必向正在离火原上统军作战的豪麻示警，并且提醒他，这一次，扬觉动没有半步可退让的空间。三吴合流、宁州合兵，这一切，都因为有扬觉动在中军坐镇，这支临时拼凑起来的军队才能一路风卷残云。这时候，若是退了半步，扬家大旗一倒，一切，便真的风流云散了。

浮明光提醒自己，要有准备。

"在子畏死，往哭之痛。"不管自己如何害怕担忧，该来的结局也会到来。豪麻知道浮明光在提醒自己，扬丰烈已经匆匆从百济星夜赶往大安意味着什么。就算浮明光回去了，他依然是大公的义弟。而自己呢？那他也不过是个义子、马僮，这样的故事又该从何讲起呢？

夜中不寐，他枯坐桌前，就像一尊凝固的石像。面前摆着这样一封信笺，豪麻感觉到了强烈的孤独。从小到大，他都是一个无人在意的人，除了扬一依的温柔、扬觉动的鞭策，再也无人多看他一眼，更谈不上对他好或不好。他为之奋斗了若许年，终于可以在沙场横刀立马、威名远扬，而最爱的扬一依却又远嫁他乡。而今，那个雄霸天下的老人，也要永远离开他了吗？

唐笑语总是担心他不够长袖善舞，和那些四面八方投来的流兵权贵相处不佳，可他生而立于天地间，为什么要在乎这些朝三暮四的墙头草呢？那些诗酒繁华，对他来说不过是幻梦一场，原本也和马僮豪麻没有什么关系的。哪怕是唐笑语，他也只能万分抱歉，一个战士的心里，容不下这么多的犹豫和温暖，他这一生，还是更习惯用手中的刀来说话。

在那个静谧的夜里，他抽出了流萤，那淡绿的光芒在他的眼前浮动着，好像有它自己的想法。如果武器也有灵魂和生命的话，赤心，就像那个十几岁的自己，热血、暴烈，不信鬼神、不死不休，相信一切都在自己的指尖掌握，如果有什么想要的迄今还没拿到，那一定是因为自己跳得还不够高。而流萤，则更像现在的自己，它从不会在危险到来时鸣匣抖动，一直都安安静静，但若出了鞘，就流光四溢，纵横悠游，好像它早知道人世间有太多的不可为和不能为，但求随心顺意，一刀挥出，不管是福是祸，均会照单全收。

水云乡 201

流萤，这个名字还是那个女孩起的。大概，在鹧鸪谷底，那条明亮壮阔的萤火长河，给人的印象太过深刻了吧。

自己这样无趣的人，真的有什么可爱之处吗？

豪麻有生以来，第一次产生了这样的疑惑。

唐笑语的眼睛，和扬一依的一样，他永远也看不通透。

四

不管怎么说，浮明光的第三封密笺重新燃起了豪麻的生命之火。

如果扬觉动真的横遭不测，对麒麟座窥视已久的扬丰烈是绝不会顾惜他的这几个侄女的。不难想象，陷在南渚的扬一依会是怎样的命运。他豪麻但凡有一口气在，也不能容许这样的事情发生。

如今的离火原上，徐昊原兵已然败如山倒，如果自己是大公，是那头两鬓斑白却依然凶猛暴烈的老虎，会怎么做？

小镇酸枝就在眼前，风旅河比平明河更加接近寒冷的北方，却也一样吵闹喧哗。

远远望去，它孤零零地伫立在离火原上，宁州来的士兵们正抡起大锤，一下下将开山炮巨大的木桩砸入地里，那一条条巨木被重新拼合、榫卯，变成需要仰望的抛射车。在酸枝城下，望江营重整的步卒们正手持木盾半跪在地，等待着冲锋的命令。玄甲的鬼影们真的就像一些若有若无的影子，在兵阵的缝隙中逡巡徘徊。

这是他从军以来少有的时刻，他没有整装束甲身先士卒地冲上沙场。

他知道，即便他的士卒不多，这万余人的队伍，打下只有一两千人的小镇酸枝，还是绰绰有余的。何况，还有这凌厉的开山炮，酸枝本就脆弱的城墙，绝对经不住这石弹的冲击。

他可以想到这城内兵士的绝望，他们曾经派出了求和的代表，却被无情地羞辱和拒绝了。这是没有办法的事，豪麻已经没有多余的口粮来拯救这些饥饿的士兵，何况，若是把他们收入自己的队伍，当徐昊原或者徐子鱖的大军杀到之时，在敌众我寡、攻守易位的情况下，谁能够保证他们的忠诚？

这一会儿，他又觉得让唐笑语离开是正确的了。若是她在这里，见到如此的残酷景象，大概又会难过了吧。她紧紧跟着自己，在战场上冲得如此决绝，好像天生是个战士，可这是她吗？是鹧鸪谷中那个眼神中带着许多落寞，连花儿和萤火虫都不舍得去伤害的少女吗？

战场上从来没有什么仁慈和道义，只有生存和胜利。现在，他已经不是豪麻，他只是吴宁边的一把利刃，要劈开扬觉动称霸八荒的一切障碍，如果，大公还可以继续驰骋八荒的话，他绝不会放过这样一个在离火原上歼灭徐昊原主力部队的机会。他需要很多的鲜血、很多的哀号，需要变成废墟的堡垒，为他的武功在离火原上竖起永久的丰碑，让他的所有敌人不敢哪怕有一瞬的抬头仰视。

斥候接二连三地来到，徐昊原的离火精骑已经放弃了观平，很快就会到达酸枝。很好。开山炮已经装配完毕，随时可以发射，更好了。

在斥候四面八方奔驰在离火原上的时刻，天上再次响起了

水云乡 203

嘹亮的鸣叫声，一只白色的羽隼在极高的天空中展翅翱翔，在它身下，是那些在成群结队盘旋不去的血鸦。这大概就是唐笑语所说的，敌方那可畏的灵师正在看着这兵慌马乱的离火原吧。

豪麻又想到了那一天的清晨，西风漫卷，他看到了远离营地的唐笑语神神秘秘地在那片还算青绿的野地中叩叩拜拜，折腾了好半天。没过多一会儿，那金色的晨光中竟真的飘起一根黑羽来，相对于袭营那日那只羽隼的惊人身量，唐笑语的这一根羽毛未免太过柔软袖珍了。它始终在晨光中轻轻的浮动着，好像在述说着什么温柔的心事，等到心事说完了，也便消弭于无形了。

豪麻的嘴角浮起了一丝微笑，打马走开了。他从没想过，唐笑语的羽隼居然是黑色的，他总以为，那应该是一只漂亮的斑斓的鸟儿呢。

疾风卷开了长旗，他把纷乱的念头全都屏出脑海，伸出手来，凌空向前一斩。号兵手中旗语飞扬，望台上精悍的鼓手抡开膀子，手中沉重的鼓槌便落在了牛皮之上。咚、咚咚、隆隆的战鼓声在召唤热血和死亡，那数百被投到战场的安乐军齐声呼喝，拉动绳索，开山炮就此发出了第一颗石弹。那沉重的巨石不知采自何方，经过风旅河来到这小小的渡口，现在正以前所未有的姿态飞跃青空，轰然坠入小小的酸枝城中。这开山炮的威力果然巨大，石块虽然从城东的弩车上发出，却越过了整个酸枝镇，击中了西侧的城楼。远远望去，那城楼零落四散，再也没有一丝原有的模样了。这样巨力的冲击下，所有的血肉之躯都会化作齑粉泥涂了。

在将要发射第二弹的间隙，令人意想不到的是，酸枝的东门忽然大开，里面的澜青守军分成两队怪叫着冲了出来，他们不避刀枪箭矢，拼了命地想要冲到开山炮前，把这弩车毁掉。这一百多人，很快就被以逸待劳的步卒们吃掉了。

于是，片刻之后，第二弹再次发出。

这次安乐军调整了发弹的距离，巨石直直砸在酸枝的东城墙上，那小小的东墙立时轰然塌了一角，若是再有这么三五下，酸枝的东城墙大概也就不复存在了。

奇怪了，那羽隼在这边上空徘徊几圈之后，却没有飞回南津方向，而是继续振翅向东飞去，即便东边还有更大更惨烈的战场，但扼住了徐昊原退路的酸枝，它又继续向东查探，有什么意义呢？

意识到脆弱的城墙抵不住开山炮的攻击，酸枝的东门再开，又是冲向开山炮的步卒，这是毫无意义的反抗，经过一轮又一轮的齐射，几乎没有士兵能够靠近开山炮，倒伏在地上的尸体越来越多了。这不是战争，这是一场屠杀。

豪麻眼睛一眨不眨，看着这血色的战场。

"侯爷，我回来了。"邹禁在马上便摘了头盔，此刻他满头大汗，被风一吹，雾气蒸腾。

"西面的情况还好吗？"豪麻揉了揉麻木的肩膀，没想到观战也会这样疲累。

"好得不得了，这开山炮就是厉害，几发石弹下去，蓝仓伯那面还没有冲锋，里面的士气已经崩溃了。也有突围的士兵，都是找死，全被射回去了。我看这样下去，我们根本不用攻城，他们慢慢就耗死了。"

豪麻点了点头,道:"所以也无需督战了。"

"完全不用,现在我们的士气打出来了,那些打前锋的士兵都在跃跃欲试,哪里还会有想要逃离战场的士兵呢?"

豪麻向着东方望去,原野青中带黄,风吹草低、静谧安详。

"怎么?徐昊原的军队快过来了吗?"邹禁警觉了起来。

"斥候来报,他们正在路上。"豪麻驱马向前几步,他此刻想着的,不是那即将到来的漫山遍野的澜青骑兵,而是那个单骑北上的蓝衣少女,她现在还好吗?

邹禁道:"果然,那我去催楚穷赶紧动起来,尽快把酸枝拿下,免得腹背受敌。"

"是了,把酸枝城清空,一会儿等他们的先锋到了酸枝城下,要楚穷在城内顶住,我带着鬼影在他们侧翼穿插。"

"好。"邹禁嗓子发紧,无论如何,今日,终于要面对徐昊原的主力了。

大公在的话,一定也会这样布阵的。豪麻此刻多么希望原野的那一头,可以升起虎卫的扬旗,那意味着一切的努力都没有白费,大公还活着,而自己,为了带给他一场沉甸甸的胜利,已经拼尽了全力。

几乎没有遇到像样的抵抗,战斗很快就结束了。

这一次,豪麻对战场的估量少有地出现了偏差。酸枝的守军毫无斗志,几次向着开山炮的冲击都失败后,毫无悬念地放弃了抵抗。率军攻入酸枝的是楚穷,屠城是早就定好的,可是这里不过是个连口粮都断了的小小军镇,士兵们连杀戮都提不起兴致。那些轻微的抵抗没有激起任何水花,正午过后,望江营连战场都打扫完毕了。

豪麻打马走过小镇的废墟，那些面黄肌瘦的敌军士兵瑟缩在墙角。在开战前还抱怨连声的流兵们，此刻个个趾高气扬，若是哪个俘虏的眼里还有仇恨的光，便会被拉出来，一刀砍翻在地。

楚穷并没有执行屠城的命令。没有粮食，困在城内的民夫也早就跑了个精光。几轮激战之后，酸枝内仅剩四百余名面有菜色的兵士，还是被楚穷留下了。

"他妈的，他不遵军令，倒把好人都做了！"

在外围打扫战场的伍扬对此愤愤不平，但豪麻没有反应。他的一腔怒火和杀气都被这不像样子的一战慢慢消磨了。他自随扬觉动从军以来，仗仗险恶，每每游走在生与死的边缘。只要提到开战，他必定高度紧张，全力以赴，才有一线生机，因此也养成了决绝狠辣、从不手软的风格。可今天他才体会到，原来这样的慵懒、无趣和绝望也是战争的一部分。

想不到"兵败如山倒"这句话是真的，就像眼前这座绝望的小城，这些羸弱的兵士最后的挣扎毫无意义，都被淹没在这绝望的尘土中了。

就算把武器塞到他们手里，也没有人敢站起来拼命。

仇恨和爱一样，这种强烈的意愿，只能产生于生机勃勃的躯体中。

秋风掠过这片原野，豪麻很能体会这些困守酸枝的士兵们的心境。

在天黑之前，徐昊原的离火精骑踏上了离火原。

在发动真正的冲锋之前，不知从哪里飘落了一根毛茸茸的

水云乡

羽毛，轻轻落在了豪麻的肩膀上，他却浑然不觉，因为此时，他的全部精神和注意力都在面前这支精悍无比、决心最后一搏的军队身上。

当他开始冲锋后，这羽毛便飘落在地，被后面的鬼影踏入了尘土之中。

五

"明天，便要进入箕尾山口了，这一次，豪麻就代我参与白驹之盟。"

夜风呼啸，在箕尾山口外，漫无边际的营寨层层叠叠，三吴联军加上宁州安乐军，十几万人马整齐地列队驻扎着。八十年后，日光木莲和东南各国联军的对峙又一次出现在离火原上。

只不过这一次，八荒东南各势力的领袖，不再是吴国白氏，而是换了姓扬。

一百年的时间过去了，东川扬家，一个世代靠着抵御云间部落获得存在感的小小军镇世家，终于成为可以左右八荒时局的豪族。

无数支火把连缀成两道火线，点亮了通向中军的道路。这宁州织锦架起的军帐异常高大华贵，充分显示出制造者的精工和格调，走进这军帐中，正中的金盆中炭火正旺，四周巨烛熊熊燃烧着，跟帐外漆黑的原野相比，这里是另外一个光明而虚幻的世界。

豪麻第一眼看到的，正是宁州大公陈仁川。这一次，他不但带来了久未踏足离火原的安乐军，还慷慨地献出了他的帐篷。用他的话说，这本来也是为八荒真正的主人准备的。而今夜，这个人便是在几个月的时间内，风卷残云般吃掉了澜青十余万大军的吴宁边大公扬觉动。

陈仁川四十上下年纪，面皮白净，留着两道髭须，一身织银的云锦长袍流光幻彩，就连身后的侍卫也是眉清目秀，英武中透出十分的俊美来。他让出了大帐，却还安坐在自己的花梨木椅上，那椅子背后，雕着一只栩栩如生的白鹭，它那细长的脖颈弯曲着，正对着面前的青石茶盘，和这茶盘配套的小小红泥火炉中，一壶白水正在缓缓沸腾着，从他身前的茶盏中，传来一股扑鼻的清香。

此刻在这军帐中，第一次集中了八荒神州东部六州的主政，宁州大公陈仁川、正当盛年的白吴执政白有光、年过半百的李吴世子李百年、维州公爵鱼新岁和几乎已经被八荒遗忘的栖图侯宰木凉田；当然，还有这一次的绝对主角，吴宁边承天大公爵、离火之虎扬觉动。

就算是这军帐宽阔华丽，也不过是行军中的临时处所，八荒神州上六大主政齐聚一堂，再加上他们的随从和此次离火原上的主战将领，还是显得有些拥挤逼仄。这一刻，除了陈仁川还在一小口一小口地喝着茶，大多数人都在若有所思地沉默着。他们都在等待着一个人先开口。

那巨大的金盆中，火焰熊熊，金盆上面铸有"宰木"两个大字。

栖图位于八荒神州的东极，从宁州一直向东，要再穿过整个维州才会到达，那里一年中倒有大半年被霜雪覆盖。再向东北,便是八荒四极中的"寒"地,由于天气寒冷,人烟稀少,从来无人重视,又由于有维、宁作为屏障,也未并入木莲,因此便成了一块无人管问的土地。但也是宰木家族颇会审时度势,在朝承露召开首次白驹之盟时,根本就没有人关注这块霜雪之地,但当年的栖图野兵首领宰木牛行硬是带着五十个武士,千里迢迢穿山越岭,来到了白驹。

当然,白驹之盟并非什么温和正义的良善聚会,就在大家吵得不可开交之际,自封栖图世家的宰木牛行竟然也成了一股需要拉拢的力量。由此,在白驹之盟的碑文上,竟也加了宰木的名字,并任他胡说了一道边界,定下了栖图一州,而栖图一州的执政,也成了八荒各州执政不是大公便是公爵的情况下,唯一以侯爵自领一州的势力。

虽然得到了八荒各大势力的承认,但这里实在是太过偏远了。本身地处苦寒,宰木家族有了白驹之盟的盟约做了背书,回去后便借助维州的力量,统一了栖图各部,并且在这几十年中不断向荒无人烟的不毛之地扩展疆界,频频传书天下。开始的时候出于礼节,各州还有所回应,但后来八荒逐渐再次乱作一团,又无人知道宰木家征伐的那些古怪地方到底存不存在,便再也没人理会他们了。只是他们那一封封发往日光城和各州的照会从未停过,宰木家的后人也要自请去日光城学习,当然,他们也会带上些许奇怪的特产朝贡。如今,宰木家这数十年锲而不舍的经营终于收到了反馈,日光城在发布第二次白驹之盟的风云诏时,还真的没忘了给遥远的栖图也发上一份。

栖图侯宰木凉田跟豪麻是相识的,当年豪麻和他曾同在周半尺的军中历练,宰木凉田比豪麻大上七八岁,去那里做了几个月策士。作为无人重视的蛮族质子,宰木凉田为人倒是相当温和有礼,对身份更加不堪的豪麻还是颇为照拂的。

两个人互有印象,这次豪麻刚刚入帐,他便遥遥比了一个大拇指。

"豪麻,叫你来,是和诸位公侯见个面。"扬觉动的声音是沙哑的。

扬觉动的话让豪麻十分意外,这一次徐昊原大败亏输,在离火原上损失了绝大部分部属。他对徐子鳜和磐石卫的接应进行阻击,差一点便可以擒住狼狈后撤的徐昊原,也不过是刚刚发生的事情。他马不停蹄地从战场赶回,冲进大帐,是他担心扬觉动的身体,而不是已经知道自己要被扬觉动委以重任。

以扬叶雨、扬觉动父子的声威赫赫,在这些八荒公侯眼中,尚且是"新贵",更不用说籍籍无名的豪麻了。这一屋子人中,除了宰木凉田,根本没有人见过他,见扬觉动如此器重,这些人充满了好奇。因此扬觉动的话一出口,大多数人的目光便开始在军帐内逡巡起来。只有宰木凉田在冲着他会意微笑。

豪麻看了看身上满是尘灰和血渍的铠甲,早知道便应该换了装再来。他正了正兜鍪,大踏步走了出来。

"见过诸位公侯。"豪麻戎装在身,只施了一个半礼。

"武毅侯如此年轻,当真是英雄出少年啊!"维州公鱼新岁拍起手来。

"豪麻,你还记得我吗?"宰木凉田弯下身子,笑嘻嘻的。

"侯爷好,一别多年,不想在此相见。"

"嗯,一晃四五年不见,你也封了侯,日后,我们便爵位相当,可以继续聊天喝酒了。"宰木凉田是一州执政,虽说也是侯

水云乡 211

爵，但分量和豪麻这个侯爵显然是不同的。可他偏偏会聊天，几句话间，便把这几年时光打扫干净，好像两人不过是数日未见的旧友一般。

陈仁川不声不响，还是在一口一口喝着他的茶，而李昊那个年迈的世子李百年似乎已经要睡着了。

"你，就是扬一依的爱人吗？"沉默有时的白有光忽然开了口。他是这诸州公侯中，除了扬觉动之外，第二个披甲的执政。他额头极高，几缕稀疏的头发在脑后扎了一个小小的发髻，双眉内细外粗，就像两把刀子，带着三分咄咄逼人的面相。

豪麻知道，他是白苏玟的幼弟，也是扬一依的亲舅舅，是这十数万人中除了扬觉动之外，另一位和扬一依有着血亲的人。更是这一次扬觉动能够顶住徐昊原的进攻，逆风翻盘最重要的依靠力量，因此今天便和陈仁川一样，一左一右。落座在了扬觉动的身边。

这许多人中，也唯有他，第一关心的不是白驹之盟，而是扬一依，他那个从未谋面的外甥女。

白有光的目光依旧注视着他，豪麻迟疑了一刻。

不管之前有过些什么瓜葛，此刻扬一依已经是南渚大公赤研恭的夫人，他当然想要干脆利落地回答一声，是，但这样真的可以吗？他把目光投向了座上的扬觉动，巨柱的光焰从扬觉动的身后照过来，他没有除下兜鍪，一张脸完全藏在阴影之中，看不清到底是什么表情。

白有光等了一刻，眯起了眼睛，脸上的表情变得复杂起来。"白苏玟说，你才是八荒唯一肯为她而战的人，不管她现在是什么身份，在谁的身边，你连这一点都不敢承认吗？"

豪麻紧紧握住了拳头，他的整个身子都抖了起来。

"朝家的风云诏，此次就是想要借这白驹之盟分裂我们诸州之间的关系。八荒各州，一荣俱荣、一损俱损，这样的联系已经不用我再多说了，"扬觉动的声音又响了起来，打断了白有光的追问，"今日既有白吴、李吴和扬家的互信谅解，昔日八荒最强的旧吴军力便就此复苏，只要吴、宁、南联盟重现，加上诸位的扶持，我们击垮徐氏澜青已成必然，如若木莲再要挑拨离间、意图吞并八荒，我们挥军直上分水原，攻下日光城，也是应有之义！"

"大公运筹帷幄，用兵如神，仁川真是佩服之至，"陈仁川好像一直在等扬觉动开口，他终于放下了他的宝贝茶杯，道，"天下人都知道，只要我们东南诸州联合，木莲不足为惧！不过，我也听闻南渚此次发生了巨变，就要召开的白驹之盟上，那新任的大公赤研恭，会不会倒向澜青呢？"

"赤研恭？我也听说了，就是那个弑父的小畜生吗？"

刚刚还在眯着眼睛的李百年忽然睁开了一条缝。"这样的人怎么能够信任，听说才十九岁，就有如此狠辣的手段，将来还得了？今天他可以弑父登位，将来就算定了什么盟约，难道他就不会毁约背盟吗？"

六

李吴是旧吴大将李景深所创，旧吴李氏的这一支战力不强，但是对白氏的忠诚倒是一等一的。当年扬叶雨倒戈起兵，

水云乡 213

哪怕自己的弟弟李景洪为吴大公白赫无辜赐死，占据东青山的李景深依然响应白氏号召，兴兵平叛，结果被扬家打了个落花流水，只能缩了回去，和白氏遗族白有光联合抵抗，坚拒不降。那时候扬叶雨主掌大安，可谓怀璧其罪，正四面临敌，也就顾不上去解决白吴、李吴这两个依旧打着旧吴旗号苟延残喘的小政权了。

今天这个李百年，便是李景深的长子。他那忠心不贰的老父亲郁郁寡欢，但偏偏健康长寿，已经年近八十还在主掌朝政，他这个世子也便一路做到老，五十几岁了，还在当一个老世子。今天，做了四十多年世子的他，突然发现隔壁邻居竟然十几岁就弑父登位，那自己这几十年的辛苦岂不是看着就像个笑话，这大概也是他突然发起邪火来的原因。

李氏一直以旧吴的遗臣立国，最重正统。就是白有光不是正室所处，因此李景深一直拒绝听从白有光这个白家唯一男丁的指令，这一次也是白苏玟再次出现，他们才不得不举兵跟进。这数十年"正统"下来，迄今已经骑虎难下。显然，在李百年的眼中，"忠诚"便是八荒秩序中无上的道统，像赤研恭这样弑父夺位的行为，更是万万不能原谅的。

"白少主，你刚才这样问他，也是不对的！我也有耳闻，这一位将军和娴公主扬一依的关系，不过两情相悦而已，但现在公主既然已经嫁入南渚赤研家，那是扬大公首肯，两家照会天下、明媒正娶的！你现在这样问他，就算他心中有万般不舍，又该怎样回答你呢？你说，这是不是就是你的不妥了？"李百年说着说着激动了起来，眼睛也睁开了，身子也坐直了。

白有光一见李百年开口，眉头马上皱了起来，越听越不耐烦，道："李百年，你父亲糊涂，你也糊涂，要不是当初我哥哥养了这么多你父亲那样的糊涂蛋，朝承露都拿离火原没办法，一个扬叶雨，便能这么轻易把大安打穿吗！"

"白少主，我称你一声少主，是敬你是白氏后人！可不是我李吴真的奉你为正朔！苏玟公主这一支若不是没了男丁，又嫁了逆贼，你又怎么能有机会抗得起白氏的大旗！"

"李百年！"白有光一拍桌子，腾地站了起来。

"怎样！"李百年涨得满脸通红，也咳嗽一声，扶着桌子站了起来。

两人隔着金盆中的炭火，怒目而视。

"两位，两位，这白驹城都还没进，怎么倒要在这里先自己吵了起来。如果这样，可还怎么共同面对朝守谦的诡计嘛！"看到局面不妙，维公鱼新岁忙站起来和稀泥，"不管赤研恭是不是杀了赤研井田，这终究是南渚内里自己的事情，我们说再多，也没有用处。倒是这次扬大公深谋，将花渡割送给南渚，这样一来，既重创了澜青这个木莲走狗，又能为白公收回被南渚侵占了数十年的白安，这不是皆大欢喜吗？"

"徐氏尚在，那花渡便是澜青的军镇，怎么能随便由我们交给了别人！"李百年还在梗着脖子反对。

"诸位、诸位，"鱼新岁根本没理他，继续道，"我看哪，在座的诸位，就没有没被木莲坑过的？就拿我维州来说，当年若不是受到木莲的煽动，会同宁州一起收留那个金满城吗？若不是收留了这个逆贼，又怎么会累得扬大公兴兵讨要？不会嘛！其实这么多年来，朝家一刻不停地四处挑拨我们之间的关系，就是要伺机下手，妄想一统八荒。而我们除了乱作一团，可曾得到半点好处？还是跟着扬大公，最是守正持公，大家也都开心舒服，我不管诸位意思如何，这一次在白驹会上，我是要首倡扬大公来做这个盟主的！"

鱼新岁在高声表态的同时，不断看向陈仁川，维州虽然地盘不小，但是一直是宁州的附庸，现在既然陈仁川已经公开倒向了扬觉动，那他的发言，必定要在这个基础上更进一步才是。倒是陈仁川十分镇静，一直在不慌不忙地喝着他的翠林甘露。

"今夜，虽然南渚大公不能与会，但是他早已对扬大公的结盟方案深为认同，别看现在李慎为在白驹屯了十几万人马，在扬大公、在我们的联军面前，那也是不堪一击的！"这时候一时没有人说话，鱼新岁竟滔滔不绝了起来。

场上众人，你一言我一语，无非是在讨论在白驹之盟上，大家应该如何一致行动，才能维护自己的利益。当此之时，徐昊原在离火原上兵败如山倒，之前都在观望的诸州执政便不再犹豫，迅速聚拢在了武力最为强悍的扬觉动周围。在这些人中，除了白有光多少有些说一不二的统帅样子，陈仁川是老奸巨猾，向来只会站在有利一方，加上一个陈仁川的跟班鱼新岁、一个糊涂蛋李百年和一个无足轻重的栖图侯爵宰木凉田，白驹之盟中，几乎一半的非木莲势力，便都在这里了。事实上，借着这一次的八荒混战，扬觉动终于获得了执掌吴宁边以来的最好机遇，不但后方无忧，而且可以带着这些盟友，和朝家争霸天下了。

赤研恭会不会倒向木莲？在扬觉动没有拿出花渡的时候，很有可能。但花渡实在太重要了，它既是肥沃的四马原的粮仓，又是赤研家进入中州的跳板，南渚何尝没有争霸天下的野心，只不过受地形所限，易守难攻。最北的原乡，正处在四马原的南处边缘，在正常情况下，想要攻入四马原的腹地，便要面对澜青来自四面八方的攻击。箭炉是一座宏伟的堡垒，保得了南渚的千年安宁，也限制住了南渚北进的脚步，这回如果南渚真的控制了花渡，那八荒的局势就会完全不同了。而只要交出穷乡僻壤的白安，再加上支持扬觉动成为白驹盟主，这一切便可顷刻实现。

是拿到花渡一跃变成中州强权，还是谨小慎微，时时处处看着木莲的颜色行事，这选择太过明显。无论赤研家是谁当家，这都是绝不可能拒绝的条件。

一旦南渚加入扬觉动的同盟，那南渚的附庸长州必然跟着加入。熊耳偏远，和栖图一样，倒向任何一方，都无足轻重。这样八荒中的独立政权便只剩下西北的霰雪、西南的坦提和紧邻南渚的浮玉了。

霰雪原上的固伦柯们一向勇猛顽强，自从朝承露背信弃义处死了牙香公主，一向是木莲的死敌，木莲在八荒以挑拨离间为主，真刀真枪几十年打个不停的，只有霰雪原。而浮玉，是被澜青欺负了几十年，这一次有了复仇的机会，会不跟着一起上吗？

这样算来算去，木莲这一次的白驹之盟，真是搬起石头砸了自己的脚，除了紧邻阳处、相爱相杀的坦提草原外，极有可能面对一个空前强大的反对木莲的攻守同盟，若是一个不小心，在作战上再陷入劣势，中北十州重新被打散拆分，也不是不可能的事情。

然而这一切的纷扰，豪麻现在都无心关注。他满心里想的，都是刚刚白有光的那个简单的问题："你，就是扬一依的爱人吗？"

虽然不过数月时光，可是世事已经沧海桑田，那个温婉明媚的女子，现在究竟又变成了什么模样呢？

这军帐中的天下、家国、道义，都在纷纷扰扰中离自己越来越远了，如果他不是扬一依的爱人，眼前的这一切，到底还有什么意义呢？

等到他恍然惊醒，才发现各州的公侯已经纷纷撤出了军帐，只有宰木凉田走了过来，拍了拍他的肩膀，道："兄弟，别来无恙。"

"凉田兄。"豪麻迟疑了半天，才依着宰木的称呼，用当年的军中称谓打了招呼。

"今日盛会，可喜可贺，"宰木笑吟吟的，道，"看得出来，你还是喜欢扬家姑娘，不要纠结刚才白有光和李百年的吵闹，今日扬大公指定要你代他入白驹定盟，那便是说，将来大安城里，要你接他的位子了。"

"啊？"豪麻一片茫然，"他这么说过吗？"

"他自然不可能这么说，但是你想想，既然赤研恭父亲都可以杀，还有什么不能交易的？如今扬大公横扫八荒，众望所归，必定是我们这个同盟盟主的不二人选。你与他非亲非故，他又有一个弟弟，为何要把你推到前台？你说，你将来要不要辅佐扬家姑娘登上大公之位？"

"我想，这里面有什么关窍，他会很快和你说了，"宰木回头看了一眼，人们退场也差不多了，便点点头，道，"我也走了。"

豪麻也拱手致意，可手还没放下，宰木又转了回来，道："还有一句话，不知当讲不当讲，虽然扬大公如此肯定你，那你会占了哪些人的位置呢？"

他的目光看向了仍在沉默的扬觉动，这一次，他是真的迈步离开了。

巨烛的烛心嘭地炸出了些许火花，豪麻这才猛地想到，整个夜晚的交流中，扬觉动都未曾站起来过，也没有摘下他的兜鍪，细细想来，他的话真的是极少的。

七

"出去。"扬觉动的声音再次响起。

一直站立在他背后的浮明光走了出来，挥挥手，满帐的人顷刻间便退了个干干净净。

刚才还吵闹喧嚷的大帐内一下子空空荡荡，翠林甘谷的清香和甲胄上的腥膻杀气混而为一，在空中徘徊不去。各州公侯退了场，只有金盆的中的炭火还在熊熊燃烧着，一种诡异而清冷的气氛开始在这里弥漫开来。

"大公，诸将还在外面等着。"豪麻深深吸了一口气，眼下的扬觉动话语极少，实在不像他认识的那个雷厉风行的老人。

回答他的，是一声沉重的喘息。扬觉动咳嗽了一声，浮明光看了豪麻一眼，走到他的身边，把他的兜鍪摘了下来。

"这次要你来，我有话对你讲。"如此低沉疲惫的声音让他心惊，这还是那个叱咤八荒的扬觉动吗？

火光掠过了离火之虎那苍白的脸颊，那张脸好像一块玉石，上面爬满了细细的青色裂纹。此刻坐在大帐正中的这个老人，颧骨高耸、眼窝深陷，昔日油亮的长发毫无光泽，不知道在这一个月里，他是如何迅速长出这许多白发。

"大公，你怎么了！"豪麻再也忍不住，迈开了步子。

而扬觉动却缓缓抬起一只手指，在空中虚虚一点，虽然那手臂是如此虚弱无力，但豪麻的脚步还是戛然而止。

"大公，出了什么事？前些日子，不是还好好的吗？"他的声音终于失了平静。

扬觉动并不理他，只在沉重地呼吸着，好像在积蓄着说话的力量。

豪麻只得看向了一旁的浮明光，道："浮相？"

"是白苏玫。"扬觉动的声音充满了疲惫，空空的，好像从极遥远的地方传来。

"夫人？夫人怎么了？"豪麻一时手脚发凉。看来他如此模样，和白苏玫脱不了干系，而白苏玫并不仅仅是旧吴公主、吴宁边的公爵夫人，对豪麻来说，她还有着更重要的身份，她是扬一依时时挂在口边却又不能时时相见的母亲。

沉默了许久，这个昔日威势无双的老人一直在喘息着，真不知道刚才那漫长的会话，他是如何坚持下来又不露出明显破绽的。这一刻，帐中无比安静，只有他胸膛之中传来呲呲啦啦的声响，好像一只破旧的风箱在反复抽动。

"你不要急。出了大安，大公的精神便一日差似一日，在新塘反攻之际，终至吐血，"浮明光掏出手帕，替扬觉动擦去头上的虚汗，缓缓说道，"开始的时候我们只道大公积劳成疾，但没想到几经调理，大公的身子还是每况愈下，以至于到了后来，连马都不能骑了。"

豪麻急了，道："现在八荒局势波诡云谲，白驹之盟就在眼前，大公若是此刻身体抱恙，接下来，还不知道形势会走向何方！"

"这恐怕已经不是我们能够决定的了，"浮明光叹了一口气，道，"这些日子来，大公在新塘指挥作战，每战必捷，我则秘密延请四方名医，来为大公诊治，谁曾想到这些杏林圣手竟一个个都束手无策，最后还是陈仁川的如夫人庞姬随口一句是不是中了寒毒，才一语点醒了我。顺着这个思路想下去，便容易得多了，原来，大公是真的中了毒了。"

"这和白夫人有关吗？"豪麻看着还在艰难呼吸的扬觉动。

"有了中毒的思路，便要追查大公的症状，最后还是大公自己确认，这是中了东北寒地的剧毒阳山雪。这药毒性奇特，中毒人初始并无症状，却会在此后数十日内缓缓病发，无药可救。在离开大安前，大公曾经带你去了暮云台见过了白夫人，在那里，大公不是饮了夫人的一杯新茶吗？"

豪麻眯起了眼睛，尽力回忆着那天的场景。那一日，他们到了白苏玟的房间，扬觉动和白苏玟两人是共饮了一杯。

"那茶里有毒吗？"

"是。"

"可是，大公用的是夫人的杯子，我是亲眼见了夫人先喝下去，大公才端起来喝掉的。自始至终，大公都没有碰过其他的茶盏！"

浮明光长长叹了一口气，没有再说什么。

水云乡 221

"春暖阳山雪、西风不语归。"扬觉动终于开了口。"没有错,她太了解我,知道我有求于她,就是要与我同饮的。若是我没有那么重的戒心,喝了那为我倒好的一杯,反而没事。"

他嘴角竟然露出了一丝苦笑,语气出奇地平和。"这也没什么,我娶她那一年,她十七岁,正是天下王公子弟竞相追逐的对象,虽然骄傲,却明媚可爱。她是白赫最爱的妹妹,也因为我背叛了她的哥哥,这个情,我一生都要欠她的,早晚是要还的。"

"夫人,夫人早就存了和大公共死的心思了?"豪麻的声音都抖了起来。

浮明光缓缓点了点头,道:"她到了新塘之后,便被白有光接回桃城静养了,大概此时,也差不多要发作了。"

又停了好一会儿,扬觉动才续道:"那时候她大概不会想到,也在追求她、说要保护她一生一世的我,有一天,竟会将她锁入暮云台。而我也不会想到,居然会在三十多年后,和她共饮一盏阳山雪。我知道,是谁要梁群把阳山雪带入了暮云台,想不到我纵横一世,还是栽在自己弟弟的手上。"

扬觉动的声音越来越低了。

"这阳山雪是什么毒药?怎么没有听过,可还有解救的法子吗?"豪麻手脚发麻,已经有些语无伦次了。

"怎么这样就慌了?"扬觉动的声音低沉嘶哑,却依然有着凛冽的气势,"我还没有死,要我死,哪有那么容易!"

"唯令!"豪麻慌忙半跪施礼,他当然知道,自己是真的慌了。

眼前的扬觉动,每说一句话,眉头都更紧上几分,似乎在承受着极大的痛楚，而鼻水正从他的鼻孔中缓缓溢出，挂在鼻尖上，晶亮泫然，他却浑然不觉。这样的情形，对于一生利落严整的扬觉动来说，是绝不可能出现的。这一刻，他终于意识到，即便他的思维和智慧还成熟灵活，但他的身体，确乎已经脱离他的掌控了。

扬觉动若是有了意外，陈仁川们会奉谁为尊？这箕尾山口的十余万大军何去何从？白驹之盟会不会分崩离析？李慎为会趁火打劫，领着磐石卫出关横扫离火原吗？他真的不敢想下去，此刻只盼这一切绝不会发生。

"死不了，"扬觉动缓缓挪动了一下身体，道，"想不到老了老了，这朱鲸醉也喝了，琉璃鱼骨也吃了，阳山雪居然也有缘一品。你太小，当然不知道，当年我破大安城，白赫在城破之前，便服下了这来自极东寒地的阳山雪，无药可救。看他苦苦挣扎，却无法毙命，因此我只能用弓弦帮帮他了。那些年，在八荒王公中，这毒药比金子还贵，传说可以令人急冻而亡，毫无痛苦。过去我见过，今日我尝了，全是骗人的！"

"还多亏白苏玟还特地为我留了一剂！"他勉强又说了几句话，还不忘干笑几声，整个身子都在抖动。

扬觉动的毅力绝非常人可比，此刻他的痛苦，豪麻实在是难以想象。他更加难以想象的是，此刻在千里之遥的白吴桃城，那日见到的白苏玟，此时应该也在承受和一般无二的苦痛。

"你，你们，都不要说话了。说完，我便要去睡了。"

扬觉动沉重地呼吸着，费力地大口大口吸着气。

"扬丰烈总是太努力，以为我看不到他在做什么，便开始从心底里怨恨我，真是笑话！他那优柔寡断的样子，我留下整个吴宁边给他，他却连个梁群都斗不过，还想着上我的位，这不是笑话吗？这一次，你去白驹！代我会盟！"

扬觉动看着豪麻，眯起了眼睛。"你单纯质朴，为了我扬家浴血奋战、搏命冲杀，我是放心的。只是把一依嫁去南渚这件事，我始终觉得有些对不起你。"

"大公！"豪麻心里一震，眼睛便湿了。

关于扬一依和自己之间的故事，扬觉动从未和他们二人有过任何商量，许婚是他亲自指定，和亲也是他转念促成，尤其对因之万分痛苦的豪麻，更是从来没有提过一句话，而此时，一向铁血无情的扬觉动居然开口道歉了。早已习惯了独自咀嚼痛苦的豪麻多少有些猝不及防。原来，他也是一直关爱着自己这个冲锋陷阵的马前卒的。

"这一次，赤研恭新登南渚大位，这个年轻人，不简单。可以说，这一次我们和澜青之间的变数和风暴，几乎都是因他而起，他在背后上下其手、火中取栗，弑父登基夺了南渚大公之位，却反过来第一个找我支持，这转弯又干净利落，毫无负担。连我都是啧啧称奇，这件事我要特别叮嘱你，是他已经杀了他的堂弟，转而娶了一依了。"

扬觉动眼神迷离，道："这对于你来说，可能是很难接受的，但你有怎样的想法，我也不想了解，我只是希望你能够告诉我，你还是依旧把她放在心上。你有吗？"

"大公，娴公主的喜乐，更重于豪麻的生命。"豪麻回答得斩钉截铁，看扬觉动的意思，难道，扬一依还是属于自己的吗？

"好，那你便随我好好做，现在更不要急，等到扬家一统八荒的那一天，我便将她重新嫁与你，你就重新迎娶，让她重新风光一次好了。"扬觉动的嘴角露出一丝笑意。"这是只属于英雄的千古伟业，那时候，她便是八荒的新王，你们的后代，将会世世代代君临八荒！"

扬觉动越说声音越大，把手一挥，忽地咳嗽起来，浮明光忙递上手帕。一阵猛烈的咳喘后，那雪白的布片上，满是黑色黏稠的血块。

"烧了它！"扬觉动把手一挥。

八

"你看，我病了，"扬觉动的眼睛看着那手帕被投入金盆之中，道，"所以以后战场征伐，你要由将兵转而多学着将将，才能慢慢成长。"

"大公，你歇歇再讲也可以的，我就在你床前侍候。"豪麻看扬觉动虚汗越出越多，脸上身上的皮肤更加白里透青，莹然有光，忍不住担心起来。

"说什么鬼话！"扬觉动一脸怒容，道，"我今天把你叫到这里，是要你横扫八荒四极，助我扬家君临天下，可不是要你在谁的身前侍候的！哪怕那个人是我！"

扬觉动说着说着，再次气短，努力喘了半天的气，才又睁眼，这一下豪麻倒是再也不敢打断他的话了。

"李精诚、伍青平、浮明焰，他们绝对忠诚，可以依靠，但是在年轻一辈中，你也要有自己的势力，找到愿意和你同甘共苦的人，已是不易，找到那些共进退、同生死的人就更难。只是不管多少年，没有这样一批人，你是永远不可能成功的。"扬觉动的声音渐渐低了下去，眼睛失神地望着金盆中那熊熊燃烧着的火焰。

"金满城、邹远山、白景迁、浮成田，这都是我的军中的好兄弟。当年，他们中的哪一个不是横扫八荒、从不畏死的一代名将呢？"扬觉动口中喃喃，说的，尽是些豪麻从未听过的名字，"可是，他们后来都背叛了我，都背叛了我！"

"大公，我晓得，除了伍侯、李伯他们，我还有甲卓航、邹禁、伍平这些兄弟，一定也会再次同心戮力，打下一片天地的。"

"对，甲卓航。甲卓航不错，甲方田的儿子，果然不错，"扬觉动晃晃脑袋，道，"我很累了，我又看到了他们，他们来找我了。还有苏玟、筱筱，宁州那么远，筱筱也来找我。"

扬觉动的话豪麻已经完全听不懂了，他只得求助似的望向浮明光。浮明光叹了一口气，像要扶起一个孩子一般，把扬觉动倒下去的身体慢慢扶正，道："大公，夜深露重，该休息了。"

扬觉动却一把抓住了豪麻的手腕，道："觉如，是你吗？觉风死了，大哥也死了，我们兄弟四人，只剩下我们两个了，你为什么还要二哥难过？你就一点也不为二哥想一想吗？啊？"从扬觉动的眼角流下两滴泪来，缓缓爬过鼻梁，接着，这眼泪便像刹不住车一样，越来越多，积聚成了两道小溪。"你就这么恨我、怕我、怨我，就跑到了宁州去和他们一起对付我吗？为什么！"

"大公。"豪麻想要去扶起扬觉动,结果一只手腕却被他牢牢攥住,气力奇大无比,他不敢过于用力,只能继续保持着倾听的姿势。而扬觉动攥着他手腕的这一只手,像一个烧红的铁环,渐渐发起热来。他大着胆伸出另外一只手去触摸扬觉动的额头,烫得厉害。

"这可怎么办,"他抬起头来看向浮明光,"叫医师吗?"

浮明光铁青着脸,只是缓缓摇了摇头,道:"没用的。"

"我把吴宁边还给你,都还给你好了。"

扬觉动缓缓说了这一句话之后,终于放开了豪麻的手,浑身松弛下来,向后倒在了椅背上。

"报!"在大帐门口的守卫掀开布帘跑了进来,兜鍪也歪掉了,脸上高高肿起,还带着五个指印,"百济公要求觐见大公,我们、我们拦不住。"

"废物!"浮明光一句话还没说完,大帐门脸已经被掀开,一股冷风冲了进来,当头一人,正是身材高大的百济公扬丰烈。

"浮明光,大公究竟如何!各州主政相商后,你屏退众人,独留武毅侯在这里,想做什么!"

浮明光却没有回应,只是向前一步,自己的影子被金盆中的炭火拉长,正好挡在了扬觉动的身上。

"什么时候大公说请诸位在帐外等候,却有人敢掌掴护卫,擅闯中军了?"豪麻也依样画葫芦,也向前一步,冷冷道。

"这……"

还没等到扬丰烈再次开口,一起涌进来的耿三波、方井塘等人已经开始面面相觑,大帐中一片难堪的寂静。倒是一直远

水云乡 227

远跟在众人身后的楚穷,悄悄向后一缩腿,便退了出去。

"大公!小弟来了。"扬丰烈不肯善罢甘休,犹豫了片刻,还是喊了一声。

"我把这吴宁边,都给了你好了。"一个沙哑的声音悠悠从浮明光和豪麻身后的暗中传来,飘飘忽忽,带着一点戏谑和阴森。虽然听起来怪异,但这的确是扬觉动的声音。

刚刚还气势汹汹挤进来的人们一下子炸了窝,马上都跪伏在地,手脚并用,悄悄地退了出去。只有扬丰烈左顾右盼地坚持了好一会儿,终是双拳一抱,见礼道:"扬丰烈闻大公身体有恙,特来请安,还请恕罪。"

他和众人不同,拜下去后,便一动不动在那里梗着脖子等,直到浮明光上前去,在他耳畔说了几句什么,才默不作声地转身离开了。

常在刀口上讨生活,哪能对危机没有感觉呢?只这么几句话的工夫,豪麻的整个后背都被冷汗洇透了。

浮明光转过头来,看了看双目无神的扬觉动,忽地道:"武毅侯,大公已经是强弩之末,你若是想要不负大公所托,要早做打算了。"

豪麻深深呼出一口气,道:"浮相,你这是什么意思?"

"若是大公真有不测,"浮明光停了片刻,字斟句酌道,"我说的是若是,恐怕在白驹之盟上,死无葬身之地的,便会变成我们了。"

豪麻看了一眼已经沉沉睡去的扬觉动,道:"那浮相认为,应该怎么做呢?"

"大公已经成了这般模样,东南七州再无人能够统御,你就算代表大公进入白驹,一时瞒过了木莲众人,可终究瞒不过自己人。"他的眼睛望向了军帐门口。"当下有定盟的人有实力的,除了大公,便只有日光木莲了。"

"你是说,要我投靠日光木莲吗?"豪麻马上警觉起来,后退一步,拦在了浮明光和扬觉动中间,强压愤怒,道,"那大公三十年来南征北战、辛辛苦苦,又是为了什么!"

浮明光没有说话,只是凝神看着豪麻,看了好一会儿,才道:"我自然不是这个意思,我的意思是,大公若有万一,娴公主和梦公主都不在,吴宁边难免会变得四分五裂、一盘散沙。更糟糕的是,这一次,大公主是固原公夫人,李慎为随时可以将她找来白驹,而娴公主更是可以确定地正随赤研恭北上,吴宁边,总不能白白送给了木莲或者南渚吧?"

豪麻的手这才离开了刀柄,道:"浮相,自幼是你传授我刀弓戎马,若不是我如此了解你,刚才险些认为你要背弃大公了!大公对我的叮嘱,我铭记在心,如今八荒变乱,若是白驹之盟因为大公的意外,而使我们陷于孤立,也未必没有机会。现在我们已经有了花渡、商城和新塘,更是全数收回了离火原!这情形,怎样也不会比三个月前更坏,只要大家精诚团结、勠力同心,我相信一定能够实现大公寄予的希望。"

豪麻的振奋是出于真心的,他此刻心中所想的多半还是扬觉动对于要他夺回扬一依的肯定。有了扬觉动这样的承诺,好像无论是五十年还是一百年,对于他来说,都不再是一个遥不可及的梦想。而他豪麻,只要认定了一个目标,哪怕有再多的困苦坚信,也是一定会达到的。

"你有没有想过,为什么今天,大公要单独和你对话,却没有放百济公进来。"浮明光沉吟良久，又说了一句话："在陈仁川和梁群勾结，想要分裂大安的计划中，百济公也曾袖手旁观、伺机而动，你知道吗？"

这一次轮到豪麻沉默了。

"我知道，可他毕竟是大公的幼弟，这一层的关系，是无论如何也抹不掉的。"

"大公现在身体有恙，在明天你和大伙儿出发去南津与盟前，我可以以大公的名义，单独约百济公来和你沟通，地点时间由你布置排定，你看如何呢？"

"不必了！"豪麻毫不犹豫地予以拒绝，道，"我不过一个外人，怎么能够号令百济公呢？若是大公苏醒后知道我擅自行事，一定会斥责于我。我既然领命与盟，便要在外尽力为我方争利，后方有了百济公和他的风芒骑兵，我应该更加放心才是。"

豪麻向后走了两步，看到倒在椅上的扬觉动灰白的双鬓，不由得心中升起了一股苍凉，就算是纵横八荒的枭雄又如何，一样也要面对生死无常时的软弱和彷徨不是吗？

刚刚扬觉动的言语，已经出现了明显的混乱和谵妄，以他纵横八荒四十载的戎马生涯，那些陌生的名字后面，不知道有多少精彩绝伦的故事，可惜，今天已经没有人再去追索了。

大公戎马一生，难得沉睡一场，而人生，不就是梦的延长吗？

第六章 南北

进城的这个早上，果然落了霜，大队的车马挤挤攘攘，路两旁短短的草根都被轧入了泥泞之中。南津城下驻扎着来自各州的军队，南腔北调、吵吵嚷嚷，服饰花色各不相同。南渚赤铁也有一块早就划分好的驻地，但扬一依要跟着赤研恭即刻入城。在城外乱糟糟的各地驻军中，她一眼就认出了豪麻的望江营。

一

"大公加冠。"典史朱盛世中气十足地高声宣布,鼓乐齐鸣,目力所及,除了维护秩序的赤铁和外州观礼的使节,南渚的百姓全部跪倒在地,黑压压地填满了灞桥的大街小巷。

"呈上锦冠!"

百尺楼是灞桥的最高处,朱盛世的话音刚落,海风忽地大了起来。经过了几个月的酷热,这鸿蒙海上的来风终于也带上了一丝凉意。

扬一依已经有了六七个月的身孕,此刻穿着宽袍大袖,也随着赤研恭迎风而立,看着百尺楼那一条盘旋周折的长长木梯。

等了好一会儿,眼前终于出现了青云坊坊主周道的身影,他年事已高,行走得极为缓慢,好不容易走上前来,已是气喘吁吁。他颤颤巍巍地从司礼手中接过那顶火红的海兽锦冠,道:"世子,戴上这锦冠,你就是南渚的第四代大公了。"

赤研恭双手背在身后,身子笔直,丝毫没有要弯腰的意思,道:"周先生,你说错了,是南渚的第九代君王。"

"啊,是,老朽糊涂了,是南渚的第九代君王,"周道轻轻咳嗽了几声,道,"那就请王上敬拜五星七曜,让老朽为你加冠吧。现在,全南渚的百姓都在等着为王上欢呼,整个登基大典就全部完成了。"

赤研恭抬头看了看天上,忽地道:"这大白天的,哪里有什

水云乡 233

么五星七曜?"

"这?"周道一时有些语塞,"登基大典,惯例,是要敬拜天神的呀!"

赤研恭回转身去,对着百尺楼下那些百姓长袖一挥,道:"敬鬼神,不如敬苍生!井田大公,一向尊神敬天,还不是为奸人所害了吗?"

他回身看了扬一依一眼,道:"公主,我说的对吗?"

"你说的,自然是对的。"扬一依笑得温婉,伸手去拿那海兽锦冠。

"世子三思,这海兽锦冠千年来,可是没有经过外人的手啊!"周道伸出一只手按在那锦冠上,胡子都在微微颤抖。

扬一依看看赤研恭,他依旧看着面前的灞桥城,没有任何反应,便继续伸出手去,一把把那海兽锦冠抓在手里。

她施施然走上前去,轻轻解开了赤研恭的发网,把这海兽锦冠小心地为他一点点装了上去,用力抽紧了带子。

赤研恭抖抖肩膀,从铁木海兽椅上站了起来,向前一步,好让整个灞桥的人都能看到自己的样子。

"礼毕!"朱盛世瞟了一眼六神无主的周道,很快便决定忽略他,如约履行了他典史的职责。"恭贺大公加冠登基!"他的声音被百十个令官重复着,形成一股浩大的声浪,一波波传了开去。

百尺楼上青旗挥动,很快,落月湾海神寺遗址中的清明钟便遥遥发出了激越高远的清音,穿过这青天白日的朗朗晴空,在灞桥上空久久回荡。这代表通禀五星七曜的十二声钟响一结束,早就准备好的三十二尾白杆旌节便竖了起来,紧跟着,百尺楼前,大半个灞桥的百姓开始了他们的颂念:

"星曜其灿，南渚既昌，吾公万寿而无疆！万寿无疆！"

阳光照在海兽锦冠的金丝银线上，发出道道光芒，赤研恭一脸沉郁，志得意满地双手凭栏，在百尺楼上迎风而立，享受着这一刻只属于他的荣光。

扬一依看看百尺楼下拜伏着的南渚百官，为首的三人中，那个身材微胖、气血充盈、跋扈嚣张的身影已经不见了，代替他的，是高大沉默的李秀奇，他兜鍪上那黑铁制成的尖刺上，盔缨总带着一抹鲜红，像是这水波一般的青衣玄甲中的一点小小火焰。

曾经一人之下、万人之上的赤铁之虎赤研瑞谦家族，被赤研恭连根拔掉了，谁让赤研瑞谦居然胆大包天，协同其子南海侯赤研弘发动兵变，谋害大公赤研井田，又纵火焚烧灞桥呢？

赤研瑞谦的赤铁连同他们标志性的赤甲，此刻已经消失殆尽，取而代之的，是李秀奇的野熊兵和陈兴家的青石兵，而得到消息匆匆从箭炉返回灞桥的赤铁残部，已经没有资格再参与新大公的登基盛典。此刻自都尉以上，都被革职待审，等待重新甄别任命呢。

灞桥夜火，让扬一依真正看到了赤研恭的手段，他利用赤研井田架空了将信将疑的赤研瑞谦的同时，更利用青石营兵迅速掌握了灞桥的局面，赶在李秀奇进入灞桥前，秘密弑父夺权。在那个血腥的夜晚，当米勇满头大汗地率领着淳族骑兵、拥着赤研星驰的棺木赶到太庙时，一切都已经结束了。

狼狈的南渚百官，厮杀了整夜的死士，沉默的羽客和策士，在那白橡木的棺木被隆隆推进太庙的空阔大堂时，都没有了声响。穿过人群，她可以看到道婉婷惨白的脸颊。直到赤研恭开了口:"打开它。"

可不知道是什么原因,虽然那棺木并没有用木钉锁死,却怎样也无法开启,无奈之下,淳族骑兵们甚至拔出了腰刀,却不敢下手,都看着米勇,而米勇则求助般地看向了米容光。

米容光缓缓点了点头,四把钢刀便插入了棺木顶盖的缝隙中,但也可能是潮湿膨胀,那钢刀插入一寸,便再也伸不进去,一时之间,为了打开棺木,这个本就凌乱的夜晚,变得更加混乱了。

在众人几番努力无果之后,赤研恭的脸色变得极为难看。浮成田在她耳畔小声道:"要我们去开棺吗?"

那一刻,扬一依心里想的是,若是普通的棺木,根本经不起这番折腾,恐怕早就开了。然而此刻这许多人的努力,它却依然故我,大概,便是赤研星驰不想再被打扰了吧。可这又怎么可能呢?且不说赤研恭必定会对他这个南渚大公之位的竞争对手验明正身,道婉婷,甚至自己,心底那模模糊糊的期待不是还一直存在吗?

也许儒雅风流的赤研星驰并没有在那个污秽的夜里死去,有一天,他还会骑着他的灰风,再次出现在野非门下,漫步灞桥街头、出现在青华坊上。

若是那铁木海兽椅上,坐着的不是赤研恭,而是赤研星驰,又会如何呢?

也正是因为有了这样的迷思,扬一依才更清楚,赤研恭不亲眼见到赤研星驰的尸体,是绝对不会罢休的。

她只能点了点头。

浮成田接过弟子手中的大锤,走上前去,把那棺木仔细观察一番，确定了位置，抡圆了大锤，当的一声重击，那棺木出现了一道裂隙。他并不停歇，又是两记重锤击下，那严丝合缝的棺盖终于错开了寸许的距离，空气中马上腾起了一股腐朽的衰败气息。

扬一依情不自禁地想要上前，可却被杜广志一把拉住，道："公主，现在你有孕在身，是不能见尸气的。"

她只好停下了脚步。而在对面，道婉婷已经走到了那棺木前，那灰白的脸色，更罩上了一层寒霜般的雾气。

适才毫无建树的淳族骑兵这时候都拥了上来，拉的拉、撬的撬，终于把那棺木顶盖弄得轰然倒地。

"拖起来。"赤研恭用袖口捂住口鼻，向后退了几步，闷声发出了命令。

几个身强力壮的淳族士兵硬着头皮上前，慢慢把那棺中的尸首拉了起来，满是石灰的棺木中，青烟弥漫。扬一依离得再远，也可以认出，那一具精心处理过的毫无生气的躯体，正是那个在淡流河畔陪自己纵马漫步的赤研星驰。

在尸首的脖颈处，已经用精甲细密包裹，但露出的一点点皮肤上，还可以看到缝补过的针脚，那么流言其实都是事实，前世子赤研洪烈的唯一的儿子，南渚冠军侯赤研星驰，的确是在阵前被自己人斩首而亡了。

"夫人，夫人！"

一直面无表情的道婉婷突然昏厥，导致现场一阵忙乱。

"收了去。"赤研恭挥挥手，转过头来，却若有所思地看向了那享殿正中的和合棺，叹了一口气，拂袖转身去了。

"万寿！"那震天响的颂声终于落幕，赤研恭走上一步来，

水云乡 237

一把握住了扬一依的手。

"大公,接下来……"

朱盛世的话还未说完,赤研恭道:"我累了,今天就到这里吧。"

"可是,先公的灵柩还没有祭祀入庙。大公,你看……"

"人都死了,有什么可祭祀的!"赤研恭忽然变了嘴脸,刚才那脸上的春风得意一瞬间化为乌有。

他向百尺楼下那黑压压的文武百官看了一眼,道:"青华坊议事。"

"唯令!"朱盛世识趣地退了开去,催着身边的令官赶快去传消息。

这一边,赤研恭却不管扬一依行动不便,拖着她咚咚咚咚地下了百尺楼,登基大典不比寻常,此刻靳思男、杜广志都不在身边,她被拉得左摇右摆,心中大骇,生怕一个不小心摔将下去,那腹中的孩子便多半要保不住了。

好在百尺楼高,过了几个转弯,到了民众目力所及的范围之内,赤研恭便放慢了脚步,脸上也露出温和的笑容来。扬一依虽然脚步踉跄,总算也躲过一劫,她自幼也是对周遭环境极为敏感的人,稍稍稳了稳心神,惯有的笑容也浮上了脸庞。

"大公,我现在还是罪臣之妇,你这样牵着我,可好吗?"

二

"我说了,我会给你世上最盛大的婚礼,我们是八荒的王和后。"赤研恭面带微笑,拉着扬一依的手,一路微微颔首。"我一个弑父夺位的世子,你觉得我会在乎什么仪礼吗?"

"不,大公没有弑父,是威锐公谋反,先公不幸罹难。"

"不错,你说得对,"赤研恭轻轻举起扬一依的手,道,"来吧!"

他踏着仆从的后背,登上了早在百尺楼下停好的清风琉璃车,又把扬一依拉了上来。

木轮在灞桥的青石街道上摇晃着,今天是南渚登基加冕的大日子,就算被烈火烧过的灞桥依旧余焰未尽,多的是一片片的废墟瓦砾,可死里逃生、惊魂未定的民众却很快振奋了起来,毕竟恭世子早就是那个众望所归、克承大统的储君,一上来又先扫除了骄横凶暴的威锐公家族,那陷入兵灾之中的南渚,多少也算是有了一丝转机了吧。

"你为何一定要娶我,真的钟情于我吗?"琉璃车上,赤研恭仍紧握着扬一依的手,看起来,真是呵护备至。这情形,之于她的丈夫赤研弘,是从未有过的。扬一依虽然对于赤研恭的权术心机已经有所领教,但是心里未免还存了一丝期待。她又想起当日阳宪小镇旁,赤研恭亲自郊迎,和自己并肩纵马的情景,那时候,就算他心机似海,是不是也有半分的会意欢喜呢?

"白吴的卫曜进了灞桥了,你知道为什么吗?"赤研恭忽地说了一句完全不着边际的话。

"卫曜?"扬一依愣住了,"那不是白安叛军的头目吗?"

"不错,就是他,他这次来,是要接走你的堂兄扬慎铭。"

"这是怎么回事?"扬一依糊涂了,本来自己嫁入南渚,扬慎铭和李子烨的职责也便结束,可当是之时,八荒大乱,从灞

水云乡 239

桥通向毛民的道路断绝，李子烨坚持要离开，但扬慎铭便心虚得很，生怕出了什么意外，他虽然是个有名无实的扬家人，但多少还有一个"名"在，于是赤研井田便顺势把他安顿在了灞桥，变成一个可有可无的质子了。只是这一次，为什么卫曜却来要接他走，又去向哪里呢？

赤研恭那温润如玉的脸上扬起了半根眉毛，道："最近灞桥实在是太过混乱，也不怪你不知，令尊已经和白吴执政白有光握手言和，重归于好，白吴既然倒向了令尊，李吴自然也不会独自见外。这样，虽然徐昊原挥军猛进，攻克了大安，但是到了柴水流域，要面对的已经是三吴联军，他后劲不足，再也攻不动了。"

"大安，被攻陷了？"扬一依一片茫然，刚才赤研恭的话语中，埋了无数的信息，她却最先想到了她的鸣琴轩，想到了百望台上的落日和朝阳，想到了西望无际的离火原。还有，那每年只能去一次的暮云台。

大安，那固若金汤的城池，怎么可能被徐昊原攻陷呢？

"所以说，这正是令尊的凌厉之处，令尊回了大安，先斩了在背后使绊子的迎城侯梁群，重掌军政大权，接着，便是坚壁清野，主动放弃大安，退至新塘。又不知道用了什么方法，居然能够和白有光重归于好，这一下，徐昊原就惨了。"

看着赤研恭那正在放光的眼睛，扬一依忽地意识到，父亲回到吴宁边之后，真的毫无意外地重新崛起了，也正因为这样，对于赤研恭来说，自己也变得更加重要了。

"本来我也不想要徐昊原彻底打垮扬家，如果扬大公败了，我就算倒向木莲，也便无足轻重了，不是吗？可是我还是没想到，扬大公不但盘活了新塘的残兵，顺便还借着白吴的军力，把李秀奇安排去商城截断李精诚大军后路的棕熊部也击退了。"他感慨道："这样可坏了，新塘、柴城、商城被你们打通，那花渡的突袭就算失利，多半也可以平安撤回了。这一盘棋，居然反客为主，精妙如斯啊，是不是？你是了解他的，他是真的了不起啊！"

"可是卫曜？"

"是了，卫家的惨剧我参与了，不过，谁知道呢？如今我父亲已经仙去了，他那仇恨，也便没那么浓郁了吧？白安之乱，自然是白吴在他身后支持，因此，这一次是他替扬大公带来了和我南渚重新定盟的条件。"

"他，他说什么？"扬一依禁不住紧张起来，这一瞬间，她忽地十分渴望，也许父亲会以支持赤研恭这个新晋大公为条件，将自己换回吴宁边呢？这几个月来，在灞桥，她不敢有一丝的松懈和软弱，已经经历了太多的折辱和凶险，若是能再回到大安城中，即便是和豪麻两个人相对无言地默默度过余生，好像也变成一件值得期待的事了。

赤研恭道："枭雄，扬大公是八荒的猛虎，天下的枭雄！你知道吗？令尊的气度真正不凡，他早已知道我在八荒此次变乱中的角色，还依旧希望达成三吴、宁州和我南渚的联合，重新和日光木莲一较短长，并且提出了我不能拒绝的条件。"

"他到底说了些什么？"扬一依再也镇静不下来，声音也颤抖起来了。

"你也很想知道是不是？"赤研恭回手轻轻抚了抚扬一依脸庞，道，"他要用花渡来换卫曜的白安。我仔细想了想，李秀奇从四马原撤了回来，这花渡就真的被你们南方三镇攻了下来也说不定，这还真是一笔无法拒绝的好买卖啊。有了花渡，我们便终于可以转出金麦山，深入四马原，不但有了金灿灿的粮食，还有了将来北上的一马平川啊！"

赤研恭口中啧啧有声，眼神中都带着光。

"哦。"扬一依的心中几许失望，父亲连背信弃义的盟友都可以再次联合，可是他的女儿呢？他已经忘记了在南渚灞桥，他还有一个有孕在身的女儿吗？

"所以我说了，我会给你一场八荒上最为盛大的婚礼，只要赤研家和扬家盟约永固，那这八荒的未来，岂不就是在你我的手中吗？"

"你不了解他，如果一定有一个人可以推翻日光木莲，完成天下一统，那个人一定是他本人，你是没有机会的。"心情平复下来之后，扬一依再次开口。

在父亲失踪，吴宁边危在旦夕的时刻，她站了出来，她是扬家的儿女，为此牺牲付出，再怎么样，都是责无旁贷的。可是今天，已经回到大安的父亲，真的有把自己当作他的女儿吗？无论是远嫁木莲的大姐、自己，或是被最先许给赤研恭的小妹，身为扬家的孩子，就注定要承担这样被漠视的命运，成为八荒上权力交易的质子吗？

可以想见，如果她这样质问父亲，会得到怎样的回答。这也是她从来不敢质疑他的原因。父亲对自己说，这世上不是每个人都有机会做自己的，如果你不想成为质子、礼物，那便要成为操纵棋盘的那只手。

是的，扬一依在这一刻忽然意识到，自己的心其实和扬觉动一般冷硬无二。若是换了自己是执掌吴宁边的一地大公，怕也会这样做吧。

她摸了摸自己的小腹，隐隐可以感受到里面的小生命在蠢动。这是自己的孩子，如果他现在已经知道了自己一生的命运，便是注定和他的母亲一般无二，他会开心吗？

扬一依紧紧握住了拳头，最近的她，未免太过多愁善感了。

扬一依自以为的攻击并没有破坏赤研恭的好心情。为了筹备登基大典，这些日子，整个灞桥都动了起来，要灭尽残焰，也要洗刷掉那一夜的血腥。这一次，要在青华坊中进行的，是对各城镇军政统帅的受节之礼，原本属于赤研瑞谦的公爵之位，赤研恭已放给了那个面上看不出悲喜的李秀奇。而接替赤研瑞谦主掌灞桥赤铁的，却是青石年轻一代的翘楚，陈振戈的大哥陈振羽。

"没关系的，扬大公想要席卷八荒，那我便跟在他鞍前马后，反正没有人可以永生不死的，我们这样年轻，扬大公百年之后，我还有你呀！"赤研恭开心地笑了起来，那玉石般的脸庞上莹然有光，唇红、齿白，若是自己在少女懵懂的年岁遇到了他，也许会真的为他心动的吧！

青华坊就要到了，一路上琉璃车的木轮已经晃得扬一依极度不适，在这里下了车，陈振戈、靳思男等一众人等早就在这里等候了

下车之前，赤研恭把头凑了过来，道："不管扬大公能不能拿下花渡，我们很快就要北上了。"

"北上？"扬一依既不惊讶也不兴奋。确切地说，在这里还

带着最后一丝暑热的灞桥，她根本感觉不到自己的存在。

"是，日光王朝守谦自领中北十州，向着天下公侯发出了十三张风云诏，"啧啧，他赞叹地摇了摇头，"天下风云出我辈，上次他的先祖朝承露发出风云诏的时候，也不过三十几岁的年纪呀。"

"白驹之盟？"扬一依好像忽然反应过来了。

"不错，待我和三吴达成一致，我们便启程，去白驹。"赤研恭拂拂衣袖，走下了琉璃车。早有路旁两队赤铁轰然拜倒，大礼相迎。

"白驹之盟？"扬一依口中喃喃，白驹便在风旅河畔，那里，岂不是离他更近了？

三

"大公驾到！"青色的华盖高高举起，挡住了头顶的天空。

微风浮动车檐上的七宝流苏，仿佛又回到了初到灞桥的那一天。

青华坊前照例是两排气宇轩昂的兵士，不过这一次，没有大雨倾盆，当头来迎的，也已不是微胖的威锐公赤研瑞谦，而是身材高大的平武公李秀奇。在赤研星驰灵柩入配太庙的当晚，由于四门守备校尉文兴宗突然失踪，灞桥赤铁乱作一团，野非门也莫名其妙地轰然洞开。青石侯陈兴家手持赤研易安的遗诏，率领青石营兵冲过灞桥，对朱漆雕栏的威锐公府发起了猛攻。

哪怕陈氏父子把赤研弘绑到了武英公府前，威锐公赤研瑞谦仍拒绝了劝降，在漫长的对峙后，赤研恭终于失去了耐心，青石营兵副都统陈振羽遵令放了一把大火，显赫一时的威锐公府就这样被烧成了一片灰烬，二百赤铁死士和威锐公赤研瑞谦全家一起，最终都被大火吞噬。也是这一把火，不仅烧掉了威锐公府，还蔓延开去，连带烧毁了西灞桥连片的富贵宅邸，死于烈焰者不计其数。鸿蒙商栈和威锐公府的两场大火，让青水两岸都变成了一片废墟，自此，灞桥这座百年未有变乱的繁华都市，近半房舍化为焦土。

待到第三日清晨，平武侯李秀奇率领野熊兵赶到灞桥城下时，城中烈焰依然没有完全熄灭，他是冒着空中飘飞的灰烬穿过野非门的。这座城池已牢牢控制在青石陈家的手中了。

和大公赤研井田遇袭身亡的消息一起到来的，还有世子赤研恭的册封诏书，平武侯李秀奇晋升为公爵，守地仍在平武。这一次，身在边陲数十年，对青华坊不得其门而入的李秀奇，却因为一次莫名其妙、毫无建树的征讨，反而跻身南渚三公的行列了。

这一场变乱后，青华坊的权力格局也发生了微妙的变化，镇南公李楚和武英公陈穹都没有出现在赤研恭的登基大典上，李楚的托词是年事已高，而陈穹则在是夜大乱中偶感风寒，卧床不起。因此今天迎接赤研恭的重臣中，只有李秀奇特出在前，他的身后是青石侯陈兴家，在陈兴家的身侧，还有一位面无表情，只行了半礼的魁梧男子。他比高大的李秀奇还要高出半个头，两腮刮得铁青，头上没有兜鍪，只绑了一根赤色的发带，正在风中乱舞。

这个人，大概就是那杀人不眨眼的白安悍匪卫曜了。赤研

水云乡 245

井田在野非门下为他准备的那个空空的首笼,终究没能把他的首级收入其中。

扬一依心中极是感慨,她冒着烽烟穿过离火原,听过了太多关于白安野熊的传说,卫氏一家也是青华坊欲除之后快的死敌,而今天,那位被说成恶魔厉鬼的白安乱兵首领,却正大摇大摆站在李秀奇的身边。李秀奇是她入箭炉最先见到的南渚大将,当日淡流河畔,这个男人身侧还有另一个俊朗的青年将军与他并马而行,而如今,李秀奇的鬓角不过多了几根白发,容貌一如昨日,而赤研星驰已是太庙中海神雕像下的一具枯骨了。

赤研恭松了扬一依的手,在众人的簇拥下向青华坊中明堂走去。

站在这条前后望不到尽头的青石路面上,即便左右都是垂手而立的兵士,身边是如云的仆从,扬一依的心里仍是涌上了无穷无尽的孤独。

她还记得初入灞桥的那个雨天,雨水像道道丝线从阴沉的天空中滑落,两旁的青石缝隙里都是积水,一下花车,便打湿了自己的靴子。那时候,自己心中满是不甘和怨愤,想着终有一天,会等到豪麻的铁蹄踏入灞桥。那时候,赤研星驰的肉身也好,赤研恭的殷勤也罢,多少还让她处在迷梦般的亢奋之中。而随之而来的屈辱夜晚,更让她确信,自己一定会让这城池云雨翻覆、星辰倒悬,他们不是说,自己是火神的渡鸦吗?

那此刻正该是她凶猛唳叫的时刻,不是吗?

可一个人的心气,是很难始终保持高昂的。

两场大战、一场变乱,本来希望趁火打劫的南渚元气大伤。赤研恭的勃勃雄心更加旺盛了，而自己呢？先是被父亲许给了豪麻，又转嫁给了赤研弘，最后，却被赤研恭夺走。这八荒上王公们的你来我往、聚聚散散，原来并没有她的位置，哪怕，她是扬觉动的女儿。无论自己如何挣扎，这磊落八荒，依旧是属于手中握刀的男人们。

她深深吸了一口清冽的空气，忽地发现，这灞桥的四季转折竟如此突兀，刚刚还是盛夏，眨眼间，含笑花便在秋日的凉风中瑟缩着凋落了。

"公主。"陈振戈随着人们走向明堂议事，靳思男看到了自己，却快步迎过来了。

"在这里还叫公主？"

"啊？"靳思男左右看看，低声道，"真是，就改不过来了。"

自从认识了陈振戈，这个自幼便陪在身边的小丫头愈发不同了。今天，她素色外衣下露出白色的云锦来，连眉目都仔细画过了，头上更带着一支精巧的钗子，在那翡翠钗头上，两只惟妙惟肖的蝴蝶正轻轻颤动，好像活的一般，在迎风起舞。

父亲刚刚从宁州把她带回来的时候，她还是个腼腆不谙世事的小女孩，谁能想到，今日稍作打扮，竟也可以如此明媚可人呢？

"陈公子么？"扬一依微微一笑。

"是他了，"靳思男叹了一口气，看向前方人群中那个渐渐远去的背影，"这一次按理说他是立了大功的，却不知道为什么没有晋升他的爵位。"

"他不需要的，大公可信赖的人不多，还是要他留在身边的。"扬一依迈开步子，走入青华坊中。

水云乡　247

灞桥虽经劫难，这青华坊中的亭台花榭却一仍其旧，枝繁叶茂、芳菲盛开。扬一依绕开议事的明堂，走入青华坊后一连串的曲院回廊中，这里荡漾着的一池春水与青云坊中的金叶池相通并联，最终，都汇入滚滚青水，奔流入海。

在这弯碧水之上，也有一座海潮阁一般的消暑胜地，唤作平溪亭，一向幽深僻静，现在秋凉，又逢灞桥朝野剧震，这里更是再也见不到半个人影了。

"你和陈公子怎样？"落座在平溪亭中，水声激激，凉风拂面，别是一番清爽。

"他是世家贵胄，我能和他怎样？"靳思男摇摇头，道，"只是听说，很快他便要和大公一起北上了。"

"是吗？难不成我扬家，便不如他陈家了？"

靳思男一愣，忙道："夫人，哪里敢这样说，我不过是个婢女，你可不要再吓我了！"

"若是我们也跟了一起去，你觉得好不好？"扬一依没有理她的回应，柔声道。

"啊？夫人有孕在身，是不适宜车马劳顿的呀！"

话虽这样说，但扬一依分明看到了靳思男的眼睛亮了起来。

"反正陈公子去，你若想去，我便跟大公说，便一起去；你若不想去，那我便留在灞桥好了。"扬一依盯着靳思男，有意开她玩笑。

"啊，那，这，还是不要去了。"靳思男倒也没有十分犹豫。

"怎么？要撇下我，自己跟了陈公子去吗？"

"哪里有！我自然还是要留下来服侍夫人的！"靳思男的脸忽地红了。

看靳思男急起来，扬一依笑道："好了，我不过看你反应罢了。这一次，能见到父亲，我是无论如何要去的。"

"肯定是好一场热闹，"靳思男点头，"听说，这风云诏也有七八十年再没发过了。"

"是啊，父亲一定会去的，他平生最喜欢吓唬人，这样的时候，怎么会缺了他呢？"

"可是，"靳思男有些小心翼翼，"听说这风云诏没有发给大公，而且，我听说，前些日子，大公已准备退出大安了。"

听说，她还能听谁说，一定是陈振戈了。

扬一依道："大安已经被攻陷了。"

"啊？"靳思男，大安陷落，便是再遥远，她的手也情不自禁地放在了薜荔的刀把之上。

"是啊，不知道鸣琴轩里那把古琴还好不好？"扬一依叹了一口气。

"怎么会这样？"靳思男还是一脸不可思议。

"这八荒神州可不就是这样，"扬一依眼望着湛蓝的晴空，道，"大安原也不是扬家的，可终有一天，我们总是要回去的。"

"这么大的事，他不会不知道，却也没有告诉我。"靳思男似乎泄了气，一屁股就坐下了。

"不跟你说，也许是不要你心惊呢？你的眼光比我好，跟赤研恭比起来，其实陈振戈温厚得多。"扬一依站了起来，道："大安虽丢了，可吴宁边却没败，你知道离火原上，正在统兵作战的是谁吗？"

靳思男眼珠一转，道："公主这样问，那便一定是武毅侯

水云乡　249

了。啊，这样便不怕了。"

"为什么不怕了？武毅侯特别会打仗，你就比较放心吗？"

"武毅侯岂止是战无不胜，而且，而且……"靳思男有些左顾右盼起来。

"说呀，而且什么，我想听。"

"而且，他是最在意公主的，说武毅侯为了公主，可以把整个八荒神州都点着，也不会有人不信吧？"

"是哦，他真的很厉害的。"扬一依也不自觉微笑起来。

四

千里之外的离火原战火未熄，她牵挂的人是豪麻，而在这里等的人是赤研恭。

赤研恭这个人，你很难说他到底是谨慎还是狂傲，灞桥之变前的隐忍蛰伏他步步为营，为了这个大公之位他又小心设计，没有给赤研洪烈、李秀奇任何的可乘之机。可偏偏在这细细密密的安排中，他对自己的安排又是如此张扬高调。灞桥的烈焰还没有完全熄灭，他便牵着自己的手登上了百尺楼，就算身边无时无刻不围绕着一大堆文武官员，他也毫不在乎。

就像此刻，从青华坊的明堂上退了下来，屏退了所有人，他偏是要和扬一依独处。

左右人都小看了赤研恭，自然也包括扬一依。她从未想过，能够把灞桥掀了一个翻天覆地的人居然是他。

"这个时候要我进入青华坊吗？"在赤研恭向她提出这个要求的时候，她感到无比诧异。

"不要你进到青华坊,怎么能让天下人明白我对你的喜欢呢?"刚刚擦去手上的血迹,赤研恭便对平溪亭边的扬一依抿起了嘴角。

"你就不怕那些流言蜚语吗?"

"流言蜚语?"赤研恭微微侧头。

"你的堂弟刚死,你就把他的妻子接进自己的府邸来。"扬一依看着他那薄薄的嘴唇。

赤研恭笑了,道:"那又如何?你的父亲为了另一个女人远征宁州,把八荒最美丽的女子放入深宫,囚禁半生,今天,不也是名满天下、人见人畏的枭雄吗?"

"你说什么?"扬一依心底微微一颤,她想到了重病且不允许自己探望的母亲,想到了那华丽寂寥、重楼深锁的暮云台,想到了那一年扬觉动从宁州归来,带回来的小娃娃扬归梦。

"你不知道吗?"赤研恭深深看向扬一依,扬一依却别过头去。

她自然不知道,她从小便知道父亲更喜欢小妹,不爱自己,便总以为只要自己做得够好,便会赢得他的喜欢。可是无论她做了多少,父亲也难得多看自己一眼。原来,在她的生命中,除了重病的母亲,还有藏着一个神秘的宁州女子和隐秘的过去吗?

自己的小妹,那个英气勃勃、骄横顽劣的扬归梦,也是自己并不快乐的生活的一部分吗?

"我知道的也不多,"赤研恭双手附在身后,不紧不慢道,"但是这件事,在三十年前,也是震动八荒的。"

"是吗?"扬一依的手慢慢攥成了拳头,掌心里不知什么时候都是冷汗。

"我不知道你有没有听说过宁州金氏?"

"这个自然,陈、金、卜、庞,这是宁州贵族的四大姓氏。"

"没错,在扬叶雨还是旧吴白赫手下大将时,霰雪原和木莲连年征战,木莲无暇东顾,旧吴的势力达到顶峰。恰在此时,宁州金氏有一支叛入旧吴,其首领成为了旧吴大将扬叶雨的搭档,他的名字,叫作金满城。"

"金满城?我听过的,他和邹远山、白景迁、浮成田四个人并称四大名将。不过,在今天的大安,他们的名字早就没有人提起了。"

"这四个人中,金满城年纪最长,也是和青年扬叶雨最为要好的一位。当年白吴国力强盛,这些天下名将也意气风发,想要共同成就一番大事业。因此金家曾和扬家指腹为婚,结为亲家,说也巧,当扬叶雨生下你的父亲扬觉动的次年,金满城也生下了小女儿金筱筱。因此,这指腹为婚的亲事就有了着落,以至于同年你的三叔扬觉如也随之出生,却慢了一步。"

"慢了一步?"这一些古老的故事,她身在大安城中,却真的没有听过。一个原因,可能是四大名将和他们的家族,在自己成长的岁月中早已销声匿迹;另一个原因,可能是父亲并不想人们,尤其是扬家子女,再了解当年的故事吧。

"扬叶雨在与澜青、宁州的战斗中连战连捷,声威赫赫。因此,日光王朝光孝便向白赫借走了扬叶雨,去讨伐霰雪原的叛乱。在日光城,便强行给他的大儿子扬觉行安排了婚事。有朝光孝行动在前,吴大公白赫便将自己的妹妹白苏玟也拉了出来，请她在扬叶雨的儿子中，挑一个做夫婿，白苏玟自然选了一表人才的扬觉动了。"

扬一依紧紧咬住了自己的嘴唇，原来，母亲是这样嫁给父亲的。

"其实这些事情，知道的人还很多，只是令尊当国，没有人敢再提起罢了，"赤研恭看着她，道，"我倒是很少见你如此不安，若是你不想听，我便不讲了。"

"后来呢？"扬一依扶住栏杆，尽力抑制着声音的抖动。赤研恭的心机她已领教过了，在他那里，哪里有什么随便的事情，这一切的一切，包括讲述这个他精心准备的故事，一定都有他觉得必须如此的意义。

"后面的事，就简单得多了。大公的赐婚，扬叶雨怎么能拒绝呢？相比之下，金家的婚约自然无足轻重了，而且，他有五个儿子呀。和金筱筱同年出生的扬觉如，同样也和金筱筱青梅竹马、郎才女貌呀。于是，扬觉动只能和金筱筱分开，娶了号称月光倾城的旧吴第一美女白苏玟了。"

"只是，没有人问过他，心里到底愿不愿意吧。"扬一依有些茫然。

"愿不愿意，又能怎样呢？"赤研恭摇摇头，道，"对扬家来说，这一场联姻不是牺牲，而是幸运。因为偏偏白苏玟是真心喜欢扬觉动的，喜欢到什么程度呢？白赫曾密令扬叶雨杀掉领军在外的李景洪，扬叶雨的犹豫让白赫对扬家起了杀心，就在他连发八道诏书要扬叶雨回军大安，并在准备将他秘密下狱处死时，白苏玟惦念着刚刚出生的女儿，竟然偷偷派人把这件事告诉了自己的丈夫扬觉动。这样做的后果你也知道了，随后扬叶雨便和白赫公开决裂，率领他三个骁勇善战的儿子，攻破了大安城。而你的阿舅吴大公白赫，则被你父亲亲手绞死在了青基台上。"

扬一依整个人都僵住了。这惊心动魄的故事，从赤研恭的口中娓娓道来，说得平静，却让她听得手足冰冷、如坠冰窟。父亲是个视权位功业高于一切的人，做出这样的事情并不奇怪，可母亲会怎么想呢？当自己的丈夫当众杀死了自己的哥哥，那么，在日后的日子里，她又要怎样面对这个需要朝夕相处的凶手呢？算算时间，那时候离自己出生，还有十几年的时间啊。这么漫长的日子，她又是如何度过的？

"怎么说呢？我不知道白苏玟有没有过后悔的时刻，"赤研恭转过头来，看着扬一依的眼睛，"当一个人十八岁的时候办了错事，她这后面的一生，又该如何度过呢？"

"你，"扬一依轻咳了一声，道，"你觉得她做错了吗？"

"是啊，不是一般的错，是大错特错，"他一边说一边摇着头，"如果白赫不死，她尽力为扬觉动求情，白赫如此疼爱他的妹妹，在扬叶雨掉入圈套后，未必不会赦免了扬觉动。"

"可我了解父亲，若是阿公被白赫杀掉的话，他一定会为他复仇的。"

"不，你不了解他。一个人这一生究竟可以做些什么，自己是决定不了的。譬如我，你以为我残酷嗜杀吗？不，虽然我也不介意，但杀死自己的父亲并不能给我带来任何乐趣。能给我带来欣慰和快意的，是君临八荒的野望。如果我没有生在青华坊内，我这一生都不会有这样不切实际的幻想。可我偏偏是个世子，你说，我怎么会认命呢？不登上南渚大公之位，这一生我都不会有染指中州的机会的!"

他转过身来,道:"扬觉动也一样,如果他仅仅是阶下死囚的逆臣之子,你觉得他会有机会去复仇吗?"

"可,可你不用那么急,毕竟,你比较年轻啊?"

"扬觉动勒死白赫那一年,也不过二十岁而已。扬觉行的死,让他看到了出头的机会。你说,他坚决要替他虚伪的父亲了结了白赫,这会不会太急呢?不会,也正是因为他不留情面地处死了妻兄,才得以稳稳接下了后来这大公之位。要知道,那时候,扬叶雨最喜欢的儿子,是你的三叔扬觉如啊!"

扬一依沉默不语。

"赤研星驰,年轻吧?沉得住气!可他还有机会看到每天的朝阳吗?"赤研恭嘴角露出了一丝不屑的笑容,"时也,运也,命也。但最后还是要归结到自己敢不敢创造机会、把握机会上!若是当年扬家覆灭,就算扬觉动自己再如何雄才伟略,只要白赫不给他这个机会,他也只能老老实实在白苏玫的裙下度此一生。从这个意义上来说,白苏玫当然是错的,而且错得离谱。在白家覆灭之后,就算她容颜胜雪,也不过跌落成为一个普通的妇人罢了。"

"这不能怪她,她只是在爱一个人,保护自己的孩子罢了。而且,你说过,那时候,她只有十八岁。"

"女人,总是容易为一点甜蜜蒙蔽了双眼,"赤研恭叹了口气,"难,真是太难了。她以为这个英俊、儒雅、风流决断的男人也一样爱着她,但很可惜不是。"

"你为什么这样说?"扬一依的泪水浸湿了眼眶。

"因为他当着无数人的面,在青基台上绞死了爱人的兄长;

因为哪怕在十五年后,他依然可以抛下为他生下两个女儿的白苏玟,为了金筱筱攻入宁州;因为他从宁州回到大安,所做的第一件事,就是把他的妻子锁入暮云台,而把刚满十六岁的大女儿扬苇航嫁入了日光木莲。你说,他这一生,可爱过那个为了他的生死安危,背叛了整个家国的白苏玟吗?"

"这样的话,那便真的不爱吧。"扬一依的声音低低的,好像在这一刻,他终于揭开了自己一生的谜团。为什么父亲半生戎马,不近女色;为什么母亲早早便身患重病,困守暮云台;为什么大姐早早远嫁,成为父亲的质子;为什么从小自己便要活得乖巧伶俐,战战兢兢,父亲将自己嫁给豪麻,又转嫁赤研弘。对他来说,自己也不过是他统御八荒漫漫征途上的另一个质子罢了。

她静静立在风中,心已化作飞灰,慢慢飘散,不知不觉眼泪就落了下来。

原来自己这十几年来的一切努力都是虚妄,在那个严厉的老人心中,从来就没有过自己的位置。

赤研恭伸出手去,等了片刻,扬一依却如木雕泥塑一般,在风中一动不动。他便缓声道:"一依,其实我也是一样的,赤研井田,也从来没有把我当作他的儿子。你再去看八荒上这些公侯家事就会知道,什么才是我们真正应该追求的了。"

赤研恭的话,扬一依一句也没有听进心里去。她只是在翻来覆去地想着,就算连父亲都从未在意过自己,那这八荒上至少还有一个人,会把自己捧在他的手心上吧。

他说过,她需要他的时候,她只要召唤,他便一定会来的。

五

晨起的朝阳似乎特别遥远，天地尽头，是一片枯黄的颜色。

靳思男一头钻进了车内，拿了一件柔软的貂子毛小坎肩进来，道："公主，已经走了十多日了，快十月了，听说这几日还要刮西风，冷得很，多穿一件吧？"

"好，这是到哪里了？"扬一依懒懒从锦榻上坐起，伸手拨开车窗前的锦缎，道旁荒草离离。

"过了这平明丘陵，离南津镇就不远了。"靳思男帮着扬一依把小坎肩穿上。

"哦。"她轻轻应了一声。

南津就要到了，她虽从未去过这里，但这个名字耳熟能详。它是中北十州东进离火原的关口，这二三十年来，离火原战事连绵，大概每年都有那么一两次，父亲要率领虎卫军西出大安，大多的去向，便是这南津镇。

"草都黄了。"一股冷风吹进了温暖的车内，车子晃动起来，她身子沉重，挪到了一个舒服的位置，重新坐好。

"有新消息了，"靳思男神情兴奋，道，"长州的罗莫前几日已经先行到了南津镇。听说，南津已经断了粮了，没有粮食，前面徐子鳜的大军就没吃的。这下子，恐怕要被大公摁在离火原了。"

"这样啊。"扬一依的嘴角露出了一丝笑意，难怪在花渡甲卓航劝自己宽心，说白驹之盟是属于扬家的。徐昊原的离火精骑长驱直入，她是知道的，但她更加了解离火原的秋天。进入

水云乡 257

九月，北方的风已经十分冷硬，大片的草场、田野都会变得枯黄，而进到十月，便要挂霜了，再过不了多久，风旅河和平明河里便会出现流冰，直到肃杀的冬季降临。

她虽然从未领军，但是从小扬觉动便要她列席重要的军政会议。她当然知道，这样的季节在外用兵，所耗费的粮秣资材会是平日的数倍，更不要提徐昊原是在盛夏时节攻入离火原，想着本是速战速决，是绝没有想到，这一场本来占尽优势的突袭，会被一直拖到深秋时节的。

"公主，你终于笑了，"靳思男笑嘻嘻地递过来一个暖炉，"这下子，徐昊原要完蛋了，要他不知好歹跟我们作对！"

"为什么？"扬一依明知故问，这个话题让人心情愉悦，她便要和靳思男多闲扯上一刻。

"哈，你忘记了，去年秋天，大公秋狩，武毅侯想要邀公主也去……"一句话没说完，靳思男忽地停了下来，脸上几许尴尬。

扬一依知道，她是忽然想到，在自己面前不应该提起豪麻。

她微微一笑，道："我记得呀，武毅侯说，秋草满原，正是野兔最肥的时刻，还有长戬山的红叶野鸡也正在产小鸡，就算不猎老虎灰熊，捉几只火狐狸也是好的。"

"对对，是。"靳思男吐了吐舌头，她还是有些忐忑，不知道扬一依到底什么意思。

"那时候我推说练琴，不去了，要他打几只狐狸给我做帽子，这下可好，说是长戬山南麓的狐狸都快被他打绝种了。"扬一依说着，自己先笑了起来。

"就是就是,"靳思男看她并不在意,神情也放松下来,"那一次,公主允许我出去,我便跟着三小姐一起去了长戢山,正赶上降霜的日子。哎呀,可别说,也就是和现在差不多时候,可真是冻死人,我们还是穿的皮衣皮裤呢。"

"是了,扬归梦几天秋狩回来,两个脸蛋红红的,耳朵也蜕了皮,说是离火原上的风,可要比大安城里冷硬多了。"

扬一依想起了扬归梦兴奋的神情和晶亮的眼睛,那一次秋狩,她亲自带着虎卫打了一头黑熊,虽然险些受伤,但是整整给自己讲了好几天。而豪麻后来送来的火狐狸皮毛,更是堆积如山。这些往日的故事,本来寻常,若是靳思男不提,她还真想不起来,不过如今想起来,却带着从未有过的温馨感受,难道真的是因为自己有孕,便变得多愁善感起来了吗?

她摸摸自己的肚子,里面的小家伙正踢了自己一脚。她轻声道:"是不是你这个小坏蛋的缘故。"一定是了。那时候,她只觉得豪麻只会马上舞刀弄剑,真的好烦,那些荒郊野地里奔来跑去,弄得灰头土脸的,到底图些什么呢?若要猎物,找几个猎户去打,不就好了吗?

"所以呢?你想说什么?"

"徐昊原这个时节还在离火原上,缺衣少粮,那一定是必败无疑了,我听说罗莫坎根本没有在南津停留,直接去了白驹,原因就是澜青镇守南津的大将徐子鳜面对断粮束手无策,正准备冒险东出箕尾山口去接应正在溃退的徐昊原呢。"

"这么说,我们这一仗,是真的胜了?"

"那肯定就是了!"靳思男点头道,"就是这个徐子鳜,受命带领三万人作为侧翼,以保护徐昊原的粮道安全,结果被武毅侯打得落花流水，就从来没有胜过一场，现在，更是连会面交锋都不敢了呢。"

"他呀，是很会打仗的。"扬一依的心跳了起来，以前她从未觉得豪麻的一腔热忱和能拼能杀到底有什么好，可是此刻，当两个分别已久的人有可能在不久的未来再次相见，她又莫名地期盼了起来。

"他们都说呀，大公这一次收复大安，进入西风原，只是时间问题，因此日光王放在白驹的十几万人马，也都紧张得不得了呢。这一次，宁州、白吴、李吴都和大公站在了一边了。说不定，八荒这一次，要地覆天翻了。"

"还有他。"扬一依微微挺直了身子。她口中的这个"他"，自然就是新晋的南渚大公赤研恭了。

正说着话，车子缓缓放慢了速度，车前的铃铛响起。

"夫人，大公有请。"这是浮成田的声音，露了身份的浮成田被赤研恭强留在青华坊，他以年老力衰为由，不愿再领兵，赤研恭便要他自领一队，充作扬一依的护卫。毕竟是南渚大公的谕令，浮成田经营了几十年的锋凌炼坊也在灞桥大火中烧成了一堆灰烬，便也答应了。

"前面，是什么地方呀？"靳思男先问了出来。

"是柳林，风旅河的岔口，在这里，便可以见到南津镇了。"

扬一依换好衣物，在左右的搀扶下缓缓下了马车。

"大公说是该下来走走了，坐久了，脚会肿起来。"浮成田已等候在车旁。

赤研恭赶赴白驹之盟，虽然每天都在匆匆赶路，却不忘每日两次要接扬一依下来活动身子。不论赤研恭的人品如何，在照顾人这方面，只要他愿意，倒真是可称细致入微了。

的确是秋天了，除了眼前的满目苍凉之外，风中也有了野草衰败的微苦味道。脚步踏上地面的那一刻，她心中立即踏实了起来。眼前的一条大路曲折蜿蜒，慢慢延伸到下面青色的大河边，不远处，有个颇具规模的渡口，打头的赤铁们已经去做渡河的准备，正好是个稍作歇息的好时机。

浮成田护着扬一依，走了几十步，便看到了赤研恭的那辆海兽宫车，就像一座小小的宫殿，正开了正面的栅门，对着这一望无际的原野。

"来，上来。"赤研恭正随意地坐在车前的木隔板上，青色的外袍里是一身雪白的云锦中衣，随着这原野上迅疾的晚风在鼓荡摆动，这样看去，不像个统御一方的君王，倒像是哪个公侯贵胄家知书达理的翩翩少年了。

扬一依递出手去，赤研恭亲自接住，在众人的帮助下，她终于坐在了赤研恭的身旁。

"这一次还未来得及昭告八荒，便要你跟着我北上，可真是辛苦了。"他握着扬一依的手，似笑非笑。

"你要和他定盟，我不来怎么行呢？"扬一依走过的这一段路并不长，却也有些气喘，微笑道，"这一次，说不定也可以见到我的大姐呢。"

赤研恭哈哈大笑起来，道："不错，李慎为虽然半只脚已经踏入了棺材，但这一次，也必定是要拉扬苇航一起来的，我跟你说过没有，这一战，徐昊原很可能会全军覆没了。扬大公、离火之虎，真的厉害！"

水云乡　261

"可这个白驹盟约，本来也没有他的位置，对不对？"

远处的河水弯弯，看起来细长曲折，谁能想到这就是大名鼎鼎的风旅河呢？河水一路向东，消失在拔地而起的山岭之中，那孤绝高拔的，便是著名的箕尾山。那河对岸不起眼的小小城池，就是八荒重镇南津吗？

"这根本不重要，一般人，都是乘风借势，才能够扶摇直上，而扬大公却可以逆势而起，翱翔九霄。所谓风云诏，对他来讲，一张废纸而已。"

"那你呢？我觉得你也很厉害的。"

"你真的这么认为吗？"赤研恭轻轻咳了一声，道，"那我可能真的有点厉害吧。"

"你是那背后翻覆手掌的人啊。"扬一依悠悠地说出了心里话。

六

"你呢？没有你的帮助，我想要坐上这个位子，也不容易。换句话说，这八荒茫茫，也只有你才配得上我，我才能成就你。"赤研恭摇了摇头，叹道："我在青华坊里隐忍了这许多年，总以为自己才是最孤独的那个，直到听说你居然可以为了争取吴宁边的一点生机，要自来灞桥和亲。"

"那时候，我还在想，这个公主会不会是那种没头脑的女子，慌乱中，被她的叔父卖掉了吧！然而耳听为虚，眼见为实，直到我在阳宪小村里第一次见到你，我才意识到，我真是错得离谱。眼前这个女人，分明有着和我一样旺盛的孤独和野心，你就是镜子中的我啊，这世上又有几个人，愿意为了自己蓬勃的欲望燃烧呢！你说，我怎么舍得让你落在赤研弘的手里！"

他轻轻凑到了扬一依的耳畔，低声道："如果我告诉你，我之所以下定决心，弑父夺位，也多半是受了你的蛊惑，你信吗？"

赤研恭口中的热气吹动了她的发丝，秋风料峭，然而扬一依此刻的心更是覆满霜雪，她强忍着没有避开，而是换上了一脸微笑，道："大公，你在南渚讲给我的故事，不就是为了让我认清自己到底在父亲心中是怎样的地位，以及，我到底是个什么样的人吗？原来在万人中央，也可以这样孤独，这真的是你告诉我的。"

"你看你看，"赤研恭抬起一根手指，指着扬一依，道，"就是这样的眼神，没错了。"

扬一依转过头去，避开了他的目光。

"若说你是为了我扳倒令尊，夺了海兽椅，这我也是不信的。你背后，怕是也站着不少人吧。"

"是啊，"赤研恭回答得爽快极了，"日光木莲在八荒崛起，也不过七八十年，已经衰朽不堪，更不要说绵延百年的赤研家族了。想要八荒一统，家家祥和安乐，哪里有那么容易。偏偏有了权势、地位的这些人，便没有了野心和梦想，这八荒四极，也便要随着这些人一路衰朽下去。若是没有野心勃勃的年轻人，根本不用等到什么山海巨变、天火降临，我们所处的，早就是人间地狱了。"

"你说，一个从小立志要囊括宇内、一统八荒的南渚世子，直到十九岁，还要被视若无睹，动不动就被自己绝对正确的父亲在朝堂上命人掌掴，他所处的不是地狱吗？这朝堂上横行的不学无术、贪腐肮脏之辈，一个个脑满肠肥、锦衣玉食，而普通的百姓们却在田间路旁冻饿而死，他们所处的，不是地狱吗？"赤研恭语声恨恨，"好在在日光城，我结识了一群同样想要改变这八荒的朋友，这才有了今天。"

"朋友？若我是你的朋友，我会害怕的。"

和赤研恭相处，虽然时时会被他突破界限的言行所震惊，但好处是，他这个人从不会以世俗的标准作为行为的准则，因此你和他聊天，大可有话直说，无论多么过分，他都不会有半分惊诧。

"你怕我是应该的，你以为我不会害怕他们吗？我也怕啊，我怕他们骗我。"赤研恭的目光渐渐变得阴郁起来。"坦白说，我是从来没打算对他们履行我的约定的，若是他们将来挡住我前行的道路，我也会毫不犹豫地除掉他们。可是现在，我们是一头的呀。你看，我们之间的联结是如此脆弱，但我们的共同目的又是如此一致、如此坚固，这可怎么办呢？"

"你们的目标？"

"自然是各取所需了。比如，我要做南渚大公，我要从那个不识相的赤研瑞谦手里，拿回属于我的东西。"他深深看了一眼扬一依。

我什么时候属于你？又什么时候变成了一件东西了？真是好没来由。

"好吧，"扬一依道，"那我知道了，至少现在，我们也是可以一起前行的，至少我们都有想要的东西，单靠我们自己，是难以实现的。"

赤研恭点点头，站起身来，道："到了南津镇，我指给你看。"

"南津？"

"南津。这个朋友叫作庾斯奋，现在他正奉命在南津迎接我们的到来。他这个人很喜欢动脑筋，也聪明，对吴宁边了解得很。他希望以扬觉动为中心的东南联盟不要成形，如果真的变成南北对峙的局面，这木莲统一八荒的日子，便又会遥遥无期了。"

"那，你会？"

"我不会，现在的八荒上，扬大公可是真正的强者啊。"

赤研恭一声深深的感慨远远在这原野上弥漫开去。

车队又一次开始前行了。

腹中有个孩子，扬一侬的精力大不如前，但是心是雀跃的。

到了南津，她才得到了确切的消息，澜青东征的大军已多半折损在了离火原上，徐昊原只带着两万余人突围，穿过了箕尾山口后并没有做任何停留，直接赶回了平明城。现在，三吴联军和宁州的安乐军，正排开阵势，列兵箕尾山口。三吴、宁州、维州、栖图六州已经联合宣告，将共赴白驹之盟，公推吴宁边为盟主，而吴宁边承天大公爵扬觉动将坐镇箕尾山口，委派武毅侯豪麻作为代表，进入白驹定盟。

得到这个消息，赤研恭忽地一脸严肃，看着她的肚子，道："豪麻该不会想要把你抢回去吧？若是他硬来，我便不加入六州联盟了，你看怎么样？"

水云乡 265

这真是一个残忍的玩笑，扬一依却没有兴趣和他纠缠，只是道："他虽喜欢我，但还是我父亲手下的大将，不会的。"

"不会吗？灞桥朱鲸醉一宴之上，我在帘幕之后看戏，最感兴趣的，便是他会不会愤而拔刀。哎，真是太让我失望了。"赤研恭摇头感慨着，漫步离开了。

原来南津是如此一个小镇，她不知道这样小的地方，从古至今，是如何承受了如此多的屠戮和鲜血的。她本来对于父亲和豪麻具有无比的信心，他们是离火原的猛虎，只要有了机会，也一定会虎啸八荒，可她从来没有见过赤研恭这样阴沉诡诈的人，以至于再刚猛凌厉的攻势在他面前都会被轻轻卸力、化为无形。那些让她在午夜惊醒的噩梦中，赤研恭才是能够主掌八荒的那个人，这真是太可怕了。

想到了赤研星驰那经过缝补的狼狈尸身，想到了灞桥冲天的大火，想到了赤研恭那常带着一点嘲弄的笑容和难以捉摸的镇定自若，最后，想到自己将要和他共度余生，便会喘着粗气，睁开眼睛，这时却往往长夜未明。

豪麻，就用你的刀刺进他的脖颈，剖开他的胸膛，把他装入用真正赤金捆扎的和合棺，让他再也不能复生！好吗？

进城的这个早上，果然落了霜，大队的车马挤挤攘攘，路两旁短短的草根都被压入了泥土之中，通往白驹的官道上，泥泞不堪。在南津城下驻扎着来自各州的军队，南腔北调、吵吵嚷嚷，服饰花色各不相同，这些象征性的防卫力量，不过是为了确保自家人的安全罢了。

南渚赤铁也有一块早就划分好的驻地，扬一依却要跟着赤研恭即刻入城。

在城外乱糟糟的各地驻军中,她一眼就认出了豪麻的望江营,有了箕尾山口的十几万大军和未曾入城与盟的扬觉动,豪麻这次带来的人并不多,扬一依一眼便看到了父亲的随扈邹禁。

还没等到他打马转来,他们就被蜂拥而至的磐石卫隔开了,扬一依只能看到他高高举起的一根哨箭。

赤研恭头都没回,道:"那是说,吴宁边赢定了的意思吧?"

白驹真是一座大城啊,扬一依心中暗自感慨。城门洞内可以八马并行,足够各州的仪仗队伍通过,过了门洞,便是铺满了青石的长长街道,笔直通向高高的遥山台。这是白驹城中一座四四方方的祭坛,穿过悠长的甬道,便可在四面垒砌的高台上,找到为与会各州预留的位置了。

这一条甬道两旁是一间间高高的阁楼,在甬道两旁,都是新备好的旗杆。正中一面,是日光木莲的神鸦莲花旗,而两旁,则插着八荒二十三州执政的标志长旗。这一日天高云淡,疾风烈日,一面面旗子都在哗啦作响,投下了无数变幻莫测的阴影。

走过这条甬路,倒好像穿过幽暗的山谷,扬一依的心一直紧绷着,直到面前豁然开朗,她才暗暗松了一口气。

登上了遥山台,再向下看去,一切便都一目了然了。

此刻在主位已经坐好的,是一身明黄云锦、青赤夔纹环绕全身的挺拔青年。他的身后,还有一字排开的九张木桌,都已坐满。而两侧的宾位,也大都落座已毕。

"那便是日光木莲太子,朝持明了,"赤研恭握住扬一依的手,拉到了自己的膝上,"这一次,够整齐的。"

水云乡

他脸上又露出那种莫名的笑意。

扬一依的心底一沉。"吴宁边呢?"

赤研恭轻轻拍了拍她的手背,道:"六州共主,自然入门要有些排场,这不,来了。"

果然,在长旗掩映中,一个挺拔瘦削的身影和十余名随身卫士一起,大踏步走了进来。

那个身影,她实在是太熟悉了,她禁不住挣脱了赤研恭的手,抚着肚子站起身来。

"豪麻,快走!"她用尽全身的气力,拼命喊了出来,听起来竟好像是某种禽鸟的唳叫,痛苦而愤怒,不似人声。因为就在豪麻踏入甬路的那一刻,她遥遥看到木莲太子朝持明身侧站起了一个熟悉的高大身影,那不就是扬丰烈吗!这一次会盟,代表吴宁边的是豪麻,为什么他会出现在这里!扬一依手脚冰凉,心中满是绝望。

豪麻果然第一时间便听到了她的声音,身形一滞,仰头向她看来,那温柔而又灼热的目光她真的已经久违了。也正在此时,紧跟在豪麻身后的那个将官,把早就准备好的匕首刺进了豪麻的后腰,然后迅速跳开了。

风还在猎猎地刮着,四处的阴影里拥出了越来越多的兵士,他们手执长枪,向被包围的这十几名玄甲战士猛刺,整个遥山台上也惊呼连连、乱作一团。

泪水模糊了扬一依的双眼,看到越来越多的人冲了上来,一波又一波,他们把豪麻和他的侍卫们围在了中央,一波又一波,前赴后继地冲上去,再冲上去,她紧紧攥住了拳头。

嘶吼声在一团混沌中渐渐模糊不清,那一抹浅绿的光痕终于渐渐停止了挥舞。

一支枪,又一支枪贯入了豪麻的身体,直到他被这些长枪凌空高高举了起来。

扬一依抚着肚子身子不停地抖着,把嘴唇咬出血来,却依旧死死盯着那双眼睛。

第七章 日光城（乌桕）

离镇子还有十余里，便飘起了雪花。开始只是些细小的颗粒和粉末，落在手上、脸上，顷刻就化掉了。乌桕瑟缩在宽大的兔皮夹袄里面，骑着新买到的青花驴，紧紧跟在庚山子的大黑驴身后，他自小长在灞桥，从有记忆以来还从未见过雪，原来这些纷纷扬扬的粉末只要不化掉，这个世界便会一点一点地变白了。

一

"今年真是邪了门了，永定用兵，一张野猪皮都能卖上五六角银，可偏偏这西望山的野猪一入秋，就不知道跑到哪里去了。"小小的客栈里，猎户一侧身，从肩头滑落一只半大的野猪来，咚的一声落在地上，总有百十斤。

乡村野店，地上的木板早就七弯八翘。野猪落地，便激起一片尘土来，在客栈里吃饭的客人们吃了惊，都向这边看过来。

"看看，今天刚打的！"这两个猎户抹去头上的汗水，啪啪地敲着柜台。

"永定用兵，你这猪送到这里来做什么！"掌柜的姓张，头都没抬，还在那里理账。

"掌柜的，你就说要不要好了。"

乌桕耳朵尖利，想不想听的事情，都会自觉自动地钻到耳朵里来。刚才这两个人在外面已是商量了许久，此刻他早已知道，这两个人一个姓毛、一个姓孙，常年在附近西望山中打猎，因为今年雨水少，所以猎物也少了许多，他们在山上守了好几日，好不容易才打到一头野猪回来。此刻，是想要卖给这客栈的掌柜，多赚些辛苦钱。

"嗯？"那掌柜的终于起身，绕着这野猪转了一圈儿，道，"太小了，獠牙还没长出来。这身上几个洞洞，腹下伤口也太长，这皮子，啧啧，卖不上价了！"

"说个价嘛。"那姓毛的猎户急了起来,一把拉住了张掌柜。

"对对,买卖买卖,总要有来有往不是?"姓孙的在一旁帮腔。

"六角银!"张掌柜还是往回走。

"加些加些!"姓毛的不肯放手。

"你今天生意好,天天生意好,年年发大财!"姓孙的用力一吸,把滑出来的鼻涕都吸了回去。

"你便给他加两角,又能怎样!"在旁边吃酒的过路客商在一旁嚷嚷。

"你收了来,咱们便加一盘野猪肉!"

食客们七嘴八舌地起哄,屋子里弥漫着快活的气息。

"真是胡闹。"庚山子口中喃喃,眼睛却一直没有离开那头小猪。

聚丰客栈虽小,却已是往流集最好的食肆。这个小市镇,一条从坦提流过来的畏河绕城而过。从长葛城北上木莲,这是唯一的通道。这里之所以热闹,是因为地理位置特殊。从这里向西,可以从大北口进入水草丰茂的坦提草原;向东,则通向四马原上的大城永定。若是继续沿着西望山向北,便很快可以到达澜青的边镇百里了。庚山子要带自己去日光城,又要避开花渡战场,走这一条路线,实在是无奈的选择。毕竟此刻八荒东部已经是时时烽火,处处刀兵了。

乌柏看猎户们在那里和掌柜的夹缠不清,也没什么意思,就转过头来接着吃饭,一口米没扒到口中,却发现对面的庚山子罕见地放下了筷子。

"哎呀，这长葛的粗盐终究是忘了带些来，"庾山子挠了挠头，看向他那唯一的一个随侍少年庾安，道，"小梨的杏子还有没有了？"

"啊？"庾安一听到"杏子"两个字，便一脸苦相，道，"先生，你倒是自己去闲逛，我为了这小梨的杏子已经把十里八乡都跑遍了，好不容易买到几个，等你们来了，都坏掉了！"

"我哪里有闲逛，"庾山子看看乌柏，叹了一口气，道，"早知道你就是个靠不住的，要你在往流集等我，还不是为了小梨湖的杏子，结果一个都没给我留下来。不然，那边那小野猪，用小梨的杏子切片，混着长葛的粗盐腌一下，可要鲜掉眉毛了！"

"这样啊。"阿安也喉结一动，一口口水吞了下去。

是了，他说好吃，那必定好吃得不得了。封先生是个酒鬼，这庾山子是个吃货，封先生葫芦里的酒，没有不粗不烈的；这庾山子碗里的菜肴，没有不精不鲜的。他们两个人，当年在日光城被称为晴州双鹿，赤鹿疾白鸣、白鹿庾山子，多年以后居然又在浮玉聚首，还真是一对冤家。

若是越传箭在这里该有多好，她肯定不会停口的，也不知道这个小丫头如今怎样了，乌柏看着盘中那一片片白肉出神。

"快吃，再不吃，就没得吃了！"当当两声轻响，庾山子敲敲他的瓷碟，那一边，阿安正在风卷残云一般打扫着桌面的菜肴。

"不要再想了，没有小梨湖的南杏，那野猪肉没法祛腥膻，是吃不到口的，怪只怪你和疾白鸣胡乱躲藏，耽误了时间，不然，我们是可以早点赶过来的。"

水云乡 275

庾山子提到封长卿，语气中仍旧带着几分埋怨，好像那不是曾经和他生死相搏的敌手，而是一个常常把酒言欢的老友。

"庾先生，你说，若是我们手里有南山珠，能不能把封先生救回来呀？"

"什么？"庾山子瞪圆了眼睛，道，"救不回来的，疾白鸣明知道打不过我，还要硬来，这是他自己不想活啦！"

"我是说，不管他想不想活，我们有了南山珠，只管把他弄活，有可能吗？"乌桕知道这不过是个虚无缥缈的假设，说出来自己不禁也有些泄气。

"你弄活他做什么呢？到头来，他也还是要喝酒，要我说，有了南山珠，不如干些正事。"

"我能做什么正事？不是太小了一点吗？"乌桕嘟嘟囔囔。

"能，可以得很！"庾山子想了想，看他的眼神中多了些莫名其妙的内容，道，"如果你确实是白冠转生的话。"

乌桕摇了摇头，道："我要去一统八荒做什么，是封先生把我捡回青云坊的，这么多年，只有他在照顾我，我若是有了南山珠，当然要复活他！"

"疾白鸣胡说八道，你偏偏就听他胡说八道。"庾山子皱起了眉头，"你岂是那么容易捡到的。"

乌桕不说话了，一口冷白肉入口，被米饭上的热气一冲，顷刻便柔滑了起来，浮玉稻的清香配上薄薄的油脂，好吃得要吞掉舌头。但他还是想要跟庾山子杠上一杠。

"你停下！"庾山子伸出筷子，啪地挡住了庾安的手。这庾安果然跟着庾山子太久，早就对这些有的没的充耳不闻，只是不管不顾地吃着，趁着庾山子和乌桕拌嘴，便伸出筷子去抢那盘中最后几片白肉。

"你还没有回答我，若是有了南山珠，我们硬要把他救活，能救得活吗？"乌柏伸出了筷子，把那几片孤零零的白肉压在盘里。

"你这孩子，"庾山子坐直了身子，道，"即便南山珠可以生死人、肉白骨，也有两个条件，首先，是人虽死了，但灵识未散。其次，是施法的人，必须拥有顶级的千寻术。总之呢，疾白鸣老妖怪这次若不是喝多了，我真的想不到，他居然真的要和我同归于尽。就算我不想他死吧，也要有能力才行，若是此刻我握住南山珠，是没有把握能够把他复活的。"

完蛋了，庾山子可能是这八荒四极灵术数一数二的人，连他都没有办法。

乌柏失望地闭上了眼睛，嘴里的食物也没了滋味。

当日他落入重晶之中，第一个感觉便是凌空虚蹈、天地倒错，只看到眼前一匹怒马四蹄踏火，缓缓而来，马上人背后，是一条无穷无尽的萤火的长河，从群山和长河间走来的，更是一支看不见尽头的军队。而封长卿的身影，早已随着轰鸣化作一点萤光，汇入那无尽的溪流之中。

封先生呢？封先生！乌柏张开嘴，却无法发出任何声响，这是一个死寂的世界。

好像只有一瞬间，那个高大的将军便率着万千雄兵冲到了他的身边。然而，此时自己的身后出现了一只怒狮，只长长的一声嘶吼，便把那流光幻境清脆地打破了。

等到他睁开双眼，原来那长着翅膀、高逾数丈的白色雄狮并非流光幻境的一部分，它真切地在雾气茫茫的白华湖上缓缓喘息着，那是庾山子的凝羽术幻化的龙狮。封长卿真的离开了，他抱着一点渺茫的希望伸出手去，在白华湖渺茫的雾气中打捞着，却一无所获，那时候他的第一个念头是，以后他再也不会要自己去给他打酒了。

"可是那不是流光幻境，对吗？那人便是被南山珠复活的，不是吗？"乌桕好像跟那几片白肉有仇，一把都夹入了自己的碗中，"若是我真的是你们所说的白冠转生，又有了南山珠的话，为什么不可以让他转生？"

"你？恐怕不行，"庾山子看定那空空的盘子，叹了一口气，道，"白华湖中的那个人，确实是借由南山珠复生，但是，他的生命是不完全的。"

是的，当那一只亡灵的战队从自己的眼前走过，他没有感到一丝生机和活力，反而充斥着空洞腐朽的气息，这说明，他只是一个幻影，并非真正的生命。

"我知道，在有人拿着南山珠复生他之前，他的灵识已经四散了。"

"是的，虽然重晶记录了他的生命，但他并没有得到重晶的接纳，他不是海兽之血，灵识自然会溃灭无踪。"

"可是重晶会记得一切，不是吗？我知道他是谁，他们长得实在太像了。"

"没错，重晶记得一切，"庾山子把他的话重复了一遍，"因此高明的灵师通过施术，可以用南山珠强行将万物的灵识重塑，但是这个他，已经不是原来的那个人了。这个复生的赤研洪烈，不过是死去的那个南渚世子的影子，就算他一样可以哭、可以笑，一样悲伤惆怅，他们再像，终究也不是一个人。"

庾山子停顿了片刻，道："还有，作为影子，只要离开重晶或移出体内的南山珠，便一定会再次烟消云散。"

"可我觉得，既然他已经可以去感受痛苦，便不再是影子了。"

"感受痛苦？"

"对，他从我的身边时，他是痛苦的。"

没错，痛苦是一团灰色的白雾，从乌桕的躯体中穿过，像无数游丝穿透了他的身体，带着无尽的酸楚和不甘。

"可他，毕竟是个影子啊，"庾山子放下手中的筷子，疑惑地看着乌桕，"你是怎么感受到影子的痛苦的呢？"

乌桕沉吟了片刻，道："也许这痛苦并非来自这个影子，而是制造这个影子的人。你不是说，有人费尽心机从流景宫中盗得南山珠，千里迢迢赶到浮玉来复活他吗？只复活了一个虚幻的影子，难道不会伤心失望吗？"

庾山子看了乌桕，沉默了好一会儿，才道："你什么都不知道吗？这么多年，疾白鸣什么都没跟你说过？"

"嗯。"乌桕失落地点了点头。

二

"到了日光城，你自然就什么都知道了。"庾山子想了又想，不忘抬手又把那白肉从乌桕的碗里夹了回来。

现在，乌桕的碗里只剩下了薄薄的一片，在热腾腾的米饭上晶亮地颤动着。

他抬起头，这酒肆的天棚不过是一些木板横七竖八地搭在一起,简陋而应付,而他的目光却可以穿过那些木条和稻草,看到白日隐匿在晴空中的群星。它们正在既有的轨道上带着雷霆万钧的力道静默地旋转着,也许,唯有那一颗流火的大星即将坠落。

那便是弥尘了,封先生说过,南山珠现世,便意味着山海变即将到来。果然,弥尘也升起来了。在他自己的星盘推演中,这一次八荒的战火将持久而炽烈的燃烧,但他也说不上有什么恐惧或害怕,只是觉得,一个新的时代可能就要到来了。

也许,自己真的是有些与众不同吧。

如果可能,他真的想再回到白华湖中去寻找封长卿。

他相信自己一定可以找到她,如果,重晶真的可以记录一切,当然也包括疾白鸣的生命。当他终于落入重晶之中的那一刻,没有任何的惶惑或慌张,他甚至没有闭上双眼。

重晶就像水一样,顺着口鼻和身上的每一个孔洞进入了体内,他在不断地打嗝,身体一耸一耸地颤动着,他看到身上沾满了细小的白色气泡,在透过重晶射下来的日光照耀下,闪亮宛若明珠。正一颗颗缓慢地慢慢向上浮去。他知道,重晶正在毫无阻滞地深入四肢百骸,和自己融为一体。他渐渐感觉不出自己和周遭的这一抹碧玉到底有什么区别,他还在呼吸着,有节奏地、顺畅地呼吸着,好像重新回到了梦中那个宁静的怀抱。无论他做出怎样的动作,都会被温柔地承托。

重晶幻化成了自己的手、自己的脚,在周围的虚空中,生出无数已经遗忘的细节来,他看到一脸疲惫的赤研洪烈策马而来,他的胸膛里没有跳动的心脏,只有一颗缓缓转动的明珠。那就是南山珠吧。他知道赤研洪烈已经死去十几年了,可就是有人愿意在多年以后，盗取日光城中最为瑰丽的珍宝，来到这重晶之地，一点一点把他那早已散失的灵识慢慢汇聚，哪怕重生的赤研洪烈，不过是一个亲切的影子。他知道，那个人就是封先生要保护也一直保护着的人，也许，更是封先生一生品过的最烈的酒。当她为了赤研洪烈在重晶之地灵识溃散的那一天，封先生便做好了终有一天回到这里的准备。

他要把自己的那一簇萤火，汇入这流萤的长河。

庾山子的意思他也懂，这世上，再伟大的灵师都不能随心所欲，毫无代价地度过一生。封长卿和扬归梦、庾山子的对话，他也全部都听到了。在这一刻，如果自己真的是传说中的牧灵天神就好了，只要挥挥手，这世上就不会再有仇视和杀戮，大家都能和相爱的人和乐亲切地在一起。对每个人最重要的那个人，都可以永生不死。他想把越海潮还给越系船和越传箭；他想告诉扬归梦心底的那个人，她一直在等他的回答；他想让赤研星驰复活，哪怕能再看一眼赤研洪烈的影子；他想要让封先生得到他人生中真正的美酒，而不用再去一次次剪开那苦涩的麻叶袋。

然而这一切可能吗？如果若干年后，自己真的是那个晴空崖上的白冠，会有可能吗？

一脸疲惫的赤研洪烈打马向他走来，马蹄上，烈焰在熊熊燃烧。他也很想走过去，和他说说话。不知道为什么，在重晶里所见到的一切，竟都是亲切而熟悉的。

可赤研洪烈来不及同他说话，他已经带着千军万马，向身后的庾山子冲去。

他看到白华湖底的冰霜中升起尖锐的冰凌，他想要阻止扬一依的冒险,然而她还是从那高高的岩石上跳下来了。在重晶中,他的视觉听觉变得无限辽阔,甚至,他觉得自己已经化作这四极八荒每一条寒冷的潜流,见过了漫长的生生灭灭。他轻而易举地窥破了扬一依的所思所想,他想告诉她不要担心,自己安然无恙。但还没有等到他开口,她已在那寒冷的水流中愈陷愈深了。

他看到了更加遥远的地方,高大的青色的城池下燃着冲天的火焰。他看到越系船,他更高了,也更壮了,他在充满着血与火的战场上埋头奔跑,那刚刚还在这城市中劫掠的军队,在更加猛烈的冲击下,如流沙一般溃散了。

他看到了金色的原野上蚁附攻城的士兵,看到了迅疾如雷的骑士化作利刃,看到了在枯黄的原野上、寒风中颤抖的士兵,他看到了天空飞翔的羽隼,看到了一个处处烽烟的八荒。

"吃好了,该走了。"庾山子的筷子轻轻在眼前画了一道弧线,乌桕好像从一场大梦中醒来。他还在往流集的小客栈中,午后的太阳懒洋洋地从窗外射进来,他们还要赶路的。

"好了,好了,八角!不卖,你们就扛走好了。"张掌柜一锤定音,转到柜台后面,甩出一个小小的布袋,落在柜面上,叮当乱响。

两个猎户互相看看,道:"好嘛,一头野猪,费了这么多口舌,给你就是了。"

"这才爽快,"掌柜的转身,又从后面的灶上端出两大碗热腾腾的豆菜来,砰地往柜台上一放,道,"吃去吧,送的!"

两个猎户嘿嘿笑着,捧起大碗便坐在一旁桌上,热热闹闹、唏里呼噜吃将起来,好像刚刚那些剧烈的讨价还价、吵吵嚷嚷全然不存在一般。

"西望山的野猪是吃不上了,"庾山子嘟嘟囔囔,"再往北是百里镇,百里不行,没有什么好吃的。到了锦庐,可以吃青溪鱼;安河的白芷鸡是肥嫩的;然后就是固原,可以吃烤羊肉;然后,就是日光城了。"

他用手指沾着米汤,在桌上画出一幅路线图来。

从小在陨星阁洒扫,八荒的疆域早已刻印在乌桕的心里,这条路线,在他想着要去日光城的日子里,是用手指无数次地摩挲过的。只是他从未想过,纸上的征程和现实中一步一步的丈量终是不一样的,真正走起来,那些亲切的、熟悉的人,都会在这漫长的路途中渐渐离你而去。

"哎,本来说到流集,可以买上两匹坦提风马的,结果可好,仅有的一头驴还饿瘦了。"庾安吃饱了,在发牢骚。

"这四马原在打仗,哪里有马给你用!"那姓毛的猎户吃得满脸通红,抬起头来接了一句,笑呵呵的。

"还不知道吧,"掌柜的拿来一壶米酒,砰地往他桌上一放,道,"花渡已经被吴宁边打下来了!永定撤了兵,我看有一阵子,是不敢再出去了!"

"嘿!这样的话,莫不是过阵子,永定的客商又会过来了?"

"一定会过来啊,现在渐渐秋凉,北面冷了,你们多攒些猎物,很快就能卖个好价钱了!"

"我们这猪是不是亏了?"孙猎户皱起了眉毛,用胳膊肘点了点他的同伴,毛猎户却浑然不觉,还在呼噜呼噜地大口大口吃着。

"花渡被打掉了。"乌柏看看庾山子。

"是哦,花渡被打掉了,"他重复了一遍乌柏的话,"这一下,澜青恐怕要糟了。"

"是,要大糟特糟,这几十年,靠着永定的大军,卫成功一面压着浮玉,一面掐住了坦提草原东进的商路,这两边早就对他恨得牙痒痒了。这回花渡被打掉,季大公也好,坦提草原的莫合汗也罢,只要趁着这个机会出兵,我看平明城就是想救,也来不及!"

"啊,那要是坦提草原出兵,我们这北上百里,是不是就危险了?"庾山子皱起了眉头,好像他真的是个普通的行脚商人似的。

"走了走了,再危险也要回去,夫人还在家里等着的。"庾安可不耐烦了。

"对对对,"庾山子马上站了起来,"得赶快走。"

好像知道要走,门外的黑驴大概也吃饱了草料豆子,不耐烦地叫起来了。

"几位,慢走。"对于客人,张掌柜一律是殷勤热切的。

阿安在外面打包袱,乌柏便学着他的样子,从怀里摸出一角碎银来,轻轻放上了柜台,道:"掌柜的,叨扰了,后会有期。"

他毕竟是个十一二岁的孩子,比庾安还要矮上一头,这是他第一次学着大人模样处事,屋子里的人都笑起来。

若是以前,自己该会很不好意思的吧。他摇摇头,转身背起了自己的小包袱。推开门,一股清风扑面而来,乌柏努力踮踮脚,好像自己也高了不少。

"庾先生，你怎么知道封先生在南渚呢？"

黑驴一叫，庾安便又催着两个人上路了。

"我哪里知道你们在南渚，"庾山子叹了一口气，道，"我是为了赤研星驰来的，他是朝家的孩子，也可能是白冠啊。"

"冠军侯人很好的，不知道为什么，这么好的人也会在花渡战场死掉。"

乌柏想到了那个夏日的下午，扬归梦有意去激赤研弘，赤研弘便拿一把匕首往萨苏的胸膛里猛刺，他的血在地上流了一大摊，还是赤研星驰走了过来，才救了萨苏一命。是了，萨苏应该还在青云坊吧，不知道他的星盘推演有没有进步，若是南山珠真的毁了，有没有伤到他？而当时那个英姿勃发的冠军侯，却殒命四马原了。

"没法子，人的一生就是这样混沌，谁也不知道五星七曜会把你带向何方。"

"要是扬大公和澜青的徐大公不连年征战就好了，大家快快乐乐地一起过日子，不是很好吗？"

庾安已经把黑驴牵了过来，庾山子先上了驴背，伸手一拉，把乌柏也拉了上来。

"走了！"多了一个乌柏，黑驴身上重了不少，颇不满意地嘶叫起来，吃了庾安几鞭子，才慢慢挪动了步子，哒哒地在山路上行走起来。

"他们大人之间的事情，很烦的，就算他给你讲，你也很难明白的！"大概是刚才看了乌柏的表演，庾安也不过十几岁，更要做出一副少年老成的样子了。

水云乡

三

　　长路漫漫，到达太平镇时，恰是一个雪天。

　　离镇子还有十余里的时候便飘起了雪花，开始只是些细小的颗粒和粉末，落在手上、脸上，顷刻就化掉了。乌柏瑟缩在宽大的兔皮夹袄里面，骑着新买到的青花驴，紧紧跟在庾山子的大黑驴身后，他自小长在瀰桥，从有记忆以来还从未见过雪，原来这些纷纷扬扬的粉末只要不化掉，这个世界便会一点一点地变白了。

　　"先生，快到了！"庾安蹦了蹦，跺掉皮靴上薄薄的积雪。

　　三个人，两头驴，只有他还是徒步。他牵着缰绳的手指冻得通红，时不时便要揉搓一番。对于北地的风景，乌柏着实稀罕了几天，原来北方的冬天，大家只要开了口，便自动学会了吞云吐雾的。

　　从南渚一路向北，季节也在慢慢变换，从长葛城出发的时候，四野还青草如茵，过了四马原，林间的落叶就已经变得五彩斑斓了，等到进入了木莲境内，原野上连枯黄的野草也变得稀疏了起来，而向着太平镇再走了几天，便终于落了雪。

　　庾山子说，落了雪，就证明离日光城越来越近了。

　　从锦庐到安河再北上固原，这一路上，处处都是萧索寂寥的景象，从澜青来的商人们赶着牛车运送布匹和粮食，慢悠悠地在黑色的土路上前行，间或有不知哪里来的斥候打马而过。本来，从固原直上日光城，似乎更加方便些，但是庾山子却先折向东，要先到军镇太平落脚。乌柏悄悄问了庾安，他的意思，是庾山子要在这里等一个重要的人。

"真的快到了。"北方的土地被冻得硬邦邦的，路的尽头，出现了稀稀落落的房屋和道道炊烟，接着，便是一座了无生机的城池的轮廓。

"走快些，天黑之前进不了城就麻烦了。"庾山子皱起了眉头，催促着骡子。

三个人顶着北风闷头向前，将近城下，天便已经黑了。

"几位，有没有吃的，给一口。"路边的柴草垛中，忽然一个黑影动了起来，吓了他们一跳。

"你是谁？"庾安警惕地上前一步，挡在了庾山子和乌桕的身前。

那人一把年纪了，蓬头垢面的，虽然肮脏瘦弱，但是宽大的骨架还在，看起来怎么也不像一个普通的旅人。他的身上衣物也十分单薄，加上北风吹得紧，那已经青紫的嘴唇总在不自觉地发抖。

"不认得了吗？"那人抬头，眼神如刀，却是直盯着庾山子不放。

"是你？"庾山子下了驴子，前走几步。

"到底是不是你！"寒光一闪，那人忽地从袖中抽出一把短刃来，直抵在庾山子的咽喉处，稍稍用力，刀尖上已经渗出一颗血珠来。

"你做什么！拦路打劫吗？！把刀放下！"庾安慌了，也抽出了随身的佩刀，叫了起来。

"你，我说你，把刀放下，"这却是庾山子对庾安说的，"快去拿些吃的来，还有酒壶，快。"

不知道庾山子葫芦里面装的什么药，庾安还在犹豫，乌桕已经返身去包袱里面摸了干肉和馒头出来，又从鞍袋里摸了一壶米酒。

"给。"他走上前去，把手中的东西递了过去。

那人喉结一动，咕噜一声口水下去，肚子里便发出雷鸣般的叫声来。

乌桕实在是不理解，以庾山子的能力修为，是绝对不可能被随随便便一个路人一招制服的，这又是做什么呢？看样子，这人不是他的朋友，就是他的仇家了。

"你说，冠军侯的死，是不是你们设计的！"那人过分激动，嗓子沙哑，连声音都抖了起来，"老子四处寻你不着，只能千辛万苦跑到日光城你家里去，结果又扑了个空，在这太平守着你也有个把月了！"

"你吃了再聊嘛，左右人也死了。"庾山子摇摇头。

"他死了你也要死！老子现在就杀了你！"

那人把刀用力一挥，却砍了一个空，只有一根羽毛在空中缓缓飘落。"庾山子！你哪里去了！"失了目标，这人吼得更加山崩地裂了。

乌桕倒是拿着食物又试探道："这位大叔，要不，你还是先吃些东西吧？"

那人瞪圆了眼睛，四围却只有茫茫的雪粒簌簌而落，又抖着嘴唇坚持了一刻，最终还是恨恨跺脚，一把抓过那肉干，塞到了口中，用力咀嚼起来。

当啷一声，庾安也把他的短刀收入了鞘中，道："我想起来了，你是星驰公子身边的那个校尉吧，屠隆，对不对？你还没有死？"

赤研星驰身边的将领？那想必他是经历了四马原的那一场大战了。只是赤研星驰和庾山子又有什么关系？

那人叹了一口气，道："是又怎样？原来饿一饿，这脾气也会减半了，我在南渚等了那么多年，好不容易等回了少主，他大好的人生，却被你们这些骗子轻易葬送了！"

"我不是骗子，"庾山子从他身后慢慢绕了出来，"骗子怎么会有朝家的莹血玉呢？我是婉仪公主的家臣，这没有错，赤研星驰也算是我的学生，我千里迢迢奔赴南渚自然是为了救他。当初我和你说过些什么，你都忘了吗？"

屠隆闷头还在塞着食物，道："你说要他借着李秀奇统军花渡的机会，反了青华坊。"

"不错，他又是怎样做的呢？"

屠隆停了口中的食物，好半晌，才道："没办法，我跟他说过了，他不听我的。"

庾山子叹了一口气，道："你看！"

"他们父子两代人，都被人谋害，这口气，我实在咽不下去！你是婉仪公主的家臣，婉仪公主郁郁而终，你千里迢迢跑去照看她和洪烈世子的遗孤，我这一份心，难道你不明白吗？"

"所以你认为冠军侯在四马原殒命，便是我在背后算计他吗？"庾山子大摇其头，"李秀奇就算对赤研洪烈再有感情，也不能将自己和所有野熊兵的身家性命都压在一个犹豫不决的公子身上，就像当今王上，就算婉仪公主对他的情分再深厚，他也不能因为要保外甥一条性命，而耽误了他实现朝氏一统八荒的愿望。你杀不到朝家人，便来找我的晦气，这忠勇，我是钦佩的，可是你这样死了，赤研星驰的后人，你便不管不顾了吗?"

屠隆一口牛肉一口米酒吃得正欢,哈哈大笑起来,道:"我四十几岁的人了,不会老的吗?难道今天,想要我做洪烈世子的三代家臣吗?"

庾山子却认真地看着他,道:"那你到底是做还是不做呢?"

屠隆愣住了。

"看到这个孩子了吗?"庾山子指着乌柏,道,"他便是从南渚逃出来的,但是有决心终有一日还要回去。若是你想要有朝一日重回南渚,找到赤研星驰的遗孤,并且将他阿公、阿爸失去的都还给他,那你还真的不能刺杀我,因为我是可以帮你的人。"

乌柏没来由地咳嗽起来,封长卿已死,越系船和越传箭离散八荒,我还要回南渚做什么?这庾山子说话,有的时候还真的就跟封长卿如出一辙。啊是了,萨苏,萨苏还在灞桥呢。

"你离开南渚日久,也只能潜行八荒,大概有很多事情都不清楚了吧。"

"我什么事情不清楚?你说说看?"

"南渚大公现在是谁?"

"不是王八蛋赤研井田吗?"屠隆抬起头来,乱发如蓬。

"不是,是小王八蛋赤研恭。"

"怎么会?"屠隆眼里一片茫然。

"前些日子,王上广发风云诏,约八荒公侯再聚白驹城,重新定盟,这件事,你知道吗?"

屠隆茫然摇了摇头,道:"我说怎么看到粮秣一车一车都往东边运过去了。我只知道在花渡战场,南渚和澜青的联军必败无疑。"

"没错，可若是你到过锦庐，便会知道，徐昊原已经败了，前些日子，他率着两万残兵退回了平明城，现在，正在从安河和固原大肆购粮呢。"

屠隆仰起头，看看那天空飘落的雪花，道："这是报应，要他们在花渡龟缩不出。把我们都扔到战场上。花渡败了，这四马原的粮食再多，终究不是他的！"

"是啊，徐昊原这一次，败得太惨。就算他硬挺下去，冬天到了，没有粮秣，战争也没法子再持续下去了，所以白驹之盟真的是个好主意，可以先把战局缓下来，不然这个冬天，不知道到底要死多少人了。"

"所以，白驹之盟，赤研恭参加了？"

"参加了，而且赤研恭还带来了新的银梭营，"庾山子拍拍肩上的雪花，往前面一指，道，"还是这太平镇内比较暖和，不如你就跟着我进去说话吧？白驹之盟上到底发生了什么，你不想知道吗？"

屠隆把口中的食物吃得干干净净，又连喝了几大口米酒，脸上终于有了些血色，道："好，看看就看看吧。"

四

太平镇城门前，风雪交加，打开城门的士兵们提的提、抱的抱，百十人的队伍中，火盆、皮袄、遮雪的伞盖一应俱全。正中的那个将领眉清目秀、紫红盔缨，即便不过是出个城门，也要骑乘一匹膘肥体壮的枣红骏马。在这阵势下，城门外等待

水云乡 291

着的这四个人,被风吹得眼都睁不开,倒像几个叫花子了。

"父亲,你回来了?"那男子俯身下马,快步迎了上来,挥挥手,厚呢绸的华盖便斜伸过来,遮在了庾山子的身前。

"庾安,你就带着他们下去休息吧。"那将领挥挥手。

"哎呀,不妨事,就一起吧,这位屠先生是我路上结的旅伴、烧得一手好菜,这孩子嘛,天资聪颖,我要收他做弟子了,这外面真是太冷了。"庾山子开口、白气弥漫,又向前一指,道:"庾斯奋,磐石卫领军校尉,我的儿子。"

"弟子?"庾斯奋对屠隆毫无兴趣,倒是把乌柏上上下下打量了一番,"来学习灵术吗?"

乌柏点了点头,他当然知道这番打量的分量,庾山子是木莲太子朝持明的老师,也曾经给所有年轻的王室成员讲习过,这其中就包括了为质木莲的赤研星驰。这样的身份,说他新收了弟子,这弟子岂不是和王子们的身份相似了?这庾斯奋的眼神锐利得很,不过最终还是挪了开去,大概自己的年纪终是太小,也无法引起他更长久的兴趣吧。

庾斯奋终于还是走近几步,去和庾山子说话。

"父亲,这次走了太久了,太子已经一催再催,问我你到底去了哪里。稍作休整,你便尽快赶回日光城吧。"

"太子吗?他找我做什么?"庾山子摘下帽子拍打。

庾斯奋摇摇头,道:"这一次白驹之盟你是知道的,现在盟约已定,八荒可保暂时的宁静,不过冬日用兵困难而已,到了春天,恐怕要有大乱的。太子找你,自然是想要取得晴空崖的支持了。你不知道,这一次,那个疾白民跑了。"

"疾白民?"庾山子面露惊愕之色,问道,"跑到哪里去了?"

"不知道，本来我们在南津，徐子鳜是准备发兵离火原，去接应徐昊原的溃退的，这时候，自然要疾白民凝羽去查探一番。谁能想到，疾白民的羽隼飞走了，人也跟着走了，便再也没能回来。有人说，离火原的战场上见过他，他带着一个受伤的女子，向着邯城的方向去了。"

"离火原，邯城？"庾山子长长出了一口气，道，"晴空崖？"

"是，二王子当时就在南津，想也知道，如果疾白民不回日光城的话，一定会去晴空崖。"

"他怎么这样肯定？"

"因为在扬觉动手下悍将豪麻的军中，也有一位灵师，听说徐子鳜的几次失败都和她有关系，而这个灵师，朝邵德刚刚好见过。"

"扬觉动的灵师？疾白文不是已经死了吗？"

"不是疾白文，是一个年纪不大的女子。"

"年纪不大的女子？"庾山子皱起了眉头，道，"姓道吗？"

"不，姓唐，叫作唐笑语。"

"唐笑语、唐笑语，这个名字没有听过呀？"

"不会错的，扬觉动死了之后，楚穷亲自传来的消息。"

"扬觉动死了？"

惊讶的不只有庾山子，扬觉动是越系船心中的大英雄，这乌柏是知道的，只是弥尘划过长空，这不知道究竟是怎样的漫长一年里，连南征北战三十年、横行八荒的扬觉动也死了吗？

他感到放在肩膀上的手掌一紧，抬头看去，显然，屠隆也对这件事无比地惊讶。

"死了？怎么死的？"庾山子停住了脚步，"我从浮玉过来，

水云乡 293

先是说扬觉动打掉了花渡,到了锦庐,又传来徐昊原大军已经分崩离析的消息。前几天,又有人说三吴和宁州、南渚已经联合起来,要公推扬觉动为东南盟主。在这样的关头,他死了?"

"没错,病亡。据说他在柴水流域联合白吴对徐昊原作战时,就很少露面了。在离火原,他指挥军队把徐昊原的主力包围在观平以西,虽然仗打得漂亮,但是最后一次六州执政会面后,他便再没有出现。这时候,就开始流言四起了。我们猜测,他大概也是没有想到自己会这么快就挺不住,因此,没有对后事做任何安排。而且在他临终前,他的爱将豪麻正在代表他前往白驹参与定盟。这就给了他的弟弟扬丰烈机会。"

"真好运,"庾山子缓缓道,"除了扬觉动,没有人能够统御六州联盟,甚至可以争取南渚、浮玉、长州的加入。这么说,最终,吴宁边的军政大权,还是落入那个无能的扬丰烈手里了?"

"没错,都说扬觉动希望在他病重的情况下,由他的义子豪麻主理军政大权,这样,他的威望加上豪麻的战力,六州联盟便可以得以维持,但是谁能想到,他一死,他这个根基薄弱的义子会马上垮台呢?"

"垮台?"

"是,扬觉动病逝,扬丰烈马上通过楚穷联系上了正在南津的二王子朝邵德,徐昊原垮了,现在轮到扬丰烈来寻求我们的支持了。"

"妙啊,太子真是成熟了,"庾山子的眉头一展,"李慎为的十五万大军往白驹一放,根本不需要有任何动作,自然就是一股左右时局的力量。"

"没错,所以豪麻的死期就到了。"

"豪麻死了?我听说这个人骁勇善战,未尝败绩,怎么会这样轻易就死了?"屠隆忍不住开了口。

庾斯奋瞥了他一眼,道:"他不是死在战场上,是死在白驹城中的遥山台下。"

庾山子的脸色马上凝重起来,道:"死在定盟之地,这不好。太子这一次定盟,如果在会上杀使,那是万万难以取信于八荒万民的,恐怕,此后我们的话再也没有人相信!"

庾斯奋不以为然地笑笑,道:"父亲,你多虑了,这一次,刺出第一刀的,是楚穷,不是我们的人。而扬丰烈在取代了豪麻,坐上遥山台后,马上把一切都揽了过去,说扬觉动之死是豪麻想要篡权夺位,才利用扬觉动的信任阴谋加害,因此,这是吴宁边内部的清理门户,和我们是毫无关系的。"

"可是,扬觉动一直待豪麻不薄,这样的解释有人信吗?"

"每个人都相信,因为豪麻有个致命之处,扬觉动曾经把许给他的娴公主扬一侬改嫁给了南渚赤研家族,这次南渚变乱,赤研恭登位,他还真是不嫌弃,又再次迎娶了扬一侬,并且把她带到白驹城来了。你说,夺妻之恨能不能成为弑父之由呢?为了女人而做出一些昏头昏脑的事情,这天下人总可以理解了吧。"

"扬一侬,"庾山子轻声重复这个名字,"我在扶木原上,那些流民到处都在颂念着这个名字。"

"所以说啊,扬觉动这样的人,哪有什么父子亲情,她本来不过是扬觉动的和亲工具而已。"

"不,不是这样,扶木原是这次八荒战火最早燃起的地方,

水云乡 295

也是新的南山珠出现的地方,这还不够特别吗?何况,扶木原的乡民们,还给了这位柔弱公主一个新的称号。"

庾斯奋诧异地回过头来。"什么称号?能让你如此在意?"

"火神的渡鸦!"

乌桕从未见过庾山子的表情如此凝重,哪怕提到封长卿、赤研洪烈、提到晴州白冠或日光王朝守谦的时候,也没有一丝半点的紧张。

他在陨星阁中阅读的所有书籍中,没有一本提到"火神的渡鸦"的故事,但是此刻,他知道,不管这称号代表着什么,都证明了这对于这位可能是八荒最强的灵师,带来了沉重的压迫感,这绝不是一件可以轻易掠过的事情。

庾斯奋道:"父亲,算了吧,什么晴州十二羽客、龙狮预言,我也听得太多了,疾白文救不了扬觉动,疾白鸣救不了疾初晴,疾白民也没能挽救徐子鳜或者徐昊原。你说的那个时代,已经过去了!我们庾家,只有和王上、太子站在一起,才能百代昌隆,那些什么灵师、羽客、晴空崖都不要紧,当下,尽心竭力辅佐太子才是庾家的第一要务。等到有朝一日太子登基,八荒一统,你若想到晴空崖去做白冠也好,看风景也罢,还不是他一个诏令的事情吗?"

庾山子早就停下了脚步,不知道在想些什么。

"你若是再这样走火入魔下去,恐怕母亲也会反对你了。"庾斯奋还在劝说。

"墨羽重晶,这百代的灵师都疏忽了,如今南山珠现世,火神怎么就不会一起重现世间呢?"庾山子口中喃喃。

"父亲?"

庾山子回身从庾安手中夺过了黑驴的缰绳，道："北门打开。"

"你要做什么，现在天色已晚，就是回日光城，也不急于这一时啊？"

"走走走，我们快走。"庾山子好像丢了魂一样，向着乌桕连连摆手。

庾斯奋的两道眉毛深深地拧在了一起，道："那我叫磐石卫送你好了。"

庾山子没有说话，只是往黑驴的屁股上狠狠抽了一鞭。

黑驴吃痛，迈开蹄子，快步走了起来，把一干人等都远远甩在了身后。

乌桕摇摇头，依样画葫芦，催着花驴追着庾山子，也没入了满天的风雪里。

下雪了，日光城就近了。

乌桕的这头花驴倔归倔，但脚力甚健，一边长鸣着反对赶夜路，一边撒开蹄子小跑了起来。

日光木莲七十六年，八荒变乱，生灵涂炭。

但春天，还是会一样到来吧。

2020 年 9 月 26 日凌晨初稿
2020 年 10 月 19 日凌晨改定